1ª edição - Maio de 2023

Coordenação editorial
Ronaldo A. Sperdutti

Capa
Juliana Mollinari

Imagem Capa
123RF

Projeto gráfico e diagramação
Juliana Mollinari

Revisão
Alessandra Miranda de Sá
Maria Clara Telles

Assistente editorial
Ana Maria Rael Gambarini

Impressão
Gráfica Rettec

Proibida a reprodução total ou parcial desta obra sem prévia autorização da editora.

© 2023 by Boa Nova Editora.

Av. Porto Ferreira, 1031 | Parque Iracema
CEP 15809-020 | Catanduva-SP
17 3531.4444

www.**lumeneditorial**.com.br
www.**boanova**.net

atendimento@lumeneditorial.com.br
boanova@boanova.net

Dados Internacionais de Catalogação na Publicação (CIP)
(Câmara Brasileira do Livro, SP, Brasil)

Marco Aurélio (Espírito)
    A vida sempre vence / [ditado pelo espírito]
Marco Aurélio, [psicografado por] Marcelo Cezar. --
Catanduva, SP : Lúmen Editorial, 2023.

    ISBN 978-65-5792-074-9

    1. Espiritismo - Doutrina 2. Psicografia
3. Romance espírita I. Marcelo Cezar. II. Título.

23-152350   CDD-133.93

Índices para catálogo sistemático:

1. Romance espírita psicografado   133.93

Tábata Alves da Silva - Bibliotecária - CRB-8/9253

Impresso no Brasil – Printed in Brazil
01-05-23-3.000

MARCELO CEZAR

ROMANCE PELO ESPÍRITO
MARCO AURÉLIO

A VIDA SEMPRE VENCE

LÚMEN
EDITORIAL

DEDICATÓRIA

Dedico meu primeiro romance psicografado
a Zibia Gasparetto.
Seus livros, conselhos e sua generosidade ímpar
despertaram em mim o prazer de escrever e
enxergar a vida com olhos de bondade, alegria
e esperança em dias melhores.
A gente se vê em breve...

PREFÁCIO À NOVA EDIÇÃO

Eu sempre tive vontade de escrever, desde pequeno. Lembro-me de que na escola, na época do ginásio, adorava as aulas de redação e compunha histórias misteriosas, a maioria envolvendo fantasmas. As ideias vinham facilmente e era comum eu ser chamado para ler minhas redações em outras salas, a pedido dos próprios professores e colegas.

Ainda garoto, a minha mediunidade aflorou. Passei a ver e conversar com espíritos. Minha família, muito católica, temia que eu estivesse sofrendo de possessão. Depois de passar por padres, psicólogos e psiquiatras, uma amiga de minha mãe recomendou que eu fosse levado até um centro espírita próximo de nossa casa, no bairro do Ipiranga, em São Paulo.

Assim que iniciei meus estudos e passei a trabalhar como voluntário no Centro Espírita Os Caminheiros, tudo mudou. Para melhor. Acolhido com carinho pelo casal Aldo Luiz e Zibia Gasparetto, comecei a entender e educar a minha sensibilidade. Aprendi que o mundo dos espíritos existe de fato, a mediunidade é um dom natural, que todo ser humano possui, e o estudo e domínio da mediunidade eram o caminho para eu manter uma relação saudável com o mundo invisível.

Estudei na escolinha de médiuns e, por volta dos catorze anos de idade, comecei a receber mensagens nas aulas práticas de psicografia. Meu braço doía, a caneta parecia ter vida própria, e os textos eram escritos. Um espírito aproximou-se de mim, sussurrou seu nome: Marco Aurélio. Disse-me, naquela época, que eu deveria perseverar e continuar escrevendo as tais mensagens, que eu não desistisse, independentemente do que pudesse acontecer em minha vida pessoal.

Eu persisti e, anos depois, esse espírito amigo me intuiu para pegar todo aquele calhamaço de mensagens produzidas nas aulas de psicografia, passá-las para o computador e entregá-las à Zibia Gasparetto. Para minha surpresa, todo aquele monte de anotações formava um livro, com começo, meio e fim. Tratava-se de *A vida sempre vence*.

O livro foi analisado e recebi a agradável notícia de que seria publicado. Então entendi por que Marco Aurélio havia insistido para que eu "perseverasse". Depois de anos participando de aulas práticas de psicografia, finalizamos nosso primeiro romance.

Sempre fui fã de romances, desde Agatha Christie e Sidney Sheldon, passando por Maria José Dupré, Luis Fernando Veríssimo, Nelson Rodrigues e, obviamente, os romances de Zibia Gasparetto.

Confesso que fiquei muito feliz de participar desse intercâmbio com um espírito para trazer a público histórias reais, que promovem mudanças positivas na vida de quem as lê.

Embora algumas pessoas considerem o romance mediúnico algo superficial e sem grandes ensinamentos, os espíritos amigos não cansam de me dizer que esse é um dos caminhos mais fáceis para que uma pessoa tenha um rápido conhecimento do mundo espiritual e, por conseguinte, desperte em si os seus valores espirituais. Afinal, enquanto você lê um romance mediúnico, sempre há um mentor, um espírito amigo ao seu lado para lhe inspirar bons pensamentos, ou mesmo ajudar você a resolver determinados problemas de sua vida, com base no comportamento positivo e na vitória de determinados personagens.

Creio que hoje, passados muitos anos da publicação deste romance e há mais de quarenta estudando e praticando a espiritualidade, construí laços de amizade com muita gente.

Meus leitores e leitoras formam comigo um grande e poderoso elo de energias positivas, salutares. Não importa onde estejamos nem se nos conhecemos pessoalmente, mas o fato de você ler os meus livros acaba por formar essa corrente salutar entre nós.

Este livro, de acordo com os originais escritos à mão há muitos anos e com brilhantes ensinamentos do espírito Marco Aurélio, é dedicado a você, que lê os meus romances.

Eu e Marco Aurélio desejamos que você continue trilhando o seu caminho do bem e que sua vida seja cada vez mais repleta de felicidade, sucesso e paz.

Um abraço fraterno.

Marcelo Cezar

APRESENTAÇÃO

    É com muita honra que assumi o trabalho, aqui no astral, de coletar interessantes casos de vidas nas minhas horas vagas. Na minha última existência terrena, exerci o papel de investigador de polícia e, ao desencarnar, trouxe com meu espírito as habilidades desenvolvidas pelo cargo que tantas alegrias me trouxe.

    Escrever é uma arte, eu sei, mas conto com uma equipe que muito me ajuda para relatar os casos de maneira impessoal, utilizando o aparelho psíquico do médium para transmitir a você, leitor, os mais belos ensinamentos que uma vida na Terra nos proporciona.

    Os ensinamentos são únicos, ricos, distintos e intransferíveis. Não importa a vida que cada um teve ou tem no planeta, não importam o cargo, a posição social ou a quantidade de dinheiro que tenha na conta bancária. A nossa escolha em transformar uma história em livro e romanceá-la tem base nos ensinamentos que determinado grupo de encarnados e desencarnados aprendeu ao longo de uma ou mais vidas e, de certa forma, será útil para ajudar outras pessoas a superar situações parecidas.

Cabe ressaltar que não queremos ditar normas ou regras de conduta. Queremos que você abra sua mente e seu coração para uma nova visão da vida e da espiritualidade, entendendo, por meio dessas histórias, o verdadeiro sentido do livre-arbítrio. Afinal de contas, cada um é livre para seguir o seu caminho, desde que saiba e entenda que colhemos tudo aquilo que plantamos, ou, numa linguagem mais atual, somos cem por cento responsáveis por tudo o que nos acontece.

Quando temos a permissão de levar ao público alguma história, geralmente os espíritos envolvidos encontram-se desencarnados, evitando os transtornos causados pela curiosidade. No caso deste livro, em particular, a maioria dos envolvidos encontra-se ainda na Terra, desenvolvendo seus potenciais, aproveitando as oportunidades que a vida dá para a constante renovação de suas atitudes.

Os nomes verdadeiros foram alterados, bem como alguns fatos da história, o que de maneira alguma deturpa nossa intenção de mostrar aos leitores a verdade.

Como dito anteriormente, e gosto de frisar isso, pois para mim foi um grande choque descobrir essa máxima depois de "morto", somos responsáveis por tudo o que praticamos, ou seja, somos donos de nosso destino, daí a necessidade de fortificar nosso pensamento sempre no bem, pois o resultado de nossas escolhas abre nossa consciência, permitindo-nos optar pelo melhor jeito sob o qual queremos viver.

Se ficarmos presos a conceitos, normas e valores criados pela sociedade, mais lento se tornará o processo de evolução do nosso espírito. Portanto, em poucas palavras, é interessante perceber e entender a diferença entre moral e ética.

A moral faz parte de um conjunto de normas criadas pela sociedade e com duração certa. A moral tem começo, meio e fim, porquanto muda e se transforma de acordo com a evolução de uma sociedade. A ética está relacionada aos princípios que motivam ou orientam o comportamento humano, refletindo a respeito da essência de normas e valores de um grupo social. Essa essência é o bem, puro e simples, que habita o coração de todos os homens; é a verdadeira vontade da alma.

À medida que vamos nos desgarrando dos valores morais impostos e seguindo o coração, aceitando a vontade de nossa alma, ligados à ética espiritual, estamos dando um grande passo em nossa escala evolutiva, porquanto a vida não erra nunca. Ela é poderosa, está sempre atenta e presente em tudo, estejamos encarnados ou desencarnados.

Fique com a luz. Só através dela você consegue tudo que quer. Ligue-se sempre ao bem, acredite e confie em Deus, porque todos os dias, sob todos os pontos de vista, você está crescendo e se tornando uma pessoa cada vez melhor.

Boa leitura.

Marco Aurélio

CAPÍTULO UM

Em 1864, os americanos estavam livres da Inglaterra, tinham a própria Constituição, mas estavam presos a uma guerra civil. Muita gente ainda não conseguia entender como num país tão próspero podiam estar guerreando os seus próprios conterrâneos.

Declarar guerra aos índios, aos espanhóis e aos mexicanos fazia parte da rotina de expansão territorial dos Estados Unidos; o aumento de seus territórios foi assim conquistado. No entanto, uma guerra entre eles mesmos nunca havia ocorrido. Pela primeira vez na história, americano estava matando americano.

Os estados do norte eram os mais ricos, responsáveis pela fabricação de munições, utensílios, máquinas, bens de consumo em geral. Os do sul eram responsáveis pela agricultura e pecuária. Os alimentos consumidos pelos americanos vinham predominantemente dos estados sulinos, cuja economia tinha base no trabalho escravo, repudiado pelos territórios do norte. A causa primária da guerra, de modo genérico, resumiu-se na luta entre os estados do sul, latifundiário-aristocratas, contra os estados do norte, industrializados, dedicados a estilos mais modernos de vida.

Em 1861, ano do início do conflito que ficou conhecido como Guerra da Secessão, o país era formado por dezenove estados livres, onde a escravidão era proibida, e quinze estados, em que era permitida. Em 4 de março, antes que Abraham Lincoln assumisse o posto de presidente, onze estados do sul declararam secessão, ou seja, separação da União, e criaram um novo país, os Estados Confederados da América. A guerra começou quando forças confederadas atacaram o Fort Sumter, um posto militar americano na Carolina do Sul, em 12 de abril de 1861, e terminaria somente em 28 de junho de 1865, com a rendição das últimas tropas remanescentes da Confederação.

A Guerra da Secessão foi o conflito que causou mais mortes de americanos, num total de quase um milhão de pessoas — das quais mais de 600 mil eram soldados. As causas da guerra civil, seu desfecho e mesmo os próprios nomes da guerra são motivos de controvérsia e debate até os dias de hoje.

Muitos abolicionistas ajudaram milhares de escravos americanos a fugir, antes e durante a guerra civil, sendo transportados dos estados abolicionistas até Ohio ou Canadá via rio Mississippi, rio Ohio, ou por meio de ferrovias. Diversas pessoas-chave das forças da União eram nativas de Ohio, entre elas, os generais Ulysses S. Grant e William T. Sherman.

Grande parte da população estava fazendo pressão para que o sul abolisse a escravidão, principalmente nessa época, quando a corrida do ouro estava no auge. Afinal, muito ouro foi descoberto na Califórnia. Um sem-número de pessoas abandonou tudo que tinha para tentar a sorte nas minas e fazer fortuna no oeste. Um dos fatores que contribuiu para a guerra foi o fato de o sul querer levar o trabalho escravo também para as minas do oeste, transformando os Estados Unidos numa nação praticamente movida pela escravidão.

A maior pressão a favor do fim da escravidão vinha da Inglaterra. O país, berço da Revolução Industrial, estava em forte crescimento. Para a rainha Vitória[1], interessava que o mundo fosse povoado por trabalhadores remunerados, que se tornariam consumidores dos bens produzidos pelo seu reino e pelo povo americano.

Embora o estado de Ohio tenha tido papel essencial na Guerra Civil Americana, porquanto a maior parte da população do estado era abolicionista, isto é, contrária ao uso do trabalho escravo, Little Flower era uma cidade pacata. Dos mais de trezentos mil soldados que partiram do estado para a guerra, poucos eram de lá. Alguns de seus homens tinham participado do único conflito armado em Ohio, ocorrido em 1863, quando tropas confederadas, lideradas pelo general John Hunt Morgan, realizaram uma incursão da Confederação em direção ao norte, destruindo tudo o que encontraram pela frente.

No ano em que nossa história se iniciou, poucos homens se alistaram para a luta armada. E, por estar numa região

---

1 Alexandrina Vitória Regina (1819-1901) foi rainha do Reino Unido durante 64 anos, de 1837 até a sua morte, sucedendo ao tio, o rei Guilherme IV. O reinado de Vitória foi o mais longo da história do Reino Unido até aquela data e ficou conhecido como Era Vitoriana. O período foi marcado pela Revolução Industrial e por grandes mudanças, elevando a Inglaterra ao posto de maior império do mundo.

localizada, naquele momento, fora da área de combate, havia a impressão, muitas vezes, de que o país não estava em guerra, mesmo depois do confronto ocorrido no ano anterior.

Ainda que uma epidemia de cólera tivesse matado boa parte da população, Little Flower contava com cerca de quinhentos habitantes e todos se conheciam. Localizada no condado de Wood County, fora batizada com esse nome devido ao grande número de árvores floridas que possuía, cujas folhas, na primavera, formavam um lindo conjunto de cores, desde verde e amarelo, passando por rosa, azul e nuances de preto.

A primavera se fora e, agora, as folhas amareladas e avermelhadas dessas árvores caíam suavemente de suas copas, derrubadas pelo sopro suave da brisa matinal, denunciando a chegada do outono e espalhando, ainda, um suave perfume adocicado.

Tudo corria bem naquela pacata manhã de outubro, até o grito desesperado de Norma alterar sobremaneira a rotina da cidade. Correndo pela avenida principal, com os braços sacudindo para o alto e apontando para uma casa, a mulher, cuja fisionomia apresentava-se totalmente transtornada, gritava e chorava ao mesmo tempo:

— Socorro! Socorro! Meu Deus! Alguém corra até lá. Algo de terrível aconteceu na casa de Sam e Brenda. As crianças... Pelo amor de Deus...

Tomada pelo desespero, Norma desmaiou no meio de uma praça, sendo socorrida pelas pessoas surpresas e nervosas que vieram a seu encontro. Mark, o xerife da cidade, recém--chegado da guerra, estava por perto. Imediatamente correu na direção da casa de Sam e Brenda.

O casarão era revestido de tijolos vermelhos; as portas e janelas eram brancas, indicando claramente uma mistura arquitetônica de estilos italiano e vitoriano, com uma ampla sacada rodeada de jardineiras no andar superior. Mark olhou para a torre e não viu ninguém. Fechou os olhos imaginando algo terrível. Chegando à bela casa, ele encontrou Sam debruçado na escadaria principal, com as mãos cobrindo o rosto avermelhado, gritando e chorando em desespero:

— Meus filhos! Como isso pôde acontecer? Como Deus pôde permitir uma barbaridade dessas comigo? — Em seguida, o jovem levantou-se e abraçou o xerife. — Mark, é inacreditável! Meus filhos estão mortos. Os meus dois garotos estão mortos. Foram me chamar lá no celeiro. Acho que minha mulher também está morta — bradou, emocionalmente descontrolado. — Diga-me: o que está acontecendo conosco?

Mark não sabia o que dizer. Estava tomado por forte emoção. Diante de seu melhor amigo, sentia em seu íntimo que uma grande tragédia se abatera sobre aquela família. Após abraçar Sam, com voz embargada, respondeu:

— Calma, homem! Acalme-se. Desse jeito não vamos chegar a nada. Tente se controlar, por favor.

Anna, a babá das crianças, apareceu na torre. Ao avistar Mark, ela rodou nos calcanhares e desceu. Com os olhos inchados e vermelhos, lágrimas escorrendo pelo rosto, atravessou a varanda e aproximou-se da escadaria. Procurou ocultar o nervosismo. Disse ao xerife:

— Mark, que bom vê-lo! Pensamos que Brenda também estivesse morta, mas ela acordou. Provavelmente desmaiou de susto. Adolph foi buscar o médico. Parece que ela está em estado de choque.

— Anna, diga-me — e, fazendo sinal para que ela lhe respondesse com a cabeça, sem Sam perceber, perguntou: — Como estão as coisas aí dentro?

Meneando negativamente a cabeça para os lados, ela deu a entender que os bebês estavam mortos. Mark sentiu o peito oprimido, uma dor tamanha, e só lhe restou abraçar o amigo. Os dois ficaram na escadaria da casa, chorando copiosamente a perda das crianças.

O xerife Mark era padrinho dos filhos de Sam. Mesmo não sendo o pai, para ele aquela tragédia tivera o poder de estraçalhar seu coração. Depois de muito chorar, passando a mão na cabeça do pobre amigo, emocionalmente mais controlado, perguntou:

— Mas como isso aconteceu? O que se passou? Os meninos caíram do berço?

Sam levantou-se bruscamente e, descontrolado, começou a gritar:

— Estão estrangulados!

Mark levou a mão à boca para evitar o estupor. Aquilo era cruel demais. Sam continuou:

— Acredita nisso?

— Nã... não. Sin... sinceramente, eu...

— Mark, meus gêmeos foram estrangulados — repetiu. — Quem poderia cometer uma sandice dessas conosco?

— Como isso seria possível? — indagou Mark, olhos arregalados.

— Não vimos ninguém entrar... ou sair... ou...

Sam parou de falar. A forte emoção impediu-o de continuar. Uma dor sufocante banhava sua alma.

CAPÍTULO DOIS

    Sam casara-se com Brenda pouco antes de a guerra civil eclodir. Eram amigos de infância. Filho único, Sam perdera os pais dez anos antes, naquela terrível epidemia de cólera. Fora morar com o avô Roger, que tinha se tornado seu grande companheiro até morrer, havia dois anos. A amizade entre Sam e o avô era preciosa, ultrapassava os laços familiares. Para eles não havia diferença de idade: conversavam sobre qualquer assunto, tinham uma afinidade sem precedentes. Eram muito amigos.

    Roger fora um homem ilustre, talvez o homem mais rico de Little Flower à época. Fez muito dinheiro quando descobriu algumas minas de ouro no oeste. Juntou o que considerava ser o suficiente para que seu único filho e seu neto tivessem uma vida tranquila. Com a morte da esposa, do filho e da nora, todo o dinheiro que havia acumulado ficaria para o neto.

Quando Roger morreu, Sam herdou toda a fortuna. Era um homem cujos ideais estavam longe da cobiça. Gostava de dinheiro, vivia com conforto, mas não era escravo dele. Para Sam, o dinheiro devia ser gasto com inteligência.

Seu maior desejo era comprar muitas fazendas no sul do país, depois da guerra. Gostava da terra, das plantas, do mato. Várias pessoas, inclusive o avô, já haviam insistido para que ele se mudasse para Chicago, mas Sam não gostava de agito social, preferia lugares tranquilos, como Little Flower. Desde pequeno demonstrava interesse e habilidade natural em mexer com terra. Nas horas vagas, lá estava Sam plantando algo, cultivando qualquer coisa.

Brenda irritava-se com essa postura do marido. Como podia um homem tão rico e tão bonito escolher plantar, semear a terra, em vez de gastar a fortuna em viagens e festas? O comportamento fútil da esposa preocupava Sam. Mesmo amando-a, sentia que teria problemas caso não usasse pulso firme, evitando que ela tomasse conta da situação e do dinheiro. Brenda sempre lhe dizia:

— Com tanto dinheiro, você acha que eu quero morar aqui, nesta cidade encravada no meio do nada, sem vida social, sem atrativos para pessoas do nosso nível? Depois que nos casarmos, poderemos ir para Chicago ou Boston. O que acha?

— Brenda, você me conhece desde pequeno. Acredita mesmo que eu ia querer sair daqui? Sairia, mas tão somente se eu tivesse a oportunidade de comprar terras no sul. Vamos esperar o fim da guerra, quem sabe?

Brenda, nessas conversas, não se dava por vencida. Ficava contrariada, irritada. O homem com quem se casaria era milionário, mas não queria mudar o padrão de vida. Era a grande oportunidade de saírem daquela pequena cidade. Ela queria mais. Um dia convenceria o marido...

⚮

Sam era um jovem bonito. Alto, forte, com fartos cabelos ruivos ondulados, olhos verdes penetrantes. Dinâmico e trabalhador, meigo e doce, era adorado por todos.

Brenda era uma bela moça. Loira, com os cabelos cacheados até as costas, olhos azuis, algumas sardas que davam colorido a sua tez alva, o corpo bem-feito. Sam amava-a desde pequeno. Brenda gostava muito de Sam, entretanto não o amava.

Algumas pessoas mais próximas não aprovavam o namoro dos dois. Brenda era muito mimada, prepotente, arrogante. Tinha um temperamento muito forte, um gênio irascível. Era agressiva. Tudo tinha que ser do seu jeito. O pai mimara-a demais. Amigos da família suspeitavam de que ela crescera "revoltada" por não ter o amor da mãe. A própria Brenda chegava a dizer isso algumas vezes, justificando seu temperamento agressivo:

— Minha mãe nunca gostou de mim. Nunca nos demos bem. Quando Anna veio morar conosco, a minha vida virou um inferno, de fato. Parecia que Anna era a filha, e eu, a adotada. Mas não ligo. Com o dinheiro do meu futuro marido, não vou precisar do amor de ninguém e, se precisar, eu comprarei...

Esse era o discurso dela. Alguns tentaram alertar Sam, mas ele não ligava para os comentários alheios. O importante era que ele a amava, o resto não lhe interessava. Para ele, Brenda era uma mulher doce e meiga. Às vezes, porém, ele percebia algo de estranho no olhar da esposa, o que o perturbava.

Após duas gestações complicadas, que resultaram em dois abortos espontâneos, Brenda deu à luz gêmeos: dois meninos, Jack e Roger, nomes em homenagem ao pai e ao avô de Sam, respectivamente. Eram bebês lindos, embora com a saúde debilitada.

A relação de Brenda com os bebês era a mesma que sua mãe havia tido com ela. Se sua mãe fora-lhe indiferente, por que também não ser indiferente aos filhos?, pensava.

Sam tentava, em vão, contornar a situação:

— Querida, pelo fato de não ter recebido o amor esperado da sua mãe é que você deveria amar mais os seus filhos. E, além do mais, você não pode reclamar, porque o seu pai a tratava como uma princesa.

— Sei disso. Contudo, o papel do meu pai fica para você, que se tornou pai agora. O meu é o de mãe. Fui educada por uma mãe severa, sem amor. Gosto dos meus filhos, mas não consigo ser uma supermãe. Se aquela idiota ao menos me tivesse dado um pouco de atenção...

— Brenda, isso é jeito de falar da sua mãe? Como você ousa dizer uma coisa dessas? Sua mãe era adorável. Só porque ela não realizava os seus caprichos não significa que não a amava. Eu nunca a vi bater em você ou ser mal-educada.

Brenda irritava-se com tais comentários, principalmente quando Sam defendia a mãe dela. Sempre rebatia, aos berros:

— Você não sabe o que é não receber amor de uma mãe.

Ele ia responder, mas ela o interrompeu de maneira abrupta, levantando as mãos e alteando a voz:

— Você teve uma mãe amorosa, foi filho único. Eu ainda tive a vergonha de ter uma falsa irmã, que apareceu do nada, não tem o meu sangue e foi amada pela minha mãe. Como ela pôde fazer uma desfeita dessas comigo? Demonstrar despudoradamente o seu amor por Anna e não por mim? Espero que minha mãe esteja queimando no inferno, embora preferisse um lugar pior para ela ficar, se é que tal lugar existe.

Sam amargurava-se. Não conseguia compreender como sua mulher, em questão de segundos, transformava-se de esposa amorosa em uma mulher de temperamento agressivo, que espumava ódio.

— Querida, acalme-se. Não fale mais assim. Você pode ter lá as suas diferenças com a sua mãe, mas não a insulte, ainda mais porque ela está morta e não tem como se defender. Além disso, suas palavras de ódio podem desequilibrar o espírito dela.

Brenda nem deu trela às palavras do marido. Sabia que Sam gostava de crer na continuidade da vida depois da morte. Coisa de maluco, ela acreditava. Mas era melhor não entrar em outra discussão. Ela simplesmente meneou a cabeça negativamente e deu de ombros. Sam continuou:

— Vamos esquecer o passado e seguir nossa vida. Temos duas lindas crianças para criar. E, de mais a mais, espero que seja o início de uma série.

— Uma série?! Você ficou maluco? — rebateu ela, voz irritada. — Você acha que vou estragar novamente o meu corpo e fazer mais filhos? Que vou passar a vida com um monte de crianças correndo pela casa?

— Brenda, você sempre me disse que queria muitos filhos. Por que isso agora?

— Porque sou eu quem engravida, e não você. Quem é que passa nove meses com o corpo disforme, tendo cólicas, dores e desejos esquisitos? Quem fica na cama após o parto, inchada, com o corpo disforme e cheio de dores? Então não venha me pedir para cumprir esse papel tão maldito que foi impingido a nós, mulheres.

— Eu desconheço você, Brenda. Há horas em que se transforma em outra pessoa. Desculpe-me, não vou continuar a discussão. Você precisa estar bem-disposta, com a cabeça boa para amamentar nossos filhos.

O amor de Sam por Brenda estava ligado ao apego que herdara de seu avô. Mesmo tendo uma boa cabeça e sabendo lidar bem com as adversidades da vida, o rapaz apegava-se facilmente às pessoas ao seu redor.

Todos em Little Flower acreditavam que Sam enlouqueceria após a morte dos pais. Não enlouqueceu. Como ele tinha o amor do avô, acreditavam que, quando este partisse, aí, sim, Sam não aguentaria. E ele aguentou, pois apoiava-se demais em Brenda nesse aspecto. Com o nascimento dos dois filhos, ele passou a ter três pessoas que lhe davam a sensação de segurança.

Os bebês cresciam com a saúde debilitada. O terrível frio no inverno deixava-os constantemente gripados, febris. Mesmo assim, Sam seguia sua vida feliz, amando seus filhinhos sem se preocupar com a falta de amor de Brenda.

Segundo o modo de pensar de Sam, as crianças tinham vindo em dose dupla justamente porque os dois abortos, mesmo espontâneos, mostravam que esses dois espíritos queriam estar juntos, com ele e com Brenda. As pessoas riam dessas histórias, chamando-o de louco.

Desde o tempo de namoro, Sam tinha uma visão diferente da religião protestante pela qual fora educado. Isso também era um ponto de atrito entre ele e Brenda.

— Sam, onde já se viu? Achar que eles queriam ficar conosco e voltar? Não, isso não é verdade. Deus põe no mundo a hora que quer e tira a hora que quiser.

— E o que você pensa sobre o suicídio, Brenda? Se uma pessoa tem a capacidade de tirar a própria vida, como você me assegura que Deus coloca e tira a hora que quer? Não acha que há uma certa inconsistência nessa sua crença?

— Ora, não seja tolo! Você se esqueceu do demônio?

— O que disse? — perguntou ele, incrédulo.

— O pastor sempre falou, lá na igreja, da tentação do demônio. O suicídio não tem a participação de Deus, de forma alguma. A pessoa é tentada pelo demônio e assim vai para o inferno, na companhia daquelas pessoas ignorantes e estúpidas que também vão para lá quando morrem, tal qual minha mãe.

— Se Deus é perfeito e único, como pode haver um demônio com a mesma capacidade Dele de fazer as coisas? Não acha que isso é invenção da cabeça ruim de alguns? Porque, para mim, demônio é a cabeça de certas pessoas, e não um ser invisível que atua deliberadamente sobre elas. E, ademais, você é que enxergava em sua mãe uma estúpida. Será que ela não era vista como uma boa pessoa aos olhos de Deus?

— Boa pessoa? — Brenda gargalhava. — Lá vem você de novo a defendê-la. E para mim chega! Não quero ficar discutindo a minha religião com a sua maneira imbecil e esquisita de interpretar o mundo. Aliás, você e aquele meu primo meio biruta, Adolph. Ele deveria ser seu primo, e não meu. Onde já se viu ter aquelas ideias esquisitas de espíritos? Ele deve ser devoto do demônio, e não de Deus. O pastor disse que Adolph é um pecador e vai pagar caro no inferno, por deturpar as leis sagradas da Bíblia.

— Por deturpar as leis sagradas da Bíblia? Ou por mostrar que a Igreja leva muita vantagem enchendo a cabeça de seus fiéis de culpa, medo e abnegação? A religião está dentro de nós. Aqui no peito é que é a morada de Deus — Sam fez um sinal na direção do coração —, e não nesses templos luxuosos bancados por vocês, fiéis. Acha que Deus ia querer que Seus filhos pagassem para poder participar do culto à Sua imagem? Ora, Brenda, pastores estarão sempre cheios de dinheiro enquanto as pessoas acreditarem que pagando o dízimo irão para o céu.

— Prefiro pagar o dízimo a ficar à mercê de cultos maléficos, mexendo com forças sinistras, ou estudando questões metafísicas, como faz Adolph. Essas ideias que ele trouxe da Europa são disparatadas. Seguiremos tão somente o que está escrito nos textos sagrados do Velho Testamento. Não quero Adolph por aqui. Se você quiser continuar com essas ideias estúpidas, você tem todo o direito, mas não dentro de nossa casa. Meus filhos crescerão segundo os preceitos ditados pelo nosso pastor, e o assunto por ora está acabado. Você sempre me deixa com dor de cabeça. Não quero mais discutir isso ou qualquer outro assunto com você, Sam. Deixe-me em paz.

Sam continuou com seus estudos e procurou não mais os discutir com Brenda. Não valia a pena. Ela não queria aceitar e tinha todo o direito de acreditar no que quisesse. Os estudos com o primo Adolph eram tão esclarecedores, tão inteligentes, que era impossível uma pessoa de bom senso não ser tocada pela profundidade daqueles ensinamentos.

Adolph, primo de Brenda, concluiu os estudos na Europa. Quando regressou aos Estados Unidos, contou ao casal sobre investigações que vinha realizando, envolvendo questões de filosofia, metafísica e espiritualidade. Quanto à filosofia e à metafísica, encantara-se com o escritor brasileiro Gonçalves de Magalhães[1].

O escritor havia publicado recentemente o livro *Fatos do espírito humano*, que abordava questões metafísicas com tanta desenvoltura que logo foi traduzido para o francês, tornando-se um grande sucesso na Europa.

---

1 Domingos José Gonçalves de Magalhães, Visconde do Araguaia (1811-1882), foi médico, professor, diplomata, político e poeta brasileiro. Foi um dos precursores do ensino da psicologia no Brasil, quando essa ciência ainda engatinhava e transitava entre os estudos parapsicológicos e psicopatológicos.

Quanto à espiritualidade, falara sobre estudos desse teor que surgiram na França. O ilustre professor Hippolyte Léon Denizard Rivail, autor de inúmeras obras pedagógicas importantes, destacando-se a *Gramática francesa clássica*, estava realizando algumas experiências acerca de fenômenos classificados como do *outro mundo*, que ele vinha estudando havia algum tempo com um grupo de amigos. Era uma sensação. Nas altas-rodas de Paris só se falava nisso, na coragem de um professor importante e respeitado estar ligado a esse tipo de assunto. Ele se preparava para publicar alguns livros relatando o resultado de seus estudos.

A efervescência cultural e intelectual de Paris, tida como o centro dos acontecimentos na Europa, mostrava que o momento era ideal para tratar a religiosidade com uma nova roupagem. Os franceses sempre foram um pouco arredios em relação à dominação da Igreja. E muitos aplaudiam o que o professor Rivail vinha fazendo, como também acolhiam, com respeito, a obra de Gonçalves de Magalhães.

A maneira como Adolph contava essas histórias contagiava Sam sobremaneira. Os dois sentiam que, de um certo modo, a vida continuava depois da morte. Entretanto, como os preconceitos e tabus eram fortes, e o material disponível para leitura era escasso, ambos desistiram de se aprofundar nesses estudos.

Mas ali, com os filhos mortos dentro de sua própria casa, Sam voltou a pensar no assunto, pois nenhuma outra explicação poderia amenizar a imensa dor que ele sentia no coração.

CAPÍTULO TRÊS

A cidade emocionou-se com o ocorrido. Por três dias o comércio e as repartições ficaram fechados. A tristeza tomou conta de Little Flower. Ninguém conseguia imaginar quem poderia ser o responsável por tão brutal crime.

O xerife Mark, tão logo os bebês foram sepultados, viajou até a cidade vizinha. Acreditou que lá pudesse encontrar alguma pista, um suspeito. Mas nada.

Sam, desde a morte das crianças, ficou incomunicável. Trancou-se no quarto dos filhos e lá permaneceu por dias. Ficava sentado numa poltrona, próximo ao berço dos bebês, olhando para o nada. Era interrompido uma vez por dia para se alimentar. Anna preparava-lhe um caldo, misturado com um sedativo ministrado pelo doutor Lawrence. Apesar disso, Sam definhava a cada dia.

Brenda teve uma forte crise emocional durante o enterro dos filhos. Tentou jogar-se sobre os caixões, mas foi segurada por amigos. Sam não tinha forças para ampará-la no enterro. Logo depois do funeral, Brenda trancou-se no quarto do casal.

Enquanto Sam permanecia imóvel, sentado, olhando para o nada, Brenda tinha crises de choro e pesadelos. Passava horas correndo pelo quarto, como que fugindo de algo ou alguém. Gritava histérica:

— Saiam daqui! Quem são vocês? Eu nunca os vi antes. Parem de me infernizar! Parem!

Assim permaneceu por dias. Ela não se alimentava, não queria falar com ninguém. Após a morte dos filhos, o casal não ficou mais junto. Cada um num canto, digerindo a dor, cada qual à sua maneira. Sam calado, e Brenda com gritos e ataques de histeria. O doutor Lawrence aplicou alguns sedativos em Brenda, mas de nada adiantavam. As crises aumentavam a cada dia. Mark, Adolph e Anna eram agredidos tão logo tentavam entrar no quarto.

Brenda não queria a ajuda de ninguém.

— Deixem-me só! Eu nunca tive ninguém na vida. Mas as coisas não vão ficar assim. Eu prometo que vou dar um jeito nesta situação.

Os amigos faziam orações, tentavam falar com Sam para que ele pudesse convencer a esposa a tratar-se, a sair do quarto. Mas era inútil.

Sam não queria saber de nada. Estava descontente com a vida, com Deus. Não tinha mais forças para lutar. Como Deus podia permitir que pessoas entrassem em sua vida e depois partissem, sem mais nem menos? Por que então Deus lhe tinha dado a afeição, o amor, se tudo terminava de uma hora para outra? Onde estava o aprendizado, se é que havia algum?

Um mês depois da morte das crianças, Sam e Brenda continuavam na mesma situação. Mark e o doutor Lawrence trouxeram uma equipe de médicos de Chicago para cuidar do triste casal.

O doutor Lawrence estava intrigado com os ataques histéricos de Brenda. Será que ela estava ficando louca? Será que a morte dos filhos havia afetado suas faculdades mentais?

Durante o dia, Brenda passava bem. Ficava sentada numa cadeira, sedada, olhando o sol entrar pela janela do quarto. Ao escurecer, ela se transformava. Conforme o sol se guardava, seu corpo começava a tremer. Brenda suava frio. As visões tornavam a surgir. Ela entrava em pânico:

— Por Deus, deixem-me em paz! Eu vou enlouquecer! Quem são vocês? O que querem comigo? Digam o que querem e deixem-me em paz. Mas me digam, de uma vez por todas, o que querem de mim!

Quando o médico ou algum outro amigo queria conversar a respeito dos gritos noturnos, Brenda dizia estar bem, que eram pesadelos somente. O orgulho não lhe permitia passar a imagem de uma mulher louca, descontrolada.

Ela dava muita atenção à opinião das pessoas. Como os outros a encarariam se soubessem o que se passava? Não, esse gosto as pessoas não teriam, principalmente Anna, a meia-irmã. Não faria esse papel ridículo.

Mark chegou correndo à casa de Sam:

— Anna, Anna, abra a porta.

A jovem estava terminando de preparar um caldo para Sam. Assustada, abriu a porta:

— O que foi, Mark? O que aconteceu?

— O doutor Lawrence está na estação. Os médicos estão chegando daqui a meia hora. Graças a Deus! Quem sabe agora Sam e Brenda não ficam bons de vez, e tudo volta ao normal?

Anna, com sua meiguice, pela primeira vez desde a tragédia, esboçou um sorriso e, com alegria nos olhos, disse:

— Que bom! Como torço para que ambos fiquem bons. Sam já está melhorando. A cada dia reage mais positivamente.

— Com a sua dedicação e carinho, qualquer um melhora.

— Imagine! Gosto muito de Sam e Brenda. Se não fosse a família dela, não sei onde eu estaria hoje. Mas Brenda não quer me ver de jeito nenhum. Só deixa o doutor Lawrence entrar no quarto. Eu aproveito essa hora e mando um prato de caldo para ela não definhar.

— Pois bem, daqui a uma hora, mais ou menos, o doutor vem para cá com os médicos. Sam e Brenda não podem saber. Vamos pegá-los de surpresa, certo?

— Deixe comigo, Mark. Vou ficar sentada no corredor, vigiando as portas dos quartos. Bem, deixe-me terminar o caldo que estou fazendo para Sam. Estarei ansiosa esperando por vocês.

— Até daqui a pouco.

Mark despediu-se e foi direto para a estação. Uma nova onda de ânimo o invadia, pois gostava muito de Sam. Exceto Anna, ninguém mais próximo ao casal sentia afeição por Brenda. Estavam fazendo tudo em consideração a Sam, e não em consideração a ela.

Duas horas depois, Mark chegou com o doutor Lawrence e uma equipe de quatro médicos. Anna abriu a porta da casa de Sam e conduziu-os à sala.

— Anna — disse o doutor Lawrence —, leve os médicos ao quarto das crianças. O estado de Sam está ligado ao desânimo e à falta de alimentação. Parece-me um caso mais fácil de ser resolvido. Depois, conduza-os até o quarto de Brenda.

— Mas, doutor — perguntou Anna —, e se ela resistir e não abrir a porta? O senhor sabe como ela se comporta ao anoitecer, não é mesmo?

— Sim, eu sei. Mas, tão logo eles saiam do quarto onde está Sam, faça com que entrem no quarto de Brenda. Depois deixe-os a sós com ela. Desça e prepare um caldo para todos nós, e ajeite cinco camas. Vamos passar a noite nos quartos de hóspedes lá no sótão.

— E você, Mark? Não vai dormir aqui esta noite?

— Não posso, Anna. Preciso fazer minha ronda na cidade. Logo ao amanhecer estarei aqui. Em vez do caldo, quero que você me prepare um bom café amanhã cedo.

— Está bem. Só de saber que esses médicos poderão nos ajudar... Por favor, senhores, venham comigo.

Anna conduziu os quatro médicos até o quarto onde Sam estava. Enquanto isso, o doutor Lawrence ficou na sala conversando amenidades com Mark antes que este partisse para sua ronda noturna.

Os médicos não se assustaram com a aparência de Sam. Estava magro, enfraquecido. O que mais chamava a atenção era a expressão de profunda tristeza em seu olhar. A equipe conversou um pouco com ele e ajudaram-no a banhar-se. Após tomar os medicamentos que eles trouxeram, Sam ficou mais relaxado e sua aparência melhorou um pouco.

Um dos médicos chamou Anna:

— Senhorita, por favor, onde fica o quarto da madame? Poderia me levar até lá?

— Mas já? Sam não precisa de mais cuidados?

— Senhorita — respondeu o médico —, o que acontece com esse homem aí dentro não é doença. Ele perdeu o sentido da vida. Seu corpo físico está um pouco debilitado, mais nada. A verdadeira doença que ele tem está na alma, portanto é uma doença emocional, e não física. Só o tempo vai poder ajudá-lo a superar as perdas que teve. Segundo o doutor Lawrence, o que preocupa mais é o estado da esposa. Parece que ela fica mal à noite. É verdade?

— Sim, é verdade — disse Anna, um tanto perturbada com as palavras do médico. — Antes de irmos para o quarto de Brenda, queria perguntar-lhe algo.

— Pois não, senhorita, pergunte.

— O senhor disse que a doença dele não é física. Se não é doença, então o que ele tem?

O médico fez sinal para que os outros três permanecessem mais um pouco no quarto de Sam. Pegou Anna delicadamente pelo braço e sentaram-se num pequeno sofá no corredor.

— Senhorita, sou médico há mais de trinta anos. Já vi muitos casos nesta minha vida. O fato de lidar diariamente com doentes fez-me questionar as coisas que acontecem em nossa vida. Por que adoecemos? Por que ficamos loucos ou debilitados?

Anna interrompeu-o:

— Porque Deus assim quer, e assim sempre será. Mas, antes de continuarmos, qual o seu nome, doutor?

— Meu nome é Anderson. Formei-me aqui nos Estados Unidos, mas passei alguns anos clinicando no Rio de Janeiro, no Brasil.

— Rio de... Brasil? Ah, sei. O primo de Brenda, Adolph, tem amigos brasileiros que moram na França. E qual é a sua impressão sobre o Brasil?

— É uma terra muito boa, muito bonita, com pessoas maravilhosas, e tem uma diversidade religiosa impressionante. Devido à mistura de raças no país, há vários cultos, várias religiões, se assim posso dizer. Durante os cinco anos em que lá fiquei, tive contato com essa religiosidade e assim pude perceber aquilo que os nossos olhos de carne não veem, compreende?

Anna procurava entender. Nunca ouvira alguém falar daquela maneira antes.

— Então lá a religião não é como aqui, unificada?

— Sim, aparentemente é. Mas o povo lá é muito engraçado. Diz que é católico, mas faz reza, oferenda para santos que não estão ligados à Igreja Católica, recorre às benzedeiras...

— Desculpe, doutor, mas o que são benzedeiras? O senhor usa um vocabulário que eu nunca ouvi antes.

— Benzedeiras são mulheres capazes de curar uma doença cuja cura a própria medicina ainda luta para encontrar. São mulheres, porque os homens que fazem esse trabalho lá são chamados de curandeiros. Elas fazem poções com ervas que nos são desconhecidas, fazem chás, rezas. E o pior, ou melhor, é que curam. Acredite.

— Nossa, que interessante! Mas o que tudo isso tem a ver com o caso de Sam e Brenda? Por mais que conversemos, ainda acho que isso tudo é coisa de Deus...

— Mas é — garantiu ele. — E acredite, senhorita, eu vim aqui mais interessado no caso de sua patroa. A madame tem pesadelos e suores noturnos?

— Isso mesmo. Suores, calafrios. E os gritos, então? É impressionante! Parece que Brenda está agonizando, morrendo. Conforme amanhece, ela se acalma e dorme praticamente o dia todo. No fim da tarde, começa tudo outra vez.

— É natural. Os espíritos preferem atormentar os seus algozes durante a noite.

Anna não deixou o doutor Anderson terminar sua fala. Arregalou os olhos e, trêmula, segurando firmemente as mãos do médico, gaguejou:

— Es-pí-ri-tos? O doutor está falando em espíritos?

— Exatamente.

— Deus do céu! O senhor acha...

— Sim, eu acho. Mesmo sendo científico, trabalhando somente com a razão, percebi, desde que morei no Brasil, que devemos olhar as situações que vivemos com os olhos do espírito, e não com os olhos da carne. Portanto todos nós somos espíritos, só que vestidos em um corpo de carne, que é este aqui que vemos. Eu, você, Sam, Brenda, o doutor Lawrence...

— Mas espíritos não são fantasmas? Não são invisíveis? Não são um bando de almas penadas que vivem infernizando a vida das pessoas boas aqui no mundo?

— De maneira alguma, minha filha. Veja, nós somos espíritos vestidos com o corpo de carne, daí dizermos que estamos encarnados aqui na Terra. Os invisíveis, ou almas penadas, segundo você, são os desencarnados. A única diferença entre nós e eles é que estamos com o corpo físico, e eles não. Mas são iguais a nós. Eles também têm sentimentos, sensações, e há tanto os bons quanto os maus.

— Existe então alguma alma penada boa?

— Senhorita, alma penada é o termo usado pelos padres e pastores. Meu argumento é que uma alma penada é um espírito que sofre pelas próprias atitudes. São espíritos que não querem encarar a realidade. E Deus, na sua infinita bondade, provoca a dor, o sofrimento, a fim de que eles enxerguem a verdade. Veja, Deus nos deu a escuridão para que percebêssemos a magnitude da luz. Este nosso mundo é assim, aprendemos por contrastes.

— Então damos valor ao bem porque existe o mal?

— É mais ou menos isso. Eu levaria um bom tempo para explicar essas coisas, mas não é tão complicado. Basta querermos nos desnudar dos valores sociais, das crenças de que nosso espírito aprendeu a se impregnar através de sucessivas encarnações. Libertando-nos disso tudo, veremos a verdade de nossas almas.

— Nossa, doutor, que maneira encantadora de falar! E quanto a Brenda? O doutor acha que ela está sendo importunada por espíritos? Por quê? Embora ela sempre tenha sido um pouco prepotente, nunca foi uma mulher má.

— Os espíritos, bons ou não, ligam-se às pessoas aqui neste planeta pelas afinidades de pensamento. Se você acredita que o mundo é cruel, violento, cheio de sofrimento, vai estar com o seu pensamento ligado a espíritos que também pensam dessa forma. Mas, se você acreditar que só existe o bem no mundo, que a dor só serve para nos despertar e para nos mostrar que não estamos fazendo o melhor que deveríamos fazer, então estará ligada aos espíritos de luz, que nos ajudam, nos aconselham, nos orientam enquanto estamos vivendo aqui. No caso de Brenda, pelo que meu amigo Lawrence confidenciou-me, acredito que ela tenha se ligado a desafetos do passado. Alguma atitude dela, algum tipo de pensamento, ligou-a energeticamente a esses espíritos, cujos laços só poderão ser desatados pela reforma de suas próprias atitudes.

— Então quer dizer que, se Brenda for boa, vai melhorar? Vai conseguir separar-se desses espíritos ruins? Que situação!

— Não é uma questão de ser boa ou má. A bondade é relativa aqui no mundo. Eu posso ser uma boa pessoa e você achar que eu sou frio, indiferente.

— Não falei isso do senhor.

— Não, minha filha, você não falou. Estou lhe dando um exemplo. Nós interpretamos as bondades e maledicências das pessoas segundo os nossos padrões de pensamento, segundo as nossas crenças, segundo os nossos valores. Cada um de nós tem dentro de si uma imagem do que seja uma pessoa boa ou má. E garanto-lhe que as más, às vezes, são melhores do que aquelas que nos parecem boas. Todos nós um dia teremos de encarar as nossas verdades, doam ou não. Só assim estaremos sempre caminhando na trilha da luz.

— E quanto a Brenda?

— Bem, quanto a ela, eu não sei. Não a conheço ainda para dar um veredicto. Mas, pelo que Lawrence me falou, ela sempre foi muito mimada, sempre quis as coisas do seu jeito. E a vida não funciona assim.

— Não?

— A vida não segue os nossos caprichos.

— Como assim, doutor?

— A vida funciona da sua própria maneira. Daí a necessidade de nos livrar de determinados conceitos e voltar nossas atitudes para o nosso melhor. Confiar e deixar que a vida nos conduza para onde devemos ir. Jamais interferir em nossa vida com mimos, desespero, preocupação ou rigidez. Devemos confiar em Deus e fazer aquilo que dá para fazer, e não aquilo que queremos fazer por teimosia.

— Brenda passou por poucas e boas ultimamente. Perdeu os pais antes de as crianças nascerem. E agora também os filhos. Doutor, o senhor não acha que é muito sofrimento para um simples ser humano?

— Diante do ocorrido, Anna, se entrarmos no estado emocional, se tomarmos as dores de Brenda, vamos achar que Deus errou e a desgraça na vida dela não teria razão de ser. Ora, eu não nego que a perda de pais, e muito mais a perda dos filhos, deixe-nos infelizes. É muito dolorido, pois sempre pensamos que partiremos antes dos filhos, como se a vida seguisse padrões rígidos e imutáveis. E a vida está sempre em constante mutação. Por que os pais devem morrer antes dos filhos? Isso é crença nossa. Todos os dias temos casos nos mostrando o contrário. Quantos pais não perderam seus filhos em acidentes, ou por doenças, ou nesta guerra pela qual estamos passando?

Anna sentiu-se tocada pelo assunto. Estava maravilhada com a conversa. Embora sua cabeça estivesse fervilhando com esses novos conceitos, seu coração absorvia cada palavra que o velho homem lhe dizia. Ela se atreveu a perguntar:

— Então para esses pais foi uma punição? Por serem pecadores? Pois essa é a razão que ouvimos lá na igreja, quando alguém perde um filho nesta guerra, por exemplo.

O médico continuava pacientemente a esclarecer a moça:

— Procure, antes de tudo, livrar-se dessa imagem de um Deus ruim, punitivo, vingativo. Essa é uma visão errada que temos Dele. Só o bem é real, só existe o bem no mundo. O mal nada mais é do que uma visão distorcida do bem.

— Puxa, nunca tinha pensado nisso antes. Como isso pode ser possível?

— Veja o exemplo desses pais que perderam os filhos. Tudo na vida é experiência. Alguma coisa deve servir de lição para melhorar a vida desses pais.

— Melhorar? Como assim? Agora estou confusa.

— Eu digo melhorar, pois, se Deus permite que um filho seja arrancado dos braços de uma mãe, é porque essa mãe deve aprender alguma coisa com essa experiência. Às vezes, passamos por situações consideradas horrorosas e doloridas em nossa vida. Particularmente, acredito e sinto que isso aconteça para despertarmos para o melhor, a fim de entendermos mais sobre os mecanismos da vida e procurarmos olhar o mundo como um grande laboratório.

— Desculpe-me, doutor Anderson, mas está dizendo isso porque não foi o senhor quem perdeu os filhos. É fácil entender e aceitar a dor dos outros. Não é nossa, não é mesmo?

Anderson percebeu o estado emocional da moça, mas não se deixou abater. Com as experiências de vida que tinha, pegou pacientemente as mãos de Anna e pousou-as sobre as suas.

— Cada um na vida tem a sua porção de tragédia. Acredito que você tenha ou vá ter ainda a sua porção. E digo isso porque só assim despertamos para a nossa verdade, para a ampliação de nossa consciência. Deus usa certos mecanismos para tirar-nos de nossas ilusões e fazer-nos perceber a realidade e a beleza da vida.

Anna sentiu-se mal por ter feito aquela pergunta ao médico. Estava se sentindo envergonhada. Contudo, Anderson continuou, fingindo não notar o constrangimento da moça:

— Sabe, alguns pais perdem os filhos porque não lhes deram atenção ou amor. Outros enchem os filhos com tantos mimos, com excesso de zelo, ficam tão apegados, que a perda serve para diminuir o grau de dependência que estavam criando com os filhos. Outros os perdem para entender que ninguém é de ninguém nesta vida, estamos aqui hoje, mas não há garantias de que estejamos aqui amanhã. Porém conforta-me saber que Deus faz tudo certo. Daí eu tiro a conclusão de que o importante e o que vale na vida são os momentos que vivemos. Por isso, quando acordo, eu saúdo o sol, sinto os meus pulmões enchendo-se de ar, agradeço a Deus por estar aqui mais um dia e procuro passar o tempo reformulando os meus pensamentos, procurando melhorar minhas atitudes, procurando ser uma pessoa cada vez mais feliz comigo e, consequentemente, com o mundo ao meu redor.

— Doutor Anderson, adorei o seu discurso, mas ainda digo ao senhor: é fácil falarmos dos outros quando a tragédia não acontece conosco.

Anna estava impaciente. Era muito bom escutar teorias sobre dor e sofrimento. Anderson era um médico frio e não entendia das dores do mundo, pensava. No entanto, ela não disse nada. Abaixou os olhos e meneou a cabeça negativamente.

Anderson percebeu a agitação mental da moça. Com um sorriso no canto do lábio, disse pausadamente:

— Senhorita, eu entendo um pouco das dores do mundo. Perdi o meu único filho.

Anna tirou as mãos do colo de Anderson e com elas cobriu a boca, abafando um grito de susto. Estava perplexa. Sentiu-se constrangida.

— Desculpe-me, doutor! Perdão! Eu nunca poderia imaginar... Um homem tão calmo, falando sobre a vida de uma maneira tão fantástica, tão desprendido dos valores...

— Eu sei. Você não precisa me pedir perdão, você não me conhecia. Já está sabendo mais do que muita gente sabe a meu respeito. Eu gostei de você, do seu jeito, você tem uma boa energia, é isso.

— Boa energia?

— É, você é uma pessoa agradável, gosto de estar a seu lado. Quando estamos em equilíbrio, podemos perceber a energia das pessoas. Porque energia se sente, não se vê. Bem, isso não vem ao caso agora. Falarei do meu filho.

Anderson deu um breve suspiro e, olhando bem fixo nos olhos de Anna, começou a contar:

— Junior era um excelente rapaz, cheio de vigor, cheio de vida. Quando recebi o convite de um amigo meu para ficar uns tempos no Brasil, meu filho me acompanhou. Sua mãe não quis ir, preferiu ficar em Chicago. Junior queria ser médico, como eu. Eu amava muito o meu filho, mas tínhamos uma relação muito distante, porque eu acreditava nos padrões de nossa sociedade, segundo os quais devemos educar o filho a distância, sem intimidades. Ah, meu Deus... Às vezes eu me arrependo um pouco. Faria tantas coisas com meu filho... Eu o abraçaria e beijaria todos os dias, eu o acompanharia nos estudos... Eu seria um amigo mesmo, e não um pai distante e formal.

Lágrimas começaram a surgir nos olhos de Anderson. Seu filho morrera havia mais de dez anos, entretanto lembrar-se de Junior sempre o deixava emotivo. Anna também estava emocionada. Procurou conter-se, a fim de que Anderson continuasse sua história.

— Bem, nós nos apaixonamos pelo Brasil. Junior não queria mais voltar para a América. Meu menino odiava o frio, e o fato de não haver neve por lá deixava-o encantado com aquela terra. Era muito esperto e estudioso, e em questão de meses já estava falando português, que é a língua falada naquele país. Os anos foram passando, e chegou a época de estudar medicina. Ele se preparou para estudar em Londres. Duas semanas antes de embarcar, foi acometido por um tipo desconhecido de febre. Foi quando tive contato com as benzedeiras. Uma empregada nossa tinha uma amiga que promovia "curas".

Anderson fez uma pequena pausa e continuou:

— Eu era muito cético. Não acreditava em nada. Sempre fui muito racional. Tudo mudou quando eu conheci uma escrava, Maria. Uma mulher fantástica, com muito mais sabedoria do que muitos cientistas e sábios juntos. Uma mulher com um conhecimento profundo sobre a vida. Muito do que eu lhe disse há pouco aprendi com ela. Maria cuidou de Junior com o amor e o carinho de uma mãe. Era uma moça muito bonita. Ela dizia ter vidência.

— Desculpe mais uma vez, doutor, mas ela tinha o quê?

— Ah, eu é que peço desculpas. Estou tão familiarizado com tudo isso, que esqueci que você é novata no assunto. Bem, vidente é a pessoa que vê os espíritos. E Maria, tão logo foi cuidar de Junior, viu o guia espiritual dele. O guia de Junior disse a Maria que meu filho tinha de partir, a hora dele era aquela, tanto ele quanto eu sabíamos disso antes de reencarnar. Junior teria uma morte tranquila e continuaria seus estudos numa colônia espiritual ligada ao Brasil, devido a suas vidas passadas estarem relacionadas àquele país. E eu deveria aprender a lei do desapego, do amor maior, do amor incondicional. Um treino em que eu tinha de esquecer-me do amanhã e viver o hoje, o agora, o aqui. Por mais dolorido que fosse, Deus não estava me punindo, mas me mostrando que tudo é eterno, tudo continua na vida, apenas passamos por situações para melhorarmos, sempre.

— Entendo. E foi devido à morte de Junior que o senhor despertou para os estudos da vida espiritual. É isso?

— Sim. Eu me sentava com Maria e um grupo de escravos bem velhos, amigos dela, passavam-me cada ensinamento! Cada conversa era como uma joia rara e preciosa. Não há nada no mundo, livro que seja, filósofo que exista, tão inteligente quanto aquelas humildes pessoas no Brasil. Graças a eles, estou aqui hoje, firme, forte, sereno, com equilíbrio. Sei que meu filho continua vivo, em espírito. Sei que ele está bem, trabalhando e estudando. Um dia nos encontraremos novamente. Nesta vida ele foi meu filho, mas e nas outras? Quem sabe o que possa ter acontecido para termos de viver essas experiências, não é mesmo?

Anna estava boquiaberta. O médico falava com muita calma, mas ao mesmo tempo com uma firmeza que a deixava impressionada. Um homem que havia sofrido a perda do único filho, ali na sua frente, mostrando todo aquele amadurecimento emocional, porém sem deixar de mostrar a dor da perda. Era impressionante.

— Doutor, o senhor é uma pessoa maravilhosa! Passar por tudo que passou e ainda viver desse jeito...

— Não me leve a mal, senhorita, mas, se Junior não tivesse morrido, eu hoje talvez não estivesse aqui conversando com você. Talvez eu não percebesse o quanto a vida é magnífica e bela. O quanto ela é perfeita.

— Pena que o senhor teve de despertar dessa forma. É muito duro ser vítima do mundo.

— Não me sinto vítima.

— Não se sente assim?

— De forma alguma. Sentir-se vítima da situação é dar poder para algo que você mesmo pode controlar. Ser vítima é responsabilizar Deus ou os outros por tudo de ruim que acontece em nossa vida. Eu não sou vítima. Cada um desperta de um jeito. Eu despertei assim, porque para mim foi o melhor que poderia ter acontecido. O mesmo ocorre com esse casal, Sam e Brenda. Garanto a você que ninguém carrega sua cruz com mais peso do que deva carregar. A vida nos dá o peso exato da dor. Se esse casal está passando por isso, alguma coisa a vida deve estar querendo lhes mostrar. Vamos aguardar.

— O senhor tem toda a razão. Estou meio atrapalhada em meus pensamentos, mas sinto em meu coração que o senhor diz a verdade.

— Bem, minha cara, vamos ao quarto de Brenda.

Anderson levantou-se. Sentiu um mal-estar muito grande. A tontura foi tanta que ele caiu de volta ao sofá. Anna preocupou-se:

— Doutor, o senhor está bem? O que está havendo? Está pálido...

Anderson procurou recompor-se. Fechou os olhos por uns instantes e começou a orar. Anna não sabia se ele estava conversando, rezando ou fazendo ambos ao mesmo tempo. Aos poucos, ele foi melhorando. Pediu a ela que lhe trouxesse um copo de água. Ela desceu correndo as escadas e retornou logo em seguida.

— Tome, doutor. Coloquei um pouco de açúcar também.

— Obrigado, menina.

— Tem certeza de que está bem?

Anderson fez sinal afirmativo com a cabeça.

Anna ficou estática ao ver Anderson daquele jeito. Não parecia o mesmo homem com quem ela havia conversado minutos atrás. Ela não percebeu que Anderson estava ligado ao seu mentor espiritual, daí a leve alteração em seu comportamento.

Com a voz ligeiramente mudada, o médico pediu a Anna que ficasse sentada no sofá.

— Deixe que eu vá sozinho até lá. Eu a chamarei assim que for permitido.

CAPÍTULO QUATRO

Anderson pressentia que algo ruim havia acontecido. Procurou não se ligar àquela sensação desagradável. Deixou Anna e foi caminhando a passos lentos em direção ao quarto de Brenda. Sentia fortemente seu amigo invisível ao seu lado. Ele chegou até a porta e bateu levemente.

— Senhora Brenda, por favor, abra a porta. Precisamos conversar.

Nada. Nenhum som. Ele bateu novamente.

— Por favor, senhora, meu nome é Anderson, um amigo da família. Abra a porta. Precisamos conversar, só um pouquinho.

Percebia-se o silêncio do outro lado.

Anderson girou a maçaneta e abriu a porta. O quarto estava tomado pela escuridão. Deixou a porta entreaberta e voltou ao corredor, apanhando uma lamparina. Voltou ao quarto. Não havia ninguém. Com a lamparina na mão, foi entrando. Brenda não estava lá. Onde estaria? Teria descido?

Foi até a janela. Estava trancada por dentro. O médico procurou iluminar o quarto, acendendo as velas do lustre. Foi até o vestíbulo, ligado por um pequeno corredor dentro do quarto.

Por sorte, Anderson estava sendo amparado por seu mentor espiritual. Com o pavor estampado nos olhos, soltou um grito abafado. No meio do corredor, uma cadeira caída. No teto, presa ao lustre, uma corda... Brenda havia se enforcado.

Anderson foi intuído por seu mentor. Tão logo passou o susto, abaixou-se e começou a fazer uma sentida prece, dirigida ao espírito de Brenda, que não mais se encontrava no recinto. Levantou-se, procurando se recompor. À sua frente estava uma mulher com a coloração da pele já indo para o roxo. Os olhos estavam virados, a cabeça pendia para o lado, os braços largados e as mãos cerradas. Era uma cena chocante.

Anderson, por hábito da profissão, procurou tomar o pulso de Brenda. Pela rigidez do corpo, devia estar morta havia algumas horas. Não podia removê-la. Precisaria falar com o xerife antes. O médico mais nada podia fazer. Fez o sinal da cruz e pediu a Deus que fizesse o melhor por aquele espírito que acabara de desencarnar de maneira tão triste. Foi saindo do quarto e encostando a porta. Anna veio ao seu encontro.

— Então, doutor, como ela está? Não ouvi gritos, nada. Ela está dormindo?

Anderson procurou manter a calma, para não a assustar.

— Aparentemente está dormindo. Vamos descer, preciso conversar com Lawrence e o xerife.

Desceram as escadas e foram até a saleta onde estavam Lawrence e Mark. Assim que entraram, o xerife perguntou:

— Então, doutor, como está Sam?

Anderson procurou manter a calma.

— Está bem. Os médicos estão lá conversando com ele. Só está um pouco debilitado. Dentro de alguns dias estará bem melhor.

Lawrence perguntou:

— E Brenda? Não ouvi grito algum. Acabaram-se os pesadelos noturnos?

Anna interveio, animada, sem imaginar o que realmente havia acontecido:

— O doutor ficou alguns minutos com Brenda. Não ouvi gritos também, doutor Lawrence. Parece-me que ela está bem, não é, doutor? — perguntou, dirigindo um sorriso para Anderson.

Anderson pigarreou, coçou a nuca, passou a mão nervosamente pelos cabelos prateados. Procurava nesses segundos uma maneira de lhes contar o ocorrido. Colocou-se na frente de Anna, Mark e Lawrence.

— Bem, senhores, se Brenda está bem, eu não sei. A minha parte está encerrada. O caso dela agora fica nas mãos do senhor, xerife.

Nenhum dos três entendeu o porquê de o médico ter falado aquilo. Todos se entreolharam com um sinal de interrogação estampado no rosto. Mark logo entendeu a situação, mas relutava em aceitar a verdade. Gaguejando e nervoso, aproximou-se de Anderson.

— O senhor está dando o caso de Brenda para mim? Então... meu Deus... doutor Anderson... ela está...

Mark não terminou de falar. Começou a esmurrar a parede à sua frente. Anna e Lawrence ficaram aturdidos. Ainda não haviam percebido a verdade. Anna abraçou Mark.

— Não fique assim, tudo vai se resolver.

Mark desprendeu-se de Anna. Gritando muito, disse-lhe:

— Anna, você não compreende?

— Compreender o quê?

— Brenda está morta! Morta, ouviu?

Anna estremeceu. A emoção foi tanta que não aguentou e desmaiou. Anderson e Lawrence pegaram-na e colocaram-na no sofá. Anderson foi até a cozinha e trouxe-lhe um pouco de água. Enquanto isso, Lawrence, também estupefato, perguntou a Mark:

— Meu filho, como Brenda pode estar morta? O que está acontecendo nesta casa?

— Não sei, doutor Lawrence, não faço ideia. Esperemos pelo seu amigo, o doutor Anderson, e vamos subir.

Anderson chegou com um copo de água com açúcar. Passou um líquido nas narinas de Anna. Logo ela acordou.

— Doutor Anderson, é um sonho, não é mesmo?

A expressão no rosto de Anderson indicava que ela havia escutado a verdade. Brenda estava morta.

Anna, nesse momento, não pensou em Brenda, mas em Sam.

— Como vamos dizer isso a Sam? Há um mês seus filhos morreram. E agora a esposa. Doutor, foi o coração, tamanha a tristeza, certo?

Anderson sabia que lhe perguntariam sobre a *causa mortis*.

— Senhorita, acho melhor ir até o quarto de Sam. Fique lá com ele e com os médicos, mas não diga nada. Eu vou com Lawrence e Mark até o quarto de Brenda, para tomarmos as providências necessárias.

Subiram as escadas, em profundo silêncio. Anna entrou no quarto de Sam. Procurou manter a calma e ficou lá sentada, esperando. Anderson conduziu Mark e Lawrence até o quarto de Brenda.

— Senhores, por favor, mantenham a calma.

Mark e Lawrence não entenderam o que Anderson estava dizendo. Lawrence, meio aturdido, perguntou:

— Mas ela não está aqui no quarto, Anderson. Se ela está morta, deveria estar ali na cama. Onde ela está?

Mark foi até o outro lado da cama, achando que Brenda pudesse estar caída no chão.

— Por favor — disse Anderson apontando para o outro extremo do aposento —, dirijam-se ao vestíbulo.

Mark foi na frente, estugando o passo. Chegando ao corredor, deparou com o corpo de Brenda. Mesmo vendo aquela cena tão chocante, ele não queria acreditar que ela havia se matado.

Subitamente o semblante de Mark mudou. Ficou com raiva. Ele poderia até ficar triste se ela tivesse morrido por qualquer outro motivo. Mas tirar a própria vida? Deu meia-volta e retornou ao quarto. Seu ódio era tanto que começou a gritar:

— Doutor Lawrence, como é médico, vá lá e faça a sua parte. Eu não tenho nada o que fazer, a não ser cuidar do meu amigo Sam.

— Por quê?

— Como ela pôde ser tão egoísta, como ela pôde ser tão covarde?

Lawrence não entendeu o porquê de Mark estar furioso.

— Calma, meu filho. Não fique assim. O que foi?

— Vá lá, doutor Lawrence, e veja com os seus próprios olhos. Ela se matou, o senhor ouviu bem?

Lawrence foi tomado de enorme surpresa. Virando-se para Anderson, perguntou, aflito:

— Suicídio?

Anderson fez sinal afirmativo com a cabeça. Lawrence pôs as mãos na cabeça.

— Meu Deus! Mark, o que faremos?

— Eu não vou fazer nada. O senhor e o doutor Anderson vão lá e tirem aquele corpo amarrado naquela corda. Tratem de tudo. Eu corro só com a papelada. Velório e enterro, se é que ela merece, deixo a cargo de vocês.

Anderson, percebendo o estado emocional de Mark, procurou mudar o tom da conversa:

— Meu rapaz, tenha calma, porque vai precisar ter equilíbrio e preparar Sam. Precisará prepará-lo para a verdade.

— Para a verdade? Que verdade? Saber que era usado por uma mulher sem escrúpulos, só interessada em seu dinheiro, mimada, prepotente, arrogante? O senhor fique sabendo que eu aturava essa mulher por causa de Sam. Eu nunca gostei dela. Essa morte combina com Brenda. Somente um monstro como ela poderia morrer assim.

Lawrence procurou acalmá-lo:

— Calma, Mark. Eu sei que não está sendo fácil. Você era o padrinho das crianças. Eu sei que você gosta muito de Sam. Brenda era uma boa moça, uma boa esposa, uma boa mãe.

Mark espumava pelos cantos da boca, tamanho o ódio que sentia:

— O senhor não imagina o quão fútil ela era, doutor Lawrence. Então vamos lá. Primeiro, boa mulher? Para quem? Uma filha detestável, uma menina mimada pelo pai e estúpida. Segundo, boa esposa? Tratava Sam aos pontapés, sempre agressiva e mimada. Sam fazia tudo para vê-la feliz, e nada. E terceiro, boa mãe? Ela mal ficava ao lado das crianças. Anna era a verdadeira mãe. Estava sempre junto delas. Brenda nunca gostou dos filhos e...

Ele parou de falar. Fechou os olhos e procurou se conter. Um pensamento horroroso veio à cabeça de Mark naquele instante. Não, ele não podia sequer se permitir pensar no que vinha à sua mente. Engoliu as palavras que ia dizer. Saiu do quarto e bateu violentamente a porta.

Lawrence olhou para Anderson com ar preocupado.

— Conheço todos esses garotos desde que nasceram. Nunca pensei que as coisas tomassem esse rumo.

— Desculpe-me, Lawrence, mas sinto que ele falava a verdade em relação a Brenda. Pelo comportamento dela nos últimos tempos, segundo o que você me relatou, acredito que estava tomada de profundo remorso pela vida. Não vamos perturbar mais ainda o ambiente. Vamos lá fazer a nossa parte.

Caminharam lentamente até o vestíbulo. Anderson subiu na cadeira. Com uma faca cortou a corda que prendia Brenda. Seu corpo escorregou nos braços de Lawrence. Lágrimas começaram a escorrer de seu rosto. Por mais arrogante que Brenda fosse, ele a conhecia desde menina. Era muito triste para ele vê-la terminar sua vida daquela maneira. Colocaram-na na cama e arrumaram o quarto.

Anderson e Lawrence providenciaram tudo. Não contaram a ninguém a verdade sobre a morte de Brenda. Todos que perguntavam recebiam a mesma resposta: parada cardíaca. Como o caixão fora lacrado, tudo ficou mais fácil.

Nem Anna ficou sabendo a verdade. Mark, Anderson e Lawrence procuraram manter sigilo sobre o suicídio. Queriam poupar Sam de mais um desgosto em sua vida.

CAPÍTULO CINCO

Na semana seguinte ao funeral de Brenda, Anderson e a equipe de médicos partiram de Little Flower. Sam ainda estava amuado e sob efeito de medicamentos, mas os amigos não poderiam esconder dele a morte da esposa por muito tempo.

Após a partida de Anderson, Mark procurou conversar com Anna e Adolph. Numa noite, reuniram-se na casa de Sam.

— Amigos, já está na hora de contarmos a ele.
— Mas, Mark, como? — indagou Anna.
— Não podemos mais, de forma alguma, esconder a verdade. Estamos aflitos, temerosos, angustiados. Sam tem de saber, não é mesmo? Então vamos lá e contamos. Será melhor assim.

— Eu concordo com você — disse Adolph. — Chega de esconder a verdade. É hora de irmos lá ter com ele.

Deram-se as mãos e foram para o quarto de Sam. O rapaz estava deitado na cama, ainda um pouco debilitado. Adolph tomou a iniciativa:

— Sam, precisamos ter uma conversa.

— O que foi?

— Como se sente? – indagou Adolph.

— Na mesma. Acaso vão reclamar que estou aqui há quase dois meses? Eu já até saí do quarto dos bebês. E Brenda, como está? Não nos vemos desde a morte das crianças. Ela está no quarto delas? Está no quarto de hóspedes? Por que ela não fica aqui comigo?

— É porque...

— Será que a dor dela é maior que a minha? Acho que está na hora de encararmos a realidade e conversarmos, não acham?

Anna, Mark e Adolph entreolharam-se. E agora? Como dizer? Sam percebeu o olhar esquisito dos três. Sentia em seu íntimo que havia algo errado por ali.

— O que vocês querem me dizer? Onde está Brenda? Ela está mal também? Diga, Adolph, onde ela está?

Adolph não conseguia encontrar palavras. Mark, que andava frio como uma pedra de gelo desde a morte de Brenda, sentiu-se firme para dizer:

— Bem, meu amigo, Brenda não está mais aqui conosco.

— Como assim? Ela foi para a casa de alguém? Não suportou ficar aqui? Oh, por que não pensei nisso antes? — falou enquanto levava a mão até a testa. — Eu deveria estar ao seu lado, certo? Fiquei imerso em minha dor e me esqueci dela.

Mark procurou ser firme. Afinal de contas, a verdade, mesmo sendo dolorida, precisava ser dita.

— Sam, Brenda... Brenda... está morta.

A última palavra ficou ecoando na cabeça de todos. O ar ficou pesado. Anna começou a chorar, não controlando a emoção. Adolph ficou estático. Um calor percorreu o corpo de Sam, subindo até a cabeça, deixando seu rosto vermelho. Estava a ponto de explodir. Levantou-se da cama e avançou para cima de Mark.

— O que você está me dizendo? Como se atreve?

Mark e Adolph procuraram segurá-lo. Sam estava completamente desequilibrado. Desgrudou-se de ambos e foi cambaleando para o quarto das crianças.

— Brenda! Onde está você? Brenda!

Ele não queria acreditar na verdade. Um pavor invadiu sua alma, e ele, não tendo forças para se controlar, tombou na ponta da escada. Anna, que estava à sua frente, não teve forças para segurá-lo. Sam rolou escada abaixo, batendo fortemente a cabeça no chão.

Anna deu um grito. Os rapazes saíram correndo do quarto de Sam, assustados. Adolph abraçou Anna, tentando acalmá-la. Mark desceu rapidamente as escadas. Sentou-se no chão ao lado de Sam. Delicadamente passou as mãos pelo rosto do amigo.

— Sam, por favor... Eu estarei sempre ao seu lado, eu prometo. Entretanto, por favor, não morra, não morra!

E desatou a chorar. Um filete de sangue escorreu pelo canto da boca de Sam, aumentando o desespero do amigo.

— Adolph, desça imediatamente! Ele está sangrando. Vá chamar o doutor Lawrence. Não sei o que fazer.

Adolph desceu correndo e saiu em disparada para chamar o médico. Anna desceu as escadas meio trôpega, segurando o corrimão, assustada com tudo aquilo. Foi envolvida por uma força estranha e seu corpo endireitou-se. Sua voz imediatamente ficou mais firme. Ela terminou de descer os degraus de maneira segura e olhando para um ponto indefinido à sua frente. Foi até Mark.

— Saia. Deixe-me cuidar dele. Vamos, saia, por favor.

Mark parou de chorar e limpou o rosto. Não sabia se estava alucinando. A doce e meiga Anna agora lhe falava com uma voz cuja modulação era bem diferente, forte e decidida. Parecia outra pessoa.

Anna ajoelhou-se e fechou os olhos. Instintivamente levantou a mão esquerda para o alto, como que captando algo do céu. A mão direita tocou levemente a testa de Sam. Mark ficou paralisado. Nunca havia visto Anna daquele jeito. Estava muito confuso para raciocinar.

Poucos minutos depois, Sam começou a remexer a cabeça para os lados. Seu corpo começou a tremer. Anna continuou firme em seu intento. Abriu os olhos, abaixou-se e deu um suave beijo no rosto dele, não se incomodando com o sangue que escorria de sua boca. Em seguida ela se levantou. Sentiu uma leve tontura, mas logo ficou bem. Olhou para Sam no chão e para Mark.

— E então? — perguntou ela.

— Então o quê? — indagou Mark, aturdido.

— Ele não vai morrer. Logo o doutor Lawrence e Adolph estarão aqui. Teremos de fazer vigília constante, até que ele melhore o próprio estado emocional. Vamos cada um de nós fazer a nossa parte. Enquanto eles não chegam, vou me banhar e trocar de roupa. O vestido está um pouco manchado de sangue. — Virou-se e subiu.

Mark, estupefato com a transformação de Anna, só conseguiu dizer:

— Seu vestido e sua boca...

Mark ficou olhando para Anna, enquanto ela subia a escada, serena, com um brilho diferente no olhar. Abaixou-se e pôs-se a falar com seu amigo, que ainda estava meio atordoado.

— Calma, Sam... Logo o médico vai estar aqui e cuidará de você. Não se preocupe.

Ficou passando levemente as mãos sobre os cabelos de Sam. Mark gostava muito dele, eram muito amigos. Começou a lembrar-se das crianças, e lágrimas teimavam em escorrer por seu rosto.

Nesse meio-tempo, Anna entrou no banheiro, despiu-se e foi se lavar. Continuava do mesmo jeito, ainda envolvida por aquela força estranha. Lavou-se, trocou de roupa. Desceu as escadas, passou por Mark e deu-lhe uma piscada. Foi até seu quarto, ao lado da cozinha. Tomada por leve sonolência, cochilou.

Tão logo Anna adormeceu, desprendeu-se do corpo físico. Um pouco atordoada, foi guiada por suaves mãos que a conduziram até uma pequena cadeira, ao lado da cama. O quarto estava iluminado por uma luz verde bem clara, suave.

Anna abriu os olhos e viu uma mulher jovem, muito bonita, com a pele alva, brilhante. Usava um lindo vestido azul-claro, e seus cabelos encaracolados, ruivos, desciam até as costas. Possuía um sorriso encantador.

— Anna, querida, precisei atuar através do seu corpo. Foi necessário. Muitas tragédias aconteceram neste lar. Mas logo tudo vai passar. Com o tempo, Sam vai melhorar. Confie.

Anna estava ainda zonza, contudo ouvia perfeitamente o que a mulher lhe dizia.

— Quem é você? Eu tenho certeza de que a conheço, só não sei de onde.

— Sou Agnes. Você sabe quem eu sou, minha querida.

— Sei?

Agnes fez sinal afirmativo com a cabeça. Prosseguiu:

— Só não se recorda, porque está vivendo uma outra vida, uma outra história. Vivemos muitas vidas juntas, mas agora o meu trabalho é do lado de cá.

— De que lado? — Anna não estava entendendo o que Agnes lhe falava.

— Alguns de nosso grupo espiritual retornaram ao planeta, e eu fiquei por aqui, auxiliando-lhes naquilo que fosse preciso, porém, sempre com a permissão de vocês, nunca interferindo de maneira direta no arbítrio de cada um. Logo uma nova etapa se iniciará. Eu conto muito com você, Anna. Agora eu preciso ir.

Agnes beijou delicadamente a testa da jovem. Ajudou-a a levantar-se e a encaixar-se no próprio corpo físico. Depois disso, partiu. Anna despertou.

— Nossa, que sonho encantador! Que mulher mais linda! De onde a conheço?

Permaneceu assim por alguns minutos, ainda sentindo em todo o corpo as energias salutares de Agnes. Anna sentiu um ânimo muito grande, uma vontade muito prazerosa de viver. Reconhecia, no fundo de seu coração, que realmente uma nova etapa se iniciava em sua vida.

Lawrence e Adolph chegaram em seguida. Mark continuava a passar as mãos no rosto do amigo. Quando Adolph os viu, suspirou aliviado.

— Santo Deus! Ele está vivo, doutor. Acho que ninguém aqui suportaria passar por mais uma tragédia.

— Concordo — disse Lawrence. — Chega de tragédias. Vocês são jovens, bonitos, saudáveis, têm toda uma vida pela frente. Vamos, ajudem-me a colocar o menino no sofá.

Mark começou a rir.

— Menino? Sabe quantos anos ele tem? Nós não somos mais tão jovens, doutor. Principalmente eu, que vou fazer trinta e um.

— E sabe quantos anos eu vou fazer? — perguntou Lawrence, sorriso matreiro. E respondeu na sequência: — Trinta a mais que você. Estou mais para o lado de lá...

— Doutor — interveio Adolph —, será que ele sofreu alguma concussão? E o sangue?

— Meu jovem, eu tenho mais de trinta anos de prática médica. Sam aparentemente não sofreu nada grave. Veja, ele está movimentando todo o corpo. E o sangue escorreu porque ele quebrou um dente.

— Um dente? Como sabe? Nem ao menos tocou nele.

— Ora, Adolph, é só olhar para o chão, próximo ao local da queda.

Os rapazes foram até o pé da escada. Ao lado de uma pequena poça de sangue, lá estava o dente. Começaram a rir.

— Doutor, Sam vai ficar horrível. Vai ficar banguela! — declarou Mark.

— Não, aparentemente. Esse dente aí fica na parte de trás da arcada, portanto ninguém vai notar, a não ser Sam, quando for mastigar um bom pedaço de filé.

Os três continuaram a rir e não notaram uma presença na sala. Lá estava Agnes. Saindo do quarto de Anna, ela tinha ido até o cômodo para energizar o ambiente.

Pétalas de rosas iluminadas escorriam por suas mãos e eram espalhadas por toda a casa. Em seguida, ela passou suavemente a mão pela testa de Mark, Adolph e Lawrence, respectivamente. Pousou a mão mais demoradamente sobre a testa de Sam. Deu um beijo em cada um e partiu, sorridente e feliz. Mais uma vez, Agnes fizera sua parte.

CAPÍTULO SEIS

Sam, nas semanas seguintes, ficou aos cuidados dos amigos, Anna, Mark e Adolph. Os três faziam escalas para que ele não permanecesse sozinho em momento algum. O doutor Lawrence ministrou-lhe doses cavalares de medicamentos. Quanto mais o tempo passasse, e quanto mais Sam não se lembrasse, melhor.

Num desses dias, completamente sedado, Sam teve uma visão. Ele viu seu avô Roger no canto do quarto. A imagem do avô era nítida e ele escutava com atenção. O espírito do avô sorriu e falou:

— Meu neto querido, não cause mais dor para sua alma tão sofrida. Sabemos que o ocorrido foi brutal para você e

Brenda. Contudo, você está conseguindo caminhar. Infelizmente, sua esposa não suportou as próprias escolhas e está em terrível estado. Nada podemos fazer por ela neste momento. Mas veja, meu neto, você está vivo e bem. Tem uma saúde de ferro. Nada como confiar em Deus, pois Ele nunca erra. Tudo está certo no caminho de cada um de nós. Daqui a alguns anos você vai entender tudo. Agora reaja, por favor. Vá viver o que é preciso. Vá viver o que você mesmo prometeu aqui, antes de regressar à Terra. Sua nova etapa de vida começa no Brasil. Siga confiante, pois eu estarei ao seu lado sempre que for necessário. Não desista, não desista, meu querido.

Sam concordou com a cabeça e esta pendeu para um lado. Começou a pronunciar algumas palavras:

— Não desista... vovô... Bra...

— O que ele está dizendo, Mark? — inquiriu Anna.

— Não sei. Talvez esteja delirando. Já são três semanas nesse estado. É a primeira vez que vejo Sam falar alguma coisa. Provavelmente deve ter sonhado com o avô. Eles eram muito ligados. Sam tinha uma relação muito mais estreita com o avô do que com o pai.

Anna olhou em direção à porta, que acabara de abrir-se.

— Adolph, que bom que chegou! Sam está falando palavras desconexas. Aproxime-se dele para entender o que ele diz, por favor.

O rapaz aproximou-se e perguntou:

— Sam, o que se passa?

— Meu avô está ali no canto do quarto, olhe.

— E ele lhe disse algo?

— Sim, ele disse que não está com Brenda, que sou forte e devo ir para o Brasil.

— Ele deve estar com febre, não?

— Acredito que não, Mark. Estou quase certo de que o avô de Sam está aqui, tentando deixá-lo mais calmo, auxiliando-o.

— Que história é essa, Adolph? Um rapaz que estudou na Europa, como você, falando desse jeito? Também está delirando?

— Não, não estou delirando, de forma alguma. É que lá em Paris eu me interessei e estudei assuntos metafísicos e espirituais, continuidade da vida após a morte.

— Isso é absurdo. Como pode você, um rapaz estudado, com uma carreira brilhante, acreditar em assuntos próprios de pessoas ignorantes?

— Não precisa se exaltar, Mark. É o meu ponto de vista, e só. Estamos num país livre, não estamos? Então eu tenho todo o direito de acreditar em tudo que quiser. Sinto-me confortável com esta descoberta. Acho que realmente chegou a hora de começarmos a acreditar no poder do invisível e somos responsáveis por tudo que nos ocorre nesta vida, você me entende?

— Não. De forma alguma. Como se atreve a falar de responsabilidade? Como pode dizer que somos responsáveis por tudo que nos ocorre se este pobre homem, que está aí deitado, delirando, perdeu dois filhos? Como? Por acaso aquelas crianças eram responsáveis por elas mesmas? Por acaso tinham a obrigação de se cuidarem? Você é louco? Elas tinham oito meses de vida. Oito meses!

Irritado e nervoso, Mark partiu colérico para cima de Adolph. Anna teve de se colocar entre os dois homens, para evitar uma briga.

— Depois de tudo que aconteceu, vocês vão começar a discutir neste quarto? Como ousam? Olhem o estado de Sam. Por favor, chega de confusão. Já vivemos uma situação tão dolorida...

— Ela tem razão, Mark — concordou Adolph. — Os seus pontos de vista são completamente diferentes dos meus. Cada um pensa como quer, vive como quer. Vamos deixar esse assunto de lado. — Procurando acalmar-se e dar outro rumo à conversa, perguntou: — A propósito, você já conseguiu alguma pista?

— Não — respondeu Mark tristemente. — Foi um crime tão esquisito, mas eu suspeito que...

Dizendo isso, Mark sentiu o sangue ferver. Novamente aquele pensamento horroroso de semanas antes. Não se permitiu fixar-se no que lhe passava pela mente. Procurou desconversar.

— Eu suspeito que... que... será sempre um crime sem solução. De que vai adiantar? Por acaso as crianças vão voltar? Não, não vão. Para mim foi uma fatalidade, e todo dia eu rezo para esquecer-me daquela trágica manhã.

Adolph ficou sensibilizado com as palavras de Mark. Realmente não fazia sentido correr atrás de alguém àquela altura. Mas deixar um crime hediondo daqueles impune? Ele sentia que todos eram responsáveis por si mesmos. Ainda achava que tinha de estudar muito, mas, no fundo, Adolph queria apenas saber quem havia feito aquilo, para entender o porquê do ocorrido. Só assim poderia ficar em paz.

Mark, para desviar os pensamentos que teimavam em ferver em sua cabeça, disparou:

— Então somos todos suspeitos? Claro que não. A minha hipótese é de que algum forasteiro se escondeu por aí, na madrugada, e ao amanhecer verificou que podia saquear, roubar, sei lá. E, convenhamos, a casa de nosso amigo Sam é suntuosa, chama a atenção...

— E, segundo você — completou Adolph —, provavelmente ele deve ter esperado Sam ir ao celeiro, Anna ir para as compras, aproveitou que Brenda ainda estivesse dormindo e entrou pela janela do quarto das crianças.

— Isso mesmo, Adolph. Isso mesmo. E acredito que as crianças começaram a chorar ao perceber o estranho, ou ouviram algum barulho e se assustaram, assim, não havendo alternativa para que se calassem, ele as estrangulou. É horrível, mas penso que foi assim. O que você acha?

— Creio que está coberto de razão. E, com o alvoroço causado por essa tragédia, a cidade toda correndo até aqui, ninguém se deu conta de verificar se tinha ou não algum estranho na cidade, fugindo.

— Realmente, naquela manhã, ninguém nesta cidade pensou em outra coisa, a não ser em consolar o pobre casal.

— E aquele bêbado que encontraram na cidade vizinha? Não seria um suspeito, xerife?

— Olhe, Anna, eu até pensei que esse tal bêbado pudesse ser o assassino. Eu fui até a chefatura de lá. Mas, quando cheguei, ele já havia partido. O xerife disse que aquele bêbado sempre aparecia por lá. É freguês antigo da região e, segundo dizem, não faz mal nem a uma mosca.

— Que pena... — tornou ela. — Então, Mark, será que esse crime jamais terá solução?

— Acredito que nunca nesta vida saberemos quem foi o autor de tamanha brutalidade.

— Será?

Naquele instante, a conversa foi abruptamente interrompida por Emily, a responsável pelo correio local, que entrou no quarto de Sam, ansiosa:

— Senhor Adolph, corra para o correio! Chegou um pacote bem bonito, vindo da Europa. O senhor fez alguma encomenda?

— Que eu me lembre, não. Pacote vindo da Europa?

— Isso mesmo. Chegou mês passado lá no porto e, com as avalanches deste inverno, só entregaram agora de manhã. Vamos lá, eu mesma acompanho o senhor.

— Ah, Emily, só você mesmo para que eu esboce um sorriso nestes tempos. Vamos, então, minha cara — e ofereceu seu braço a ela, em deferência.

— Está certo, senhor Adolph. Com licença, xerife.

Os presentes não perceberam o rubor na face de Mark. Já fazia um bom tempo que ele andava de olho na garota.

Emily era uma linda moça. Aos dezoito anos, possuía um corpo bem-feito, olhos e cabelos de um castanho amarelado, estatura mediana. Nos bailes organizados para angariar fundos de guerra, o caderninho de Emily era sempre o mais preenchido e disputado, deixando muitas moças morrendo de inveja.

Filha de um casal escocês, ambos já falecidos, ela herdara o posto do correio, que era de seu pai. Seu irmão Bob, um ano mais velho, estava servindo aos aliados do norte e não lhe mandava notícias havia alguns meses, o que a preocupava.

Emily era muito esperta, inteligente. Possuía um sorriso que cativava qualquer um. Principalmente o coração do xerife Mark. Mesmo sendo cobiçado por algumas moças da cidade, ele só tinha olhos para Emily. Pensava: *Como terei coragem de falar para ela tudo que vai em meu coração? Como dizer-lhe que a amo, que a quero como minha esposa, mãe de meus filhos?*

Ficou pensando nisso enquanto observava Sam virar-se para o lado e novamente dormir. Anna voltou aos afazeres domésticos.

Chegando ao correio, Adolph dirigiu-se ao balcão.

— Onde está, Emily? Você veio me perturbando tanto neste caminho, que fui contagiado pela sua excitação. Vamos lá, menina, pegue para mim.

Emily entregou-lhe o pacote, aflita e empolgada:

— Vamos, senhor Adolph, abra logo! Estou inquieta. Será algum presente? Por favor, abra.

— Calma, menina! Desse jeito você vai ter um ataque — e, rindo, continuou: — Vamos fazer o seguinte: você abre para mim, está certo?

— Eu? Posso mesmo?

— Pode, sim.

— O senhor deixa?

— Deixo, mas só se você nunca mais me chamar de senhor.

— Está certo, senh..., desculpe! Está bem, Adolph.

— Pode abrir.

Ela desembrulhou o pacote com delicadeza. Sentiu um certo desapontamento ao ver o conteúdo da caixa.

— Oh! São livros! Não estão escritos em inglês. Estão em que língua?

— Deixe-me ver, Emily.

Eufórico, Adolph começou a rir. Subiu no balcão da agência.

— Meu Deus, Emily! Finalmente. Chegaram!

Surpresa, ela perguntou:

— Que livros são esses?

— É uma longa história, depois eu conto. Acabo de receber algo que esperava há tempos, entende?

— Não, Adolph, eu não entendo. Você os encomendou?

— De maneira alguma. Quando regressei de Paris, no final do ano passado, meus amigos me falaram que um livro muito importante seria publicado este ano, explicando os textos sagrados à luz da espiritualidade. Está escrito em francês, por isso você não entende.

— E esse?

— Ah, este aqui — apontou — é uma nova versão de um tratado sobre espiritualidade, que vai mudar, para sempre, a visão do homem sobre todas as coisas.

— E esse outro?

— Esse outro é sobre metafísica, questões do espírito humano. É um livro que eu tenho em minha biblioteca, mas em francês. Como meus amigos são brasileiros, estão me presenteando com a edição original, escrita em português.

Emily, desconhecendo o assunto, pegou aleatoriamente um dos livros:

— O que está escrito aqui nessa capa, afinal de contas?

— Está escrito *Imitação do Evangelho segundo o Espiritismo*[1].

Mal deu tempo de Adolph terminar de dizer o nome do livro, e Emily, com o medo estampado no rosto, impulsivamente jogou o livro num canto e saiu correndo para o depósito, gritando:

— Adolph, tire isso daqui! Leve esses livros para longe. Imagine se as pessoas aqui na cidade souberem que você mexe com esses assuntos profanos. Falar ou ler sobre espíritos? É muita ignorância. Coisa de gente à toa.

— Emily, não se zangue. Desculpe-me. Eu jamais tive a intenção de causar susto a você. São livros sobre estudos da espiritualidade que foram lançados recentemente na França. São obras que já eram esperadas, que o autor escreveu com a ajuda de médiuns que tinham contato com espíritos. São livros que ajudam a entender muitas coisas que acontecem conosco nesta vida e mostram uma nova interpretação das leis de Jesus. Esse último já é mais filosófico.

— E por acaso esses livros podem explicar a morte das crianças? Esse tal livro dos espíritos vai elucidar o crime? Como você, um homem estudado, pode dar crédito a um

---

1 *O Evangelho segundo o Espiritismo*, em sua primeira edição, chamava-se *Imitação do Evangelho segundo o Espiritismo*; o nome definitivo e amplamente conhecido veio a partir da segunda edição, em 1865.

autor que teve colaboração de espíritos para escrever? Não é insanidade?

— Escute, se fosse insanidade, não seria publicado. Em Paris, conheci o professor Rivail. É um homem culto, educado, inteligente, cativante. Faz parte das altas-rodas da sociedade, e já há muita gente por lá que está de acordo com suas ideias.

— Mas aí na capa não consta o nome Rivail.

— O professor adotou o nome de Allan Kardec. Esse homem é um sábio, um estudioso. E garanto, minha cara, que esses livros vão mudar os conceitos que o homem tem das coisas.

— Que coisas? O que pode mudar? Que agora não vamos mais morrer? Que não vamos mais ter guerras? Que meu irmão vai voltar vivo? Que coisas são essas, Adolph?

— Assuntos da natureza humana, minha cara. Assuntos proibidos pela Igreja. Morte, culpa, de onde viemos, como nascemos, por que vivemos aqui neste mundo, por que cada um de nós tem uma vida diferente...

— E você está achando que esses livros, desses tais espíritos, e esse outro brasileiro vão explicar tudo isso, não é?

— Tenho certeza absoluta.

— Você fala com tanta convicção, Adolph, que eu estou começando a entrar na sua história. Veja eu, uma mulher lúcida, independente, inteligente, começando a acreditar no que você me diz.

— Quem sabe, à medida que eu for lendo esses livros, trocando cartas com meus amigos em Paris para tirar dúvidas, eu possa lhe mostrar uma nova forma de pensar, certo?

Emily, mesmo receosa, sentiu-se atraída por um dos livros. Pegou o volume encadernado em couro e disse:

— Se você, tão culto e inteligente, lê esse tipo de assunto, é porque deve conter alguma coisa boa.

— Não tenha dúvidas.

— Vamos fazer o seguinte — ela propôs. — Eu vou ler esse... esse... *Livro dos Espíritos*.

— Tenho certeza de que vai adorar.

— Fala com muita convicção.

— Porque, assim como você, na primeira vez que tive contato com esses livros tive um comportamento cético, entende? Eu sempre fui um homem que estudou bastante. Mas, depois de algumas páginas, estava apaixonado pela leitura. Era como se muitas das minhas dúvidas acerca dos mistérios da vida fossem arrancadas imediatamente.

— Se me diz assim...

Adolph continuou, animado:

— Eu queria muito fazer uma comparação desse com o original que tenho em casa.

— Comparação? Como assim?

— Embora eu tenha lido essa nova versão de *O Livro dos Espíritos* em Paris, tenho em casa a versão original, com metade das perguntas feitas por Kardec aos espíritos[2].

Emily fez um muxoxo e coçou a cabeça.

— Eu vou ler o livro sem os olhos do preconceito. Afinal de contas, sei o que é senti-lo na própria pele.

— O que está falando?

— Adolph, eu sou uma mulher. Mesmo sendo colocadas de lado nesta sociedade machista, se não fôssemos nós, o que seria dos soldados feridos nesta guerra horrível?

---

2 A primeira edição de *O Livro dos Espíritos* foi publicada por Allan Kardec em 18 de abril de 1857. O livro rapidamente correu o mundo e criou polêmica, provocando protestos de religiosos e cientistas céticos, mas chamando a atenção de outros médiuns, que entraram em contato com Kardec. O codificador da doutrina espírita viu que seu trabalho ainda não estava terminado. Eram tantas novas revelações que ele decidiu revisar mais uma vez e ampliar o original. A segunda edição, definitiva, com as 1.019 perguntas que conhecemos, foi publicada em 18 de março de 1860.

— Tem toda razão, minha cara. Eu não consigo compreender essa separação injusta entre os sexos e...

Trocando ideias, animados, ambos ficaram horas conversando nas dependências do correio.

CAPÍTULO SETE

    Mais alguns dias se passaram. O inverno daquele ano foi rigoroso, com muitas avalanches e nevascas. Cidades foram parcialmente destruídas por ventos fortes, deixando um saldo de centenas de mortos espalhados pelo norte do país.

    Os amigos de Sam estavam preocupados. Ele não estava reagindo aos medicamentos e não se alimentava, o que piorava seu estado.

    — Doutor, o que mais poderemos fazer? — perguntou Anna.

    — Não sei, minha querida, já tentamos de tudo. Acredito que orar será o melhor remédio.

A jovem estava arrasada. Também já tinha feito tudo que podia. Alimentava Sam, ministrava-lhe os remédios prescritos pelo médico, mas estava cansada. Sam não reagia. Lawrence, percebendo seu estado, começou a conversar, a fim de animá-la.

— Anna, recebi uma carta de meu amigo Anderson, lá de Chicago. Ele perguntou por você.

Anna sorriu. Trocou a dor de ver Sam naquele estado pela saudade que sentia do doutor Anderson.

— Oh, doutor Lawrence, ele perguntou por mim?

— Sim, perguntou.

— Eu conversei tanto com ele naquela noite terrível. Aliás, se não fosse a força que ele me transmitiu, não sei como suportaria tudo aquilo.

— Não só você como eu também. Anderson é uma pessoa muito esclarecida, muito lúcida, um homem muito inteligente. Conhece os quatro cantos do planeta. Imagine que ele morou até no Brasil.

— Ele me falou. É o mesmo lugar onde nasceram aqueles amigos que Adolph conheceu em Paris. Confesso que me senti tão pequena, tão estúpida. Nunca viajei na vida pelo meu próprio país, nunca saí de Little Flower.

— E a cidade onde você nasceu e viveu até encontrar o pai de Brenda?

— Ah, doutor, eu nem me lembro. Eu era muito pequena. Só me recordo de que tinha muita neve. Devia ser mais ao norte, provavelmente.

— Compreendo. Tenho muita estima por Anderson.

Anna sorriu.

— Sabe, o doutor Anderson me falou de sua maneira de encarar a vida, os fatos. Ele é brilhante. Onde o senhor o conheceu?

— Anderson estudou comigo na faculdade. Depois, por obra do destino, nos separamos. No entanto, sempre mantivemos contato. Mesmo quando estava no Brasil, nunca deixou de me escrever.

— A morte do filho foi muito dura para ele, não?

— Minha pequena, perder um filho deve ser muito triste, uma dor muito pior do que a do filho que perde o pai. Porque o filho vai casar-se, constituir família. Ele tem uma vida pela frente, caso venha a perder os pais. Ao passo que o filho é a própria vida de um pai. Anderson sofreu muito com a morte de Junior. Pensei até que ele fosse se matar.

— Eu gostei muito dele. Se pudesse escolher um pai, eu o escolheria. Ele nos fala da vida com clareza. Senti muita verdade em suas palavras.

— Depois que o filho morreu, Anderson se envolveu com umas pessoas no Brasil, participou de alguns rituais, de algumas curas, não sei ao certo o quê, porque ele nunca se abriu comigo sobre tais assuntos.

— Provavelmente devem ser pessoas boas e decentes, porque ele demonstra ser muito bom também.

— Anderson é uma pessoa instruída, médico reconhecido e conceituado em Chicago. O fato de ter sido sempre equilibrado ajudou-me também a enxergar a vida de outra maneira.

Anna espantou-se:

— O senhor também pensa como ele?

— Sim, penso.

— E por que nunca nos disse nada?

— Por causa do preconceito, Anna.

— Preconceito? Não vejo problema algum em enxergar e entender a vida de maneira mais simples e que faça sentido.

— Concordo com você. Eu já estou velho, não tenho mais para onde ir, não tenho mais como me aventurar pelo mundo. O pouco que ganho vem dos meus pacientes aqui em Little

Flower. Imagine eu falando aos meus pacientes que eles são responsáveis pela dor que sentem. Eles nunca mais se tratariam comigo. E eu ficaria sem nada.

— Entendo o seu ponto de vista, doutor. Naquela semana em que o doutor Anderson ficou aqui aprendi muitas coisas. As palavras dele estão me confortando até hoje, ajudando-me a arrumar forças e cuidar de Sam.

Ela começou a chorar. Por mais que tentasse, era muito triste ver Sam naquele estado. Lawrence também não sabia o que fazer. Orava, pedindo pela melhora de Sam. Terminou de ver seu paciente e foi até a cadeira em que Anna estava sentada.

— Minha filha, tenho certeza de que logo tudo vai passar. E sei que vocês serão felizes.

Ela estremeceu. Não conseguia olhar para Lawrence. Como ele havia notado?

— Não precisa me dizer nada. Aliás, não precisa dizer nada a ninguém, a não ser para a pessoa que merece o seu amor. E não queira usar a cabeça, porque, nesses casos, só precisamos do coração como guia.

A conversa foi interrompida pelos gemidos de Sam, que estava novamente delirando:

— O que fazer agora, vovô? Mudar de casa... de cidade... de país... humm...

Anna esqueceu-se por ora do amor que vibrava em seu peito. Preocupada, desabafou:

— Está vendo, doutor? Ele ainda delira. Acho que faz uns três meses que não para de sonhar com o avô. Como pode isso?

— Não sei. Mas é melhor ele delirar do que não respirar. Vamos continuar elevando o nosso pensamento para o bem dele. Já que eu descobri que você andou conversando muito com meu amigo Anderson...

— O senhor está com ciúme? Ora, doutor, o senhor é o melhor médico do mundo. Eu o adoro!

Anna abraçou Lawrence com carinho. Ele a beijou delicadamente na testa.

— Eu também gosto muito de você, Anna. Às vezes eu me pergunto se não poderia estar no lugar de Donald naquele dia em que a encontrou. Adoraria ter uma filha assim, igualzinha a você.

Abraçaram-se, e ela nada disse. Estava emocionada com as palavras do velho médico. Lawrence continuou:

— Eu já vou para casa, está tarde. Gostaria que fosse até a cozinha e trouxesse um pouco de caldo quente para Sam. Mais tarde Mark virá para continuar a vigília. Agora, por favor, conduza-me até a porta.

— Com todo o prazer. Vamos, mas antes tome também um pouco de caldo. Sem modéstia, está tão bom...

— Vou aceitar. Está bastante frio hoje, e um caldo vai muito bem. Ainda mais um caldo feito com amor e carinho, só pode fazer bem.

Começaram a rir e saíram do quarto. Desceram as escadas e foram até a cozinha. Em seguida à saída de Anna e Lawrence, duas figuras presentes no aposento durante todo o diálogo permaneceram aos pés da cama de Sam. Agnes, mais uma vez, estava lá, dando a assistência necessária, junto a Roger.

Uma grande quantidade de pingos de luz começou a descer do céu em direção ao corpo de Sam. Em segundos, seu campo áurico foi tomado por um colorido bem vivo, variando nos tons de azul. Essas luzes não podiam ser vistas no plano físico, mas a sensibilidade de Sam as percebeu.

— Vovô, não aguento mais estes sonhos. Por que devo delirar tanto assim? Por que não morro de vez? Levem-me daqui. Deus, tenha piedade de mim, tire-me daqui, por favor.

Começou novamente a chorar. Roger caminhou até a cabeceira. De suas mãos despejavam fluidos coloridos que entravam pela testa de Sam e saíam pela região do umbigo. Enquanto isso, Agnes pousava as mãos nos objetos do quarto, limpando a energia neles contida. De suas mãos saía uma luz branca que, em contato com os objetos, imediatamente tornava-se negra, sendo logo em seguida dissipada no ar.

O trabalho de Roger e Agnes nesse momento era o de preservar o corpo físico de Sam, ao mesmo tempo que deveriam manter o ambiente magnetizado com energias revigorantes.

— Talvez sejam necessários mais uns dois dias para Sam levantar-se da cama. Ele já passou tempo demais prostrado. Depois de todo esse tempo magnetizando seus alimentos e ministrando-lhe passes duas vezes ao dia, sinto que ele já está em condições de partir para a próxima etapa. O que acha? — perguntou Agnes a Roger, enquanto passava delicadamente uma das mãos na fronte do rapaz.

— Bem, você o acompanha desde que foi fecundado, desde que estava na barriga da mãe. Estava olhando algumas anotações que os outros amigos espirituais fizeram, mas há algumas coisas que não compreendo. Eu sei que tudo isto aqui já estava previsto, mas e agora? Não vejo mais anotações daqui para a frente.

Agnes sorriu.

— Querido, entenda uma coisa: estes primeiros vinte e um anos de Sam já estavam traçados. Quando somos novos, na maioria das vezes temos poucas escolhas para fazer. Mesmo sendo espíritos já velhos, aprisionados num corpo jovem, temos poucas escolhas. À medida que vamos envelhecendo no plano físico, vamos aumentando as nossas responsabilidades, porque já tivemos mais experiências, mais treino. E isso é o que vai acontecer com ele a partir de agora.

— Você acredita que ele esteja maduro o suficiente para encarar essa nova etapa? Ir para um outro país, com outra língua, outros costumes... É muita mudança. Há mesmo essa necessidade?

— Esqueceu-se de que os outros envolvidos estão naquele país? O nascimento de Sam foi programado para ser aqui nos Estados Unidos por razões que já conhecemos. Você sabe que Brenda nunca poderia nascer no Brasil. Se assim fosse, todo o plano de encarnação dos dois estaria comprometido, porque aqui não há o suporte necessário para o que ele tem de realizar, compreende?

— Sim, Agnes, compreendo, muito embora Brenda tenha se comprometido desfavoravelmente. Mas... Brasil? Por que o meu neto tem de ir para o Brasil? Por mais que tente, eu não consigo compreender.

— Porque seu neto viveu no Brasil na encarnação anterior. Todos nós temos laços com aquele país, inclusive você.

— Então qual a razão de eu ter uma mente tão bloqueada? Por que mesmo eu, um espírito que está ao lado da luz, tenho tantas indagações e não compreendo tantas coisas assim? Nem ao menos me sinto ligado ao Brasil...

— Porque não quer, Roger, porquanto está muito apegado ao seu neto. Você se envolve com o problema dos outros. Não é pelo fato de estar na luz que se livrará do seu ego.

— Como, problema dos outros?

— O problema, por acaso, é seu?

— Ele é o meu único parente vivo e não tem mais ninguém nesta vida, a não ser a mim. Se nós não estivéssemos cuidando dele, não teria resistido. Como posso ir estudar e largar meu neto? Vindo de você, Agnes, uma mentora? E, ainda por cima, de luz?

— Por isso mesmo. Eu não fico toda hora ao lado de Sam. Nestes últimos vinte e um anos, estive com ele, na verdade, por quatro vezes. O resto do tempo fico a distância. Não precisamos ficar ao lado dos nossos amigos encarnados. Mentalmente, vou direcionando seu neto, sempre. Claro que isso acontece somente quando ele pede ajuda, por meio de suas orações.

— E se não pedir? E o seu orgulho? Acha que meu neto vai ficar implorando a Deus para que faça tudo para ele?

— Claro que não. Mas compreenda uma coisa, Roger: somos responsáveis por tudo que fazemos em nossas vidas. E, se acontece algo com alguém com quem estamos envolvidos emocionalmente, é porque devemos aprender com essa experiência. Eu disse aprender, e não viver o drama do outro.

— Você fala de um jeito diferente. Mesmo assim, sinto que toca meu coração. Quando meu neto chegar àquele país, eu juro que largo mão dele e vou estudar.

— Estudar faz muito bem ao nosso espírito. O conhecimento é alimento da alma.

— Estou tentando vaga para o curso de "Desapego".

— Não sabia que você queria fazer esse curso.

— A procura é bem grande e várias pessoas têm falado muito bem a respeito.

— Eu sou uma das coordenadoras. Você quer mesmo fazê-lo?

— Estou decidido. Esse apego que sinto em relação ao meu neto me deixa pesado, às vezes sem forças.

Agnes sorriu e completou:

— Pode ficar tranquilo, pois vamos abrir novas turmas para este semestre.

— Avise-me assim que as inscrições forem abertas.

Agnes deu uma volta ao redor do cômodo.

— Enquanto estávamos conversando, conseguimos terminar o trabalho de magnetização de hoje. Vamos ficar aqui esta noite? — perguntou Roger.

— Não, temos alguns serviços lá na colônia. Anna está voltando da cozinha. Vamos aplicar-lhe um passe e magnetizar a sopa que está trazendo para Sam.

E assim fizeram. Roger ficou ministrando um passe em Anna, e Agnes fluidificou a sopa que Sam ia tomar.

CAPÍTULO OITO

O dia amanheceu cinza, com muita neve. Anna procurava fazer o possível para manter aquecido o quarto de Sam, deixando a lareira sempre em brasa.

O rapaz estava bem melhor. Os passes de Agnes e Roger bem como os cuidados de Anna estavam surtindo efeito. Pela primeira vez, em meses, Sam espreguiçou-se ao acordar. Estava mais corado. O período de prostração parecia estar chegando ao fim.

— Anna... Anna... Onde está você? Cadê o meu café?

Ela estava cantarolando na cozinha e demorou um pouco para escutar o chamado. Num instante, seu coração começou a trepidar. Estava difícil esconder o amor que sentia por ele. Nesses meses de cuidados intensos, o seu coração estava completamente ligado ao jovem viúvo.

De repente o passado surgiu e povoou sua memória...

Órfã, Anna chegou à casa de Brenda com apenas seis anos de idade. Donald, o pai de Brenda, era agricultor. Sempre viajava, no fim de cada inverno, para a compra de sementes. Numa dessas viagens, uma forte nevasca forçou-o a pousar num vilarejo. Durante a semana em que ficou preso, ele conheceu a pequena Anna.

No quarto dia de nevasca, algumas casas ao redor da cidade não resistiram e foram levadas pelo vento, matando muitas famílias, inclusive a de Anna.

Donald, tomado pelo espírito da fraternidade, começou a ajudar os habitantes da cidade no socorro aos sobreviventes, que eram levados para a paróquia da cidade, em função de a casa de saúde estar lotada de feridos abatidos pela nevasca.

Aquela garotinha loira, de olhos azuis, lembrava muito sua filha Brenda. Donald, que tinha somente uma filha, encantou-se pela menina. Ela tinha a mesma idade que Brenda. Poderia ser sua companheira, sua irmã. Quando as estradas foram liberadas, uma semana depois, Donald e Anna já estavam unidos. O sentimento de afeição de Anna por Donald também era forte.

— Posso chamá-lo de papai?

As lágrimas brotaram dos olhos de Donald. Emocionado, ele respondeu:

— É o que mais gostaria neste mundo. Você vai ser criada por mim e pela minha esposa. Brenda vai adorar você, tenho certeza.

— E se ela não gostar? E se me bater?

— Nunca! Por que diz isso?

— Porque tenho a impressão de que já os conheço e sofri bastante com Brenda.

Donald riu da imaginação fértil da menina. Alisou seus cabelos e completou:

— Prometo-lhe, minha pequena, que nada nem ninguém tocará em você. Além do mais, Brenda sempre quis ter um irmão, ou uma irmã.

— E por que ela não tem mais irmãos? Por que o senhor não faz mais irmãos para ela?

O rosto de Donald ficou vermelho. Como aquela garotinha, tão pequena, podia falar coisas daquele tipo? Nem um adulto ousava tocar naquele assunto. Mas a meiguice de Anna era tanta que ele não resistiu e, largo sorriso estampado no rosto, respondeu:

— Isso é assunto de gente grande. Depois do nascimento de Brenda, a minha esposa não pôde mais ter filhos. Graças a Deus, agora tenho duas.

Continuaram o trajeto até chegarem a Little Flower. Brenda ficou mais animada do que o pai. Arrancou Anna da carruagem e arrastou-a como uma boneca para dentro de casa.

— Papai, ela vai dormir comigo? Pode dormir comigo, não pode?

— Claro, minha filha. Anna é sua nova irmã. Em vez de vir embalada pela cegonha, numa fralda, já veio grandinha.

— Por que trouxe ela grandinha? Não podia escolher uma menorzinha? Um bebê?

— Poder, eu até que podia. Contudo, Brenda querida, não é melhor já trazer uma do seu tamanho? Sua mãe e você não aguentariam choro de criança.

— Não mesmo, papai. O senhor está sempre certo. Posso chamá-la de irmãzinha? Posso?

— Pode e deve...

Anna voltou ao presente. O fato de encontrar-se apaixonada trazia-lhe essas boas recordações. Mas agora não tinha tempo para isso. O importante era cuidar de Sam. Enquanto levava o café para ele no quarto, ia pensando: *Que bom, ele está se recuperando. Eu tinha certeza disso. Ele sempre foi forte, eu sabia que sobreviveria. Claro, é horrível perder a família assim, mas a vida continua, não podemos ficar chorando pelas perdas. O senhor Donald sempre me dizia isso: quem chora as perdas não tem tempo de sorrir os seus ganhos.*

Anna aproximou-se da porta e deu uma leve batida.

— Posso entrar, Sam?

— Entre, por favor.

— Olá. Que boa surpresa! Estava há dias querendo ver essa melhora. Preparei o melhor café do mundo para você. Pães, bolos, um bom caldo, ovos e um pouco de carne também.

— Calma, Anna! Quer que eu morra?

— Muito pelo contrário.

— Se eu comer tudo isso agora, não vou resistir.

Ele estava bem-disposto e já voltava a sorrir.

— Que fantástico! Você está tão bem... Vou chamar Adolph. Ele me pediu para avisá-lo, caso você melhorasse.

— Então faça isso. Enquanto tomo meu café, vá chamá-lo.

— De jeito algum, Sam. E se você se engasgar? E se a carne ficar parada na garganta?

Sam começou a rir.

— Está me tomando por um bebê? Eu sou bem grandinho. Pare com tanta preocupação. Já dei muito trabalho, agora quero e preciso voltar a trabalhar, retomar a minha vida.

Os espíritos amigos estavam no quarto. Agnes, com muita paciência, conseguiu convencer o velho Roger a largar o neto e tratar de sua própria vida.

— Pronto, Roger. Ele está ótimo, não acha? Vamos deixá-lo por ora. Não deveria trazer você aqui, mas como não acreditou em mim...

— Realmente foi fantástico o que você fez pelo meu neto. Ele está até corado. Que maravilha! Agora, sim, você conseguiu me convencer. Não vou acompanhá-lo até o Brasil.

— Por quê?

— Agradeço por ter conseguido aquela vaga no curso para mim.

— Ah, o curso... vai mesmo fazê-lo?

— Estou curioso.

— Começa depois de amanhã, certo?

— Isso mesmo. Vou ficar um ano estudando temas ligados ao desapego. É um curso intensivo. São quatro horas por dia de aulas teóricas e mais quatro horas de exercícios. Você, como coordenadora, fez parte da elaboração?

— Fiz.

— O que vou aprender, Agnes? Será que pode me adiantar um pouco?

— Roger, meu amigo, você não tem jeito. Aguarde e verá. O próprio título do curso já diz: desapego. Você vai aprender a depender apenas de si, a buscar equilíbrio, paz, amor em você mesmo. Vai aprender que você pode e é capaz de se nutrir, de criar forças em volta de você, aprender a se garantir na vida. Somos responsáveis pelas escolhas que fazemos, daí a necessidade de fortificar o nosso pensamento, sempre no bem, e nos tornarmos, de uma vez por todas, impessoais. Só uma pessoa, ou um espírito no estado impessoal, poderá alcançar a luz e sair da dor que o apego cria. E o primeiro bem que podemos fazer, ao contrário do que muitos pensam, é desapegar-se de tudo e de todos.

— Como aquelas pessoas que largam tudo e ficam isoladas no alto de uma serra, longe da civilização? Tive um amigo meu mercador que viajava muito ao Oriente. Confidenciou-me que muitas pessoas por lá largam tudo para viver em meditação.

— Mais ou menos isso. No momento o assunto não é este. Viemos para você se despedir do seu neto. Não se esqueça de que daqui a três horas o seu ônibus vai pegá-lo. E você sabe muito bem que a disciplina de nossa colônia não permite atrasos.

— Você tem razão, Agnes. Vou ficar só mais um pouquinho aqui. Não fiz o curso ainda, portanto sou apegado ao meu neto. Será que vou conseguir?

— Todos nós podemos, quando queremos. Quando se quer alguma coisa, sempre se consegue, não importa o que seja. Você é um espírito inteligente, gosta de se sentir útil. Vai adorar as aulas.

— E é verdade que, depois de terminar o curso, eu poderei, de acordo com minhas notas, ter o mérito de rever minhas vidas passadas?

— Esse é um dos méritos, Roger. Você poderá também escolher ir para outras colônias, visitar seu neto aqui neste planeta ou conseguir vaga para outros cursos mais disputados. Bem, está na nossa hora. Precisamos voltar.

Os espíritos saíram através da parede do quarto, deixando para trás um rastro de luz. Sam nada percebeu, só sentiu um bem-estar muito grande. Estava corado, alegre, com disposição e vigor. Sentado em sua cama, o jovem estava melhor. Mais lúcido e animado, percebeu o tom cerimonioso com que era tratado por Anna. Resolveu que isso deveria acabar, pois agora ela tinha se tornado uma grande amiga. Antes que ela saísse do quarto, ele disse:

— Anna, você já está há tanto tempo em minha vida que não há mais a necessidade de manter tanta formalidade comigo. Você foi criada junto a Brenda. Conheço-a desde menina. Não é pelo fato de trabalhar para mim que você vai se colocar na posição de criada. Sei que Brenda a tratava como tal, mas agora, sem ela, podemos nos tratar de igual para igual. O que você me diz disso?

Anna não conteve a felicidade. Não sabia o que dizer. Ser sua amiga já era uma grande conquista. Respondeu entusiasmada:

— Se você prefere assim, assim será. De agora em diante você será o meu amigo Sam. Cuidarei direitinho de você, não deixarei faltar-lhe nada. Farei tudo que Brenda sempre fez...

Parou bruscamente de falar. Sentiu-se encabulada. Na sua cabeça, fazer tudo que Brenda sempre fez estendia-se além das fronteiras domésticas.

Ela estava tão empolgada que deixou transparecer o seu desejo de substituir Brenda em tudo, inclusive como esposa. Sam, ainda alheio às coisas, não notou o disfarce da moça. Sorrindo, disse:

— Você está, e sempre estará, presente em meu coração. Uma grande amiga, que nos momentos mais difíceis esteve ao meu lado, dando-me mais apoio do que qualquer outra pessoa. Eu só posso e devo lhe agradecer. Muito obrigado.

Ela se sentiu ainda mais emocionada. O jovem se mostrava mais receptivo. Talvez estivesse chegando o momento de ser amada pela primeira vez na vida. Depois de tanto sofrimento, depois da perda dos pais, do tratamento hostil por parte de Brenda, um novo colorido aparecia em sua triste vida em preto e branco.

O relacionamento entre Anna e Brenda sempre fora muito conturbado. A princípio, Brenda mostrara-se encantadora. Mas aos poucos, conforme percebia o estreitamento da relação entre Anna e sua mãe, Flora, as coisas começaram a mudar.

Brenda não suportava a indiferença da mãe. Os carinhos de Flora dirigidos a Anna irritavam-na profundamente. Anna compreendia o estado emocional de sua nova "mãe". Afinal, Flora tivera também seus sonhos interrompidos pela vontade dos pais em somar fortunas.

CAPÍTULO NOVE

Flora fora obrigada a casar-se com Donald por questões financeiras. Naquela época, era muito comum famílias se unirem para manter a fortuna. Flora teve de largar seu grande amor para satisfazer o desejo dos pais. Seu único alento era Anna. A presença dela em sua casa deu novo impulso à sua vida.

Quando Brenda nasceu, Flora sentiu-se muito deprimida. Nunca gostou da filha. Em seu íntimo, muitas vezes se perguntava o porquê. O remorso a corroía por não gostar da recém-nascida. Por outro lado, Brenda adorava provocar a mãe. Flora, muito inteligente, não se deixava envolver por suas provocações, o que aumentava a ira da filha.

Embora obrigada a casar-se com Donald, Flora gostava da companhia do marido. Ela possuía um temperamento firme, representando muito bem o papel de esposa. Indagava-se se seria punida por não amar a filha conforme os valores de sua sociedade. Flora era muito sincera em seus sentimentos. Depois de ter de abandonar o seu amor, percebeu que dava mais importância à família, aos valores sociais, desprezando o que ia em seu coração. E essa foi a sua lição.

Após seu casamento com Donald, passou a se valorizar e a ignorar os comentários maledicentes das amigas a respeito do seu relacionamento com Brenda. Se os outros achavam que ela era uma pedra de gelo e não amava a filha como deveria amar, problema dos outros. O fato de tratar "bem" a filha já aliviava o seu pesado coração. Ela sentia na pele o preço pago por dar ouvidos aos outros e não a si. Portanto nunca mais repetiria esse erro. Cumpriria o seu papel de mãe, auxiliando a filha na educação, na etiqueta e nos costumes vigentes, até que Brenda encontrasse alguém que a amasse de verdade. Isso, sim, era o mais importante de tudo, e não se casar por dinheiro, por nome de família ou outro motivo que não fosse a vontade do coração. Flora não permitiria que sua filha cometesse o mesmo erro que ela.

A chegada de Anna deu uma reviravolta em sua vida, colocando em xeque seus verdadeiros sentimentos. Flora ficou muito nervosa no dia em que Donald chegou com a menina em casa:

— Donald, você deveria ter me consultado antes de trazer esta garota para cá. Chame-a, preciso conversar com ela, já que vai morar conosco.

— Não se assuste, querida. Ela não nos dará trabalho. É uma garota sensacional. Já lhe disse. Ela perdeu os pais e irmãos na nevasca que me impediu de regressar há mais de dez dias.

Ela estava sozinha, não tinha parente algum. Achei que poderia ser uma companhia ótima para a nossa Brenda.

Com postura altiva e voz firme, Flora determinou:

— Leve-a para se lavar. Está muito suja. E depois conduza-a até a biblioteca, deixando-nos a sós, por favor. Ela precisa saber que esta casa segue regras e, já que vai ficar por aqui, precisa saber como segui-las.

Anna foi conduzida por Brenda até o banheiro, no andar de cima. Estava um pouco assustada. Mesmo Brenda querendo levá-la para o quarto e mostrar sua coleção de bonecas, Anna sentiu um arrepio percorrer-lhe o corpo tão logo ouviu a voz de Flora. Lavou-se e colocou um vestido emprestado por Brenda, pois perdera inclusive suas roupas.

Flora estava sentada na cadeira do cômodo. Apreciava a paisagem pela janela, quando ouviu uma leve batida na porta. Ela já sabia que era Anna. De costas para a porta disse, num tom seco:

— Entre e feche a porta, por favor.

Anna estava tremendo. O que será que aquela mulher com voz tão grave e firme iria exigir dela? Já não tinha mais nada na vida, havia perdido toda a família, seus amores, seus brinquedos, suas roupas. Será que aquela mulher, de costas para ela, lhe tomaria mais alguma coisa? O que seria?

— Pois não, senhora. Já me lavei e tomei a liberdade de usar um vestido de sua filha e...

Anna não teve tempo de terminar de falar. Flora virou-se bruscamente e não acreditou no que viu. A emoção foi muito forte. No momento em que as duas cruzaram seus olhares, foi como se um antigo amor tivesse brotado com toda a intensidade, como um vulcão adormecido que de repente explodisse em labaredas de amor. Um sentimento com um misto de saudade, amor e respeito. Eram duas almas amigas, cujo reencontro já tinha sido previamente estabelecido antes de reencarnarem. Estavam reunidas novamente para fazer o melhor que pudessem, depois de anos passando pelos vales do sofrimento.

Flora não conseguia articular som que fosse. Agachou-se e abraçou a pequena Anna, com lágrimas nos olhos. Era um sentimento diferente. Flora nunca havia sentido aquilo em toda a sua vida, nem mesmo quando se apaixonara por aquele rapaz nos tempos de sua juventude.

A reação de Anna foi recíproca. O abraço que recebeu de Flora fez todo o seu corpo estremecer. Sentia que uma saudade represada por muito tempo era liberada pelo contato de seus corpos. Flora agora conseguia entender o que suas amigas diziam em relação ao amor que sentiam pelas filhas. Se elas sentiam isso que ela estava sentindo por Anna, então estavam cobertas de razão.

Entretanto, por que não sentia isso por Brenda? Por mais que tentasse, era impossível qualquer ato de amor para com a filha. Isso agora não importava. Flora estava radiante, feliz. Sentia-se como se estivesse parindo pela primeira vez na vida.

A partir daquele instante, Anna passou a ser companhia constante de Flora, que não mais se importava se Brenda ficava ou não irritada com a situação. Seu coração, por mais que tentasse em suas orações, não sentia amor por Brenda, a filha de sangue, mas por Anna, a filha "postiça".

Conforme os anos foram passando, Flora foi externando cada vez mais esse amor que sentia por Anna, o que culminou definitivamente no ódio de Brenda por ela. Anna e Flora passavam horas juntas conversando, trocando confidências.

Brenda no início sentiu-se um pouco chateada, mas com o tempo nem o amor do pai a tirava desse estado de ira pela mãe e por Anna. Donald percebia e tentava apaziguar, consolando-a:

— Minha filha, não ligue. Papai ama muito você. Mamãe também gosta muito de você. Pensei até que sua mãe não fosse permitir a permanência de Anna por aqui.

— Eu também, papai. Com o temperamento que mamãe tem, pensei que fosse ter uma outra companhia a sofrer destratos. Mas é incrível, não? Parece que Anna é a verdadeira filha. Notou a diferença de tratamento, papai?

— No início, não. Mas com o tempo, nestes últimos anos, percebi que é inegável o amor que sua mãe sente por ela. De maneira geral, Anna tem mais afinidades com sua mãe. Você já deve ter reparado que Anna não se relaciona tão bem comigo. E é por esse motivo que temos equilíbrio aqui em casa.

— Papai, por que eu não tenho só o senhor? Por que tenho de viver com essa mãe que não escolhi, de quem também não gosto?

— Sua mãe nunca foi omissa com você. Sempre a educou, a orientou, dentro daquilo que lhe era possível. Não podemos cobrar dos outros aquilo que eles não podem dar.

— Eu preferia que ela estivesse morta!

— Brenda, não fale assim. Ela é sua mãe. Procure ao menos respeitá-la. Percebeu o quanto provoca sua mãe e sua irmã?

— Irmã?

— Por certo.

Brenda deu uma gargalhada irônica.

— O senhor disse irmã? Uma garota que não sei de onde veio, que não está ligada a laços de sangue conosco, uma aproveitadora. É isso que ela é, papai. Eu não gosto de Anna.

— Mas assim que ela chegou em casa, naquele dia, você a tratou muito bem...

— Tratei, sim. Acreditava que ela ficaria aqui por uns dias, somente. E veja agora. Não desgruda de mamãe, parece que faz isso de propósito.

— Não creio que Anna faça isso deliberadamente. Ela e sua mãe se dão muito bem. Eu e você nos damos muito bem. Então está tudo resolvido, certo?

— Errado. Um dia as duas ainda vão me pagar. O senhor vai ver. A falsa mãe e a irmã postiça... Um dia vou me vingar das duas!

Donald ficou surpreso com as últimas palavras da filha. Por que Brenda era tão rancorosa? Por que seu estado emocional era tão instável? Por mais que ele amasse a filha, às vezes sentia arrepios. Brenda tinha a capacidade de se transformar. Procurou amenizar a raiva da filha:

— Querida, não diga isso. Entenda que muitas pessoas confundem os sentimentos. Podemos gostar de alguém pelo simples fato de gostar. Gostar é sentir com a alma, é perceber que algo dentro de nós gosta. Alguma coisa aqui — e, colocando a mão da filha em seu peito, continuou: — acende-se quando você vê alguém com quem simpatiza. Isso é gostar, é querer bem. É algo que não posso explicar, porque gostar não se explica, sente-se.

— Não adianta o senhor vir com esses discursos. A verdade é que não gosto delas, e pronto. E o dia do acerto vai chegar.

Começou a chorar e largou o pai na sala. Trancou-se em seu quarto. Donald, nessas horas, procurava orar e pedir que Deus não permitisse que a filha cultivasse tamanho ódio pela mãe e pela irmã.

— Senhor meu Deus, por favor, arranque tais sentimentos do coração de minha filha. Que ela possa enxergar que cada um é aquilo que é.

Donald tinha uma visão um pouco diferente da vida, e suas conversas com Brenda sempre seguiam por esse tom. Ele procurava passar à filha essa visão de vida, mostrando que tudo estava certo em seu curso. Era algo que ele sentia, não podia explicar. Ele sabia que também não era amado por Flora. Entendia perfeitamente porque também tinha trocado um amor pelo casamento de interesses. É por isso que se davam bem. Tratavam-se como dois amigos. E, se Flora não tinha lá seus amores por Brenda, com ele era diferente. Donald amava a filha de uma maneira sem igual.

A fé de Donald fazia dele um homem sempre sereno e equilibrado. Apesar de ficar atônito com os impropérios que ouvia da filha, procurava, com sua paz habitual, contornar a situação. Sua morte foi assim também, tranquila e serena. Morreu pouco antes de Brenda dar à luz as crianças.

— Papai, o senhor me prometeu esperar pelas crianças. Elas vão nascer e não vão ter um avô? Não pode esperar um pouco mais?

— Filha querida, não posso mais. Estou no meu limite. Mesmo estando de cama, estou calmo, tranquilo, muito feliz. Meus pais já estão por perto há alguns dias. Eles me levarão para o meu verdadeiro lar.

— O senhor está começando a delirar. Seu lar é aqui, junto a mim. Terá os meus filhos para educar.

— Brenda, há muita coisa que você se recusa a aprender. Papai sempre lhe falou da maneira como enxergava a morte. É um assunto do qual você nunca quis participar. Se fosse mais atenta, talvez hoje não estivesse sofrendo dessa maneira. Você também um dia partirá, como todos aqui. Faz parte da natureza.

— Não aceito. Como ficam as nossas afinidades? É justo nós nos amarmos e Deus tirar o senhor de mim? Não dá para entender.

— Tudo passa nesta vida, filha. Não fique revoltada, não blasfeme. Deus tudo sabe. Ultimamente eu estive conversando muito com Adolph, seu primo. Ele tem algumas ideias interessantes acerca da vida e da morte. Quando eu partir, converse com ele. Parece que muito do que ele vem lendo e aprendendo faz sentido.

— Não quero entender nada, quero você. Não me deixe, por favor.

Brenda começou a chorar. Não aceitava que Deus lhe tirasse seu querido pai. Para ela, Deus era muito injusto, levando o pai que tanto amava e deixando aquela mãe miserável a seu lado. Por que não levava sua mãe ou sua irmã? Sentia muita raiva, como se elas tivessem culpa por isso, desejando vingar-se delas.

No fundo, era o ciúme que a inspirava. Sentia inveja da afinidade, do carinho das duas. Contrariando Flora, tão logo Donald faleceu, Brenda levou Anna para morar com ela e Sam, a pretexto de que a ajudasse nos afazeres domésticos devido à sua gravidez. O que Brenda queria, de fato, era transformar a menina em uma empregada em sua casa.

Sam passava o dia fora e não percebia o quanto Anna era maltratada por Brenda. Flora estava doente naquela época e, como passava a maior parte do tempo na cama, não tinha condições de ajudar a filha adotiva.

Anna não se rebelava, para não comprometer a gravidez de Brenda. Preferia ficar em silêncio, abafando sua dor e sua mágoa. Chorava escondida e, nas poucas noites em que ficava livre, ia visitar Flora. Anna nunca contou a Flora sobre os maus-tratos que sofria.

Para que perturbá-la? Ela está morrendo e merece uma morte tranquila. Deus vai me ajudar a superar essa má fase, dizia para si a fim de se conformar com a situação.

Flora faleceu logo em seguida a Donald. Na última noite em que estava viva, teve uma conversa de despedida com Anna. Pediu que ela se sentasse ao lado de sua cama. Com certa dificuldade nos movimentos, pegou suas mãos e começou a acariciá-las.

— Sabe, minha filha, não sei lhe explicar, mas sinto que minha hora está chegando.

— Não diga isso, dona Flora. O que será de mim não tendo mais a senhora por perto? É a única companheira que tive durante todos esses anos. O que será de mim?

Anna começou a chorar. Era sentido seu pranto. Embora tivesse a amizade de Sam e Adolph, era muito difícil ter de conviver com Brenda. Sentia que não teria mais felicidade em sua vida. E agora, deitada naquela cama, a única pessoa que realmente a amava estava morrendo. Flora entendeu o que se passava em seu coração e, com o carinho de uma mãe amorosa, disse-lhe:

— Minha querida, sei que é muito difícil conviver com Brenda. Eu não tenho ódio da minha filha. Ela nunca me entendeu. Não carrego mágoa por isso. Fui uma boa mãe dentro dos meus limites. Os nossos temperamentos não nos permitiram ter uma amizade mais profunda, como tenho com você.

— Concordo. Eu percebi o quanto teve paciência para educá-la. Conviver com Brenda é muito difícil. Mas por que falar disso agora?

— Sinto o momento de minha partida. Muitas vezes conversei com Donald sobre a morte e, mesmo sendo criada dentro de certa religiosidade, sempre acreditei que a morte não é o fim de tudo. Sinto que estarei em outro mundo, outro lugar, contudo estarei sempre ao seu lado. Eu a amo muito. E, de onde eu estiver, prometo que farei o possível para que o seu caminho esteja repleto de felicidade.

Depois de mais um pouco de conversa, Flora cansou-se. Dormiu suavemente. Anna, emocionada e em prantos, beijou-lhe as mãos e a testa. Flora não mais acordou.

No dia seguinte, os empregados, percebendo que a patroa não descia para o café, resolveram chamá-la. Lá estava

Flora, deitada em sua cama, com o semblante sereno, esboçando leve sorriso no canto dos lábios. Os empregados foram chamar o doutor Lawrence e avisar Brenda.

O sepultamento de Flora foi simples, mas muitas pessoas da cidade foram dar-lhe seu último adeus. Anna estava inconsolável. Brenda não foi ao enterro da mãe, usando o pretexto de sua gravidez. Os mais chegados suspeitavam que isso poderia acontecer. Sabiam do ódio que ela sentia pela mãe. Ninguém se chocou com a ausência de Brenda. Foram todos dar os pêsames a Anna, que consideravam a verdadeira filha de Flora.

CAPÍTULO DEZ

Adolph era o único parente de Brenda nos Estados Unidos. Seus pais e sua única irmã estavam, desde a época em que eclodiu a Guerra da Secessão, morando em Paris. Não tinham intenção de regressar. Com o início da corrida do ouro, em meados de 1850, seu pai ficou muito rico e resolveu estabelecer-se de vez na Europa.

Adolph ficou na França somente para concluir os estudos. Foi lá que teve contato com grupos de pessoas que estudavam metafísica e espiritualidade, bem como teses sobre a libertação dos escravos. Resolveu retornar aos Estados Unidos justamente para brigar pela abolição da escravatura no país.

A Guerra da Secessão nada mais era do que a disputa, pelos estados americanos do sul, para manter o regime escravista.

Adolph era um rapaz cortejado nas rodas europeias, mas seu senso de realidade era muito diferente daquele que a maioria das pessoas tinha. Não ligava para rodas sociais. Seu lema era sempre o de ajudar as pessoas naquilo que podia. Não fazia caridade como a Igreja pregava. Acreditava no poder de criar espaços, conseguir terras, a fim de que gente sem condições pudesse trabalhar e desfrutar de uma vida melhor. Gostava de ajudar as pessoas a progredir pelo próprio trabalho, e não de dar ajuda indiscriminadamente, acreditando que fossem incapazes.

O jovem Adolph era um rapaz bonito. Loiro, cabelos naturalmente lisos, esbelto e alto. Sua pele branca era contrastada por um fino bigode loiro, tornando maduro seu semblante. Embora fosse admirado pelas mulheres, sentia que não era chegado o momento para casamento. A instituição do matrimônio, em sua cabeça, tinha uma outra conotação. Naquela época, os casamentos geralmente eram realizados somente para agregar a fortuna das famílias, sem levar em consideração o sentimento das pessoas envolvidas.

O rapaz era completamente contra esse tipo de arranjo. O dia em que seu coração voltasse a sentir algo mais forte por uma moça, com certeza se casaria, independentemente das condições ou de qualquer outro atributo não aceito pela sociedade. Seguia sua intuição em tudo que fazia. Era carismático e atraente. Tinha muita afinidade com Sam. Muitos acreditavam que fossem irmãos. Eram inseparáveis desde garotos. Só ficaram afastados quando Adolph foi à França para concluir os estudos.

Naquele sábado nublado, Adolph chegou à casa de Sam com os livros que acabara de receber da Europa. Foi entrando no quarto do amigo, cheio de entusiasmo:

— Sam, que maravilha! Você parece outra pessoa. Está corado — e, olhando para Anna, dando-lhe uma piscada: — Só você poderia conseguir isso com ele, não é?

Ela respondeu meio constrangida:

— Adolph! Eu só estou cuidando de Sam da melhor maneira possível. Estou fazendo o que Brenda faria, só isso.

Sam, sentado numa poltrona ao lado da cama, bem-disposto, respondeu:

— Devo toda a minha melhora a essa moça. Ela realmente me ajudou muito.

Adolph foi tirando os livros que estavam em uma pasta e colocando-os no colo de Sam.

— Esses livros vão modificar a nossa maneira de encarar os fatos de nossa vida. Acabaram de chegar de Paris.

Sam pegou um deles e abriu-o.

— Que língua é essa?

— Esse livro está escrito em português. Já venho estudando a língua há um bom tempo. Logo poderei ministrar-lhe algumas aulas. Por enquanto, eu vou lendo trechos e traduzindo para você.

— E este outro aqui? Hum, está escrito em francês... Deixe-me ver... *Le livre...* — Sam surpreendeu-se: — *O Livro dos Espíritos?* É isso mesmo o que está escrito aqui?

— Exatamente. Quando eu voltei de Paris, por causa da guerra que aqui começou, essa versão revisada e ampliada tinha praticamente acabado de ser publicada. Não tive tempo de trazer um comigo e pedi para meus amigos brasileiros me enviarem um exemplar assim que possível.

— Por que você não pediu ao seu pai? — perguntou Sam. — Teria sido mais fácil, creio.

— Imagine meu pai indo atrás de um livro com esse título. Ele é americano e muito ligado em sua religião. Você sabe que nunca pude discutir assuntos sagrados com ele. É muito rígido em seus conceitos. Só acredita no poder da Igreja e é temente a Deus. Não considero errado isso, porquanto é a maneira de ele se sentir fortalecido e ligado na fé. Os caminhos que levam a Deus podem ser vários, contudo prefiro um Deus amigo a um Deus punitivo. Tenho uma outra maneira de acreditar nessa força extraordinária que rege a vida. Mais nada. Depois que encontrou ouro, então...

Sam o interrompeu com delicadeza:

— Graças ao ouro, e mesmo sendo rígido, seu pai não foi mesquinho. O montante de dinheiro que ele lhe envia por mês é um absurdo. E absurdo maior é que você não gasta nada. Por que tem uma vida tão simples? Por que você não vai para Nova York? Por que não compra uma bela casa em Washington Square?

— O dinheiro que ele me envia também serve para lutarmos por causas nobres, como a libertação. E ainda lhe digo que o sul do país não está aguentando a batalha. O presidente Lincoln já está enviando tropas. Brevemente haverá o cessar-fogo. Quanto a viver aqui em Little Flower, é uma questão de gosto. Não aprecio burburinho, vida social agitada. Claro que adoro teatro, jantares, mas na medida certa. Não sou boêmio, portanto Nova York não me interessa.

— E o que você vai querer que eu aprenda com estes livros?

— Temos muitos assuntos para tratar. Isso vai nos ajudar até a compreender a desgraça que se abateu sobre a sua vida...

Adolph percebeu os olhos marejados de Sam. Era muito difícil esquecer todo o drama pelo qual havia passado. Um lar feliz, uma família feliz, destruída em poucos meses. Entretanto, Sam não conseguia revoltar-se contra Deus. Algo dentro dele dizia-lhe para ter paciência, que aquilo era um treino, uma experiência necessária em sua vida.

Anna desceu correndo e foi até a cozinha preparar um chá para ele. Adolph ajoelhou-se na frente de Sam e, pousando suas mãos nas dele, disse:

— É como um irmão para mim. Sabe o quanto gosto de você, o quanto gostava de Brenda e o quanto também amava seus filhos. Sei que enfrentou tempos difíceis. Eu também sofri muito, porque os adorava.

Sam enxugou as lágrimas e apertou com força as mãos de Adolph.

— Você também é um irmão para mim. Só tenho você na minha vida, e Anna, é claro. Não tenho mais nada a não ser o amor de vocês dois. Acontece que eu fico me perguntando o porquê disso tudo, entende? Por que temos de passar por tragédias em nossas vidas?

— Não sou um sábio — emendou Adolph. — Sou um ser humano como qualquer outro. Comecei a estudar justamente por causa disso. Eu cresci questionando muito e tendo poucas respostas. O que mais me intrigou foi como a vida pode nos dar tudo e tirar tudo também. A nossa religião não explica o porquê disso. Qual o mérito de recebermos, e qual o motivo de perdermos? E junto de amigos meus, lá na Europa, eu percebi que a vida trabalha de acordo com as nossas atitudes interiores.

— Concordo em termos com você. Mas qual a atitude que eu tive para perder de uma vez só meus dois filhos? É isso o que mais me deprime. Eu não consigo encontrar resposta alguma que me convença.

— Creio que, com vontade de mudar nossos pensamentos, de abrir nossa mente para o novo, vamos aprender muitas coisas. Mesmo que tenhamos de remexer as feridas escondidas em nossa alma, tenho certeza de que acabaremos por compreender tudo que vem acontecendo conosco. Olhe bem. Somos inteligentes, lúcidos, dotados de entendimento. Com tantos atributos maravilhosos, um dia Deus vai dar uma mãozinha para compreendermos tudo isso. Aliás, Ele já está nos dando uma mão com esses livros, não acha?

— É, Adolph. Você, com esse jeito sedutor, sempre me convence. Por que não vira político?

— Meu negócio é outro, por enquanto. Eu quero trabalhar com plantação. Gosto da terra tanto quanto você. Mas parece que aqui no norte as coisas estão muito ruins para isso. O surto da industrialização está levando todos a construir fábricas. Só vejo fábricas sendo erguidas em todo lugar.

— E isso não é bom? É o progresso, meu amigo.

— Eu sei. Imagine como vai demorar para este país se reerguer. Estou pensando em outras coisas, talvez mudar de cidade, ou até mesmo de país.

— Você vai voltar para a Europa? Prezo muito a sua companhia — disse Sam um tanto triste.

— De jeito algum. Não quero mais voltar para lá.

— Então...

— Eu lhe disse que quero trabalhar com plantação. E, quando penso nisso, sempre penso em nós dois, porque desde pequeno você adora a terra, mexer com as plantas. E, com aqueles países pequenos, vou arrumar terra onde?

Continuaram conversando, rindo, lembrando dos tempos em que eram crianças, quando passavam horas plantando mudas e sementes no jardim, cuidando da terra. A conversa foi bruscamente interrompida com a entrada, no quarto, de Anna e de Mark.

— Mark tem uma péssima notícia para lhes dar.

Sam levantou-se rapidamente da cadeira com os olhos estatelados. O que seria agora? Mais uma tragédia? Não teve tempo de perguntar o que era, pois, ao levantar-se depressa, sentiu-se tonto. Adolph ajeitou-o na poltrona e voltou-se para Mark:

— O que é desta vez?

O xerife estava bufando, muito agitado. Anna tentou tranquilizá-lo:

A VIDA SEMPRE VENCE 103

— Respire fundo. Calma.

Mark atendeu ao pedido de Anna. Em seguida disse, a voz sufocada de emoção:

— O presidente foi assassinado[1].

Adolph não entendeu.

— Mark, você está dizendo que mataram o presidente Lincoln?

— Isso mesmo. Foi ontem à noite, durante um espetáculo, em Washington. Levou um tiro na cabeça. Levaram-no às pressas para o hospital, mas ele não resistiu. E agora nem sabemos se a guerra vai acabar ou não. Nunca pensei que o nosso país fosse passar por uma situação tão trágica.

Adolph procurou controlar-se:

— Anna, vá lá embaixo e traga um bom café para nós três.

Ela não se movia. Estava parada na porta do quarto, olhando para o chão. Adolph precisou gritar:

— Anna!

— Oh, sim... Desculpe. Eu estava preparando um chá, mas trarei café para os três. Com licença.

— E agora? Como fica este país? — indagou Sam. — Uma nação livre, que está lutando pelo fim da escravidão; uma pátria onde o ouro vem proporcionando uma riqueza sem igual para muitas pessoas — e, dirigindo seu olhar a Adolph, finalizou: — Creio que este lugar não tem mais jeito. A América está afundando. Adolph, onde você gostaria de plantar? Ou, melhor dizendo, o que você gostaria de plantar?

---

1 Abraham Lincoln (1809-1865) foi o décimo sexto presidente americano e governou o país de 1861 até sua morte. Em seus planos para a paz, o presidente preservou a União durante a guerra civil. Em 14 de abril de 1865, uma Sexta-Feira Santa, Lincoln foi assassinado no Teatro Ford em Washington por John Wilkes Booth, um ator, defensor da escravatura. O resultado foi o oposto porque, com a morte de Lincoln, morreu a possibilidade de paz com benevolência.

— Sabe, Sam, quando eu estava em Paris, você se lembra daqueles meus amigos brasileiros, muito educados e simpáticos, de que lhe falei? Eram estudantes como eu — disse Adolph.

— Ah, os tais brasileiros de que você tanto fala... — emendou Mark.

Com largo sorriso, Adolph continuou:

— Sim, por quê?

— Por nada. Então moram naquela terra cheia de índios, florestas e bichos por toda parte?

— Ela é cheia de índios, florestas e bichos, mas também é cheia de gente como nós. Há cidades muito bem estruturadas. Dizem alguns que a capital do Império está instalada em uma cidade de rara beleza.

— Como assim? — perguntou Sam, interessado.

Adolph, olhando para um ponto qualquer no quarto, como se estivesse vendo uma imagem à sua frente, explicou-lhes:

— Dizem que aquele país é um dos lugares mais lindos do mundo. Vocês podem imaginar o que é viver rodeado de praias e belezas naturais?

O espanto de Sam e Mark era expressivo. Eles também tentavam vislumbrar o que Adolph lhes dizia. Não conseguiam imaginar, porque não conheciam praias nos Estados Unidos. Os médicos diziam que o sol e a água do mar faziam mal à saúde, eram coisas de gente não civilizada. Como pessoas educadas e inteligentes podiam gostar do mar? Adolph continuou:

— E, além do mais, há muitos, mas muitos, campos para plantação. O tamanho das fazendas por lá é imenso.

Sam interessou-se:

— Plantar o quê? Milho, por exemplo?

— Não. Talvez, não sei. Eu fiquei encantado porque meus amigos descreveram com tanto amor aquela terra, que fiquei até com inveja. Diziam para mim que, tão logo acabassem os estudos, voltariam para o Brasil, para aplicar por lá tudo que estavam aprendendo na Europa. Eles me falaram que no Brasil tudo que se planta dá. Pode-se plantar o que quiser. É uma terra abençoada por Deus, com sol o ano inteiro.

Mark alegrou-se e, interessado, perguntou:

— Sol o ano inteiro? Não tem inverno rigoroso? Não há neve por lá?

— De maneira alguma.

— Então deve ser mesmo uma maravilha de terra.

— Deve ser mesmo — concordou Adolph. — Atualmente, o que está dando dinheiro naquele país são as exportações de cana-de-açúcar e café. Estou com muita vontade de me aventurar.

— Você largaria tudo para ir a um lugar desconhecido, só descrito por algumas pessoas com quem pouco contato você teve na vida? E se eles estivessem brincando com você? Não pensou nisso? — questionou Sam.

— Entendo a sua preocupação. Afinal de contas, somos nascidos e fomos criados aqui. Não é fácil deixar nossas raízes para trás. No entanto, o brilho nos olhos deles quando me falavam do Brasil era tão intenso que não poderia ser brincadeira. Eu ainda me lembro com muito carinho de Augusto e Carlos, meus amigos. Eles tinham duas fazendas cada, herdadas dos pais. E, de mais a mais, por lá também há pessoas lutando pelo fim da escravidão, o que muito me agrada.

Anna chegou com as xícaras de café:

— Nossa! Alguns instantes atrás vocês estavam consternados com a morte do presidente e agora estão com os semblantes suaves, alegres. O que aconteceu enquanto estive lá embaixo?

Todos os três sorriram alegres. Foi Mark quem disse:

— Estávamos aqui falando de outros assuntos, para espantar essa dor que vai em nosso íntimo ao ver um país tão rico e democrático passar por tudo isso. Eu vou dispensar o meu café. Desculpe, Anna, mas preciso voltar ao meu posto. Só vim mesmo para dar a notícia. Caso tenha alguma novidade, eu volto para lhes contar.

Adolph havia terminado de falar e estava com o rosto tomado por leve tristeza. Mark percebeu e perguntou, antes de sair:

— Estávamos rindo. Você estava falando do Brasil, dos seus amigos. Por que essa cara?

Adolph, como se algo apertasse seu peito, disse com voz embargada:

— É porque eu nunca mais consegui falar com esses amigos. Sumiram. Foram embora de Paris sem me avisar. Mas isso não interessa. Vamos pensar em praias, coqueiros e outras belezas.

Todos passaram a rir. Ficaram mais um tempo divagando sobre aquele distante país tropical.

Mark logo se despediu, e Anna foi acompanhá-lo. Sam e Adolph continuaram no quarto.

— Adolph, agora estou me lembrando. Sabe aqueles sonhos com o meu avô?

— Claro que sim. Eu ainda estou estudando esses seus sonhos. Quero descobrir se são sonhos ou se foram contatos reais...

— Não, não estou falando sobre isso. Eu posso até estar enganado, talvez estivesse delirando, mas, quando você estava falando do Brasil, não sei... algo aqui em mim... parece que vovô me falava disso... do Brasil.

Adolph levantou as mãos para o alto, com surpresa e alegria estampadas em seu rosto:

— É mesmo! Parece que, num dos tais "delírios" que você teve, havia um lugar aonde deveria ir. Será que era o Brasil?

— Agora não sei ao certo. Foram períodos em que estive em total estado de torpor. Não me recordo direito. Tudo ficou fragmentado em minha mente. A única certeza, mesmo, era de ver vovô e uma mulher muito linda ao seu lado. Isso foi bem marcante.

— Paremos com esse assunto por enquanto. Vou deixar os livros com você. Como vai ficar mais um tempo de repouso, é bom distrair a cabeça com algo produtivo. Chega de tristeza. Você agora é um novo homem. Aproveite para pôr em prática o pouco do francês que aprendeu e começar a estudar português. As duas línguas são parecidas.

— Isso mesmo. Vou começar com este aqui em francês. O outro, com o tempo, você vai me traduzindo. Mas o que vou fazer de minha vida? Estou tão perdido...

— Ora, Sam, você tem novos horizontes pela frente. Na vida, a única coisa que pode nos levar adiante é o ânimo. E você o tem de sobra. Isso é admirável. Você é forte. Quando estiver melhor, vai até se casar de novo...

Sam fechou o rosto. Fitou bem os olhos do amigo:

— Casamento, nunca mais. Nunca mais!

— Calma... "Nunca mais" é muito forte. Não quis ferir os seus sentimentos. É a última coisa que gostaria de fazer. Você ainda é jovem, bonitão e ainda por cima rico. Vai ser difícil permanecer solteiro, ou melhor, viúvo. E, além do mais, algo aqui em mim diz que seu coração já está sendo flechado...

Adolph começou a rir, e Sam nada entendeu.

— Como assim, flechado? Quem se interessaria por mim? Ainda mais no estado em que estive todo esse tempo? Não é possível, Adolph. Desde a tragédia, eu não saí mais de casa. Portanto não há nenhuma mulher que pudesse estar interessada em mim.

Adolph achou melhor não prosseguir. Sam deveria descobrir por si só o amor de Anna por ele. Pegou sua cartola e sua bengala. Despediu-se de Sam com um sorriso maroto e foi embora.

Sam ficou na poltrona pensando nas conversas de minutos antes. Pensou no Brasil, na beleza das praias, pensou em Brenda e nas crianças. Ficou por horas pensando em tudo que havia acontecido em sua vida nos últimos tempos. A situação de seu país, a guerra, o assassinato do presidente. Começou a folhear o livro em francês.

Por acaso abriu na página cujas questões tratavam da perda de entes queridos. Começou a ler. As lágrimas brotavam, molhando seu rosto. Era muito difícil aceitar a perda da família. Tinham tudo para ser felizes. O que estaria por trás de tudo isso? Qual a necessidade de passar por uma situação dessas?

Não lhe vinham respostas. Terminou de ler as questões e instintivamente começou a orar. Orou por Brenda, pelas crianças. Lembrou-se de seu avô e começou a soluçar.

Enquanto chorava e orava, Sam não viu que pétalas douradas caíam sobre sua cabeça, provocando uma sensação de bem-estar. Não notou a presença de seu avô Roger e de Agnes, que estavam, naquele instante, a seu lado. Assim, o rapaz foi aos poucos perdendo os sentidos e adormeceu.

CAPÍTULO ONZE

Um cheiro insuportável, uma mistura de um odor ácido e pútrido inundava o ambiente. Gemidos, gritos, lamentos. A cena era dantesca. Um local tenebroso, cheio de pessoas desfiguradas e sofridas, em uma paisagem de terror.

No canto de uma encosta estavam deitadas algumas almas, deformadas e aflitas. Uma delas levantou-se para tentar tomar um gole da água que descia pela encosta, caindo como uma cascata negra e viscosa. Era o único líquido disponível naquele ambiente. Fazendo muito esforço, a moça conseguiu chegar até a cascata. Bebeu daquela água fétida como se fosse água cristalina, tamanha a sede. Conforme sorvia o líquido, começou a sentir dores horríveis na garganta.

Aos berros, passou a correr pelo vale, sem direção.

— Alguém me ajude, por favor! Eu não aguento mais estas dores. Eu estou morrendo de sede e não consigo beber.

Tropeçou numa poça de lama, caiu e lá permaneceu aos soluços. Até aquele momento ela não tinha noção do que estava fazendo ali. Como teria chegado lá? Estava cansada, perdida. Não queria mais viver aquele pesadelo.

Foi ajudada por um homem alto, forte, olhos vermelhos. Trajava uma elegante e brilhante capa preta.

— Meu amor, você acordou? Finalmente!

— Ajude-me, por Deus! Eu quero beber e não consigo. Estou morrendo de sede.

— Mas é claro: a sua garganta está muito inchada. Não há líquido que passe. Venha, dê-me os seus braços.

Lentamente a moça levantou os braços em direção à voz potente do homem. Ele a levantou e a colocou em seus braços. Foi até um local aberto, onde o cheiro pútrido era menos intenso. Olhando para a lua, ele esfregou as mãos e ergueu-as para o alto. Começou a fazer uma prece com palavras estranhas e depois pousou as mãos no pescoço da moça.

Imediatamente uma luz prateada começou a sair de suas mãos e foi restaurando a região da garganta da jovem. Em minutos, a moça estava completamente curada. Ela adormeceu logo em seguida.

O homem ficou fitando-a, com o ardor da paixão expresso em seus olhos vermelhos. Ele a amava. Finalmente havia encontrado o amor perdido. Nunca mais sairia de seu lado.

— Minha Marianne, você agora vai ficar bem. Eu a amo tanto... Ninguém mais vai lhe fazer mal. Vou ajudá-la na sua vingança. Conte comigo, meu amor.

Deu um beijo em sua testa e continuou fitando-a mais um tempo. De repente, sentiu uma presença a seu lado. Era Sam. O homem de capa violentamente partiu para cima dele, sem lhe dar tempo de defesa. Agarrou Sam pelos braços e começou a sacudi-lo:

— Você não vai tirá-la de mim, seu safado! Desta vez ninguém vai tirá-la de mim. Eu a encontrei. Agora ela é minha novamente. Minha!

Os olhos do homem eram de um vermelho tão intenso e pavoroso que o rapaz ficou imóvel, sem saber o que responder. O homem atirou-se sobre ele e começou a estrangulá-lo.

Sam começou a agitar-se na cama. Acordou com falta de ar. Instintivamente colocou as mãos no pescoço. Suava muito.

— Meu Deus! Que pesadelo horrível! Que lugar escuro e estranho! E aquele homem? Que figura esquisita! Preciso voltar logo a trabalhar, cuidar de minhas coisas. Devo mesmo estar delirando.

Levantou-se e foi até a cozinha tomar um copo de água. Anna, ouvindo o barulho, também se levantou.

— Sam, o que faz aqui a esta hora? Não está bem?

— Agora está tudo bem. Eu tive um pesadelo. Um sonho ruim. Resolvi levantar e tomar água, mais nada. Fique sossegada.

Ela foi para perto dele e também pegou um copo de água. Seu coração batia descompassado, tamanha a emoção.

— O que foi, Anna? Também teve um sonho ruim? Que cara é essa?

Encabulada, abaixando os olhos, respondeu:

— Nada. Eu também estava com um pouco de dor de cabeça. Não conseguia dormir, mas estou melhor agora.

Bebeu a água, pediu licença e voltou para o quarto, apressada. Precisava controlar seus sentimentos. Pensou: *Meu Deus! E se ele descobrir que estou apaixonada? Não! Não pode saber. Pelo menos agora. Não tenho o direito de amá-lo. Devo ficar mais atenta para não deixar transparecer o que sinto. E se ele me mandar embora? Não, definitivamente não posso.*

Sam terminou de beber a água e voltou ao quarto. Não conseguiu mais conciliar o sono. O pesadelo pareceu-lhe tão real que era difícil voltar a dormir. Pegou *O Livro dos Espíritos* e começou a folheá-lo. E assim fez até o amanhecer, quando finalmente adormeceu.

A primavera já estava se despedindo. Os dias ensolarados indicavam quão quente seria aquele verão. Um verão marcante. O verão da reconstrução da América. Depois de mais de quinhentos mil mortos, a Guerra da Secessão chegava ao fim. Uma nação destroçada pela guerra e pela tragédia de ter o presidente assassinado. Era hora de recomeçar, de olhar para a política de escravidão praticada no sul, de repensar como seriam as novas relações entre os estados confederados. O fim da guerra trazia novo ânimo aos americanos.

Os Estados Unidos já possuíam a maior linha de ferrovias do mundo. Com o aumento da malha ferroviária, o telégrafo também se expandia, permitindo a comunicação a uma velocidade considerada vertiginosa para a época. As fábricas do norte cresciam em ritmo acelerado e a produção de algodão no sul abastecia todas as fábricas têxteis da Europa. Mesmo assim, Adolph não estava satisfeito em continuar morando lá. Foi num jantar oferecido por Emily aos amigos, para celebrar o fim da guerra, que ele comentou:

— Emily, eu não tenho mais vontade de morar aqui. Não me sinto bem neste país. Não sei explicar, só sei que me sinto assim.

Mark interveio:

— Desculpe a minha indelicadeza, mas não concordo com esse comentário seu, Adolph. Agora que o país está voltando aos eixos, eu tenho certeza de que logo seremos uma grande nação, até melhor do que a Europa toda. Você quer mesmo ir embora?

Emily, com largo sorriso, respondeu:

— Mark, como você gosta de ser um sonhador, não? Acredita que um país povoado ainda por índios e com territórios nas mãos dos espanhóis possa crescer tanto quanto um continente que está pelo menos uns dois mil anos à nossa frente? Eu concordo com Adolph. Penso que, realmente, se houvesse a oportunidade, eu também iria embora.

Mark surpreendeu-se com a atitude da moça.

— Emily, só porque o seu irmão morreu na guerra, você não pode ficar com esse sentimento de repulsa pelo país. Deveria ter orgulho da morte de seu irmão. Ele morreu pela pátria.

— Ele morreu pela pátria... Que coisa mais bela! E eu, como fico? Eu só tinha esse irmão. Você fala isso porque não perdeu ninguém. Com licença.

Ela se levantou e foi chorando até a cozinha. A morte de seu irmão Bob ainda lhe doía muito. Não conseguia engolir a ideia de homens se confrontando e se matando como animais selvagens. Isso a aborrecia muito.

Adolph resolveu ir embora. Antes de sair, advertiu o xerife:

— Mark, se eu fosse você, iria até a cozinha conversar com ela, para evitar maiores constrangimentos. E, além do mais, eu estou sentindo um cheiro de romance no ar. Acredito que esteja na hora de você abrir seu coração.

Mark ficou boquiaberto. Parecia que todo o sangue do corpo havia se concentrado em seu rosto.

— Adolph! Eu pensei que você a amasse. Sentia até raiva. Quando os via juntos, eu queria morrer. E você vem com essa conversa de eu ter de abrir meu coração? Como sabe que estou apaixonado por ela?

— Meu amigo, eu sou um estudioso do comportamento humano. Sempre observo as atitudes das pessoas. Conheço você e Emily há muitos anos. Sei que você sempre gostou dela.

— Tenho a impressão de que ela gosta de você. Ela nunca deu a mínima para mim.

— Claro! Ela nunca deu a mínima porque você, temendo ser contrariado, prefere ficar calado, sufocando seus sentimentos. Prefere apertar sua alma, represando o que sente por ela. O que eu sinto por Emily é afeição, afinidade. Gosto de cultivar a nossa amizade, nada mais. Acontece que eu deixo fluir aquilo que sinto, não represo os meus sentimentos, você compreende?

Mark concordou com um gesto afirmativo.

— Nunca ninguém falou assim comigo. São assuntos tão... tão...

— Delicados, femininos, é isso?

— É. É isso. Eu nunca tive a oportunidade de falar dos meus sentimentos com alguém. Toda vez que a vejo, meu coração dispara. Sinto como se ele fosse sair pela boca, tamanha a emoção. Ajude-me a compreender o que se passa comigo.

— Simples: você está apaixonado. Você a ama de verdade.

— Acredita mesmo que eu estou apaixonado?

— Não se engane, meu amigo. Você já tem idade suficiente para analisar as suas emoções. No fundo de nossa alma, sabemos quando estamos apaixonados. Infelizmente você bloqueia seus sentimentos, com medo de não ser correspondido e sofrer. Apaixonar-se é deixar falar o coração.

— Não sei como lhe agradecer. Como é bom poder ouvir coisas tão bonitas de uma pessoa tão querida como você. Eu nunca pude falar sobre os meus sentimentos, porque em casa era assunto proibido.

— Mark, entenda que os pais procuram fazer o melhor pelos filhos. Eles nos ensinaram tudo aquilo que os pais deles ensinaram a eles, acreditando estar nos ajudando. Aprenderam que a razão deve dominar o coração. E a razão está cheia de regras limitantes, nutridas pelos valores da sociedade. Deram o que pensavam ser melhor. Cabe a nós procurar nossa verdade interior e com ela encontrar a felicidade.

— Nunca prestei atenção nisso, Adolph. Você fala tantas coisas... diferentes... Bem, prefiro parar nossa conversa por aqui. O fato de poder falar um pouquinho do meu amor por Emily deixou-me leve, contente.

— Então fale com ela. Vou embora. Preciso visitar Sam, saber como ele está. Tenha uma boa noite.

Adolph finalizou e deu uma piscada de olho e uma risadinha. Agora dependia de Mark escolher abrir seu coração.

CAPÍTULO DOZE

O xerife Mark já estava com trinta e um anos, contudo mantinha um aspecto bem jovial. Perdera o contato com os pais e irmãos havia alguns anos, quando estes resolveram ir para o oeste em busca de ouro. Na última carta que recebera, diziam estar ricos e bem, morando em São Francisco, pedindo-lhe que também fosse para lá. Estava habituado com sua vida em Little Flower e não tinha intenção de mudar.

Mark era bem alto, pele bronzeada, olhos amendoados, cabelos lisos e pretos. Descendente de índios sioux, era dotado de belo porte. A roupa de xerife tornava-o mais galante, mostrando um corpo bem torneado, musculoso. Nas quermesses da cidade, Mark era sempre aclamado como o "mais bonito", fazendo os corações femininos suspirarem por ele.

Era comum ele receber chamados urgentes de moças em apuros. Ele atendia porque, como xerife, não podia negar-lhes auxílio. Essas chamadas eram apenas pretextos para que ele fosse seduzido, cortejado. Ele havia recebido muitas propostas de pais querendo casar suas filhas, o que gentilmente declinava.

Embora criado numa sociedade machista, sempre acreditou no amor verdadeiro. Tinha certeza de que um dia encontraria uma mulher que fosse capaz de tocar e manter acesa a chama de amor que carregava no peito. Sentiu isso pela primeira e única vez por Emily, havia três anos, durante um baile de gala oferecido pelo governo americano.

Mark estava elegantemente vestido, conversando com amigos, quando viu Emily chegar. Ele ficou hipnotizado por aquela moça de rara beleza. Seus amigos disseram que o rapaz que a acompanhava era seu noivo.

Diante disso, Mark, na noite do baile, limitou-se a cumprimentá-la, com medo de sofrer alguma represália por parte dela ou do rapaz que a acompanhava. Havia muitos pares na festa, dançando lindas valsas. Durante uma das paradas para descanso, Emily foi até o canto do grande salão, onde havia muitas iguarias e bebidas. Serviu-se de ponche e, em seguida, dirigiu-se à grande varanda que circundava o salão.

Foi lá que Mark percebeu estar apaixonado. Ao vê-la, trajando um lindo vestido azul, os cabelos presos por uma tiara de brilhantes, cujos cachos balançavam lentamente enquanto ela se deliciava com o ponche, não resistiu. Foi ao seu encontro.

— Uma noite muito agradável, não acha?

— Bem agradável, eu diria. Boa noite.

— Boa noite. Meu nome é Mark. Sou xerife de Little Flower.

— Muito prazer. Meu nome é Emily. Mudei há pouco para cá — e, com um sorriso que a tornava mais bela, completou:

— Fico lisonjeada em conhecer o xerife que patrulha a nossa cidade.

— O prazer é todo meu. Ficará morando em Little Flower?

— Sim. Papai e mamãe são agentes do correio e foram transferidos para cá. Venho de outra cidade do mesmo porte que esta. Portanto, para mim, não há diferença. Já fiz até algumas amizades.

— Mal chegou e já tem amigos? O seu noivo não fica preocupado?

Antes de responder, e surpresa com este último comentário, Emily foi abordada por um belo rapaz:

— Querida, estive procurando você por todo o baile.

— Estava um pouco quente lá dentro, resolvi tomar um pouco de ar fresco. Querido, este é Mark, o xerife da cidade.

— Boa noite. Prazer. Que bom que você já estava na companhia de um xerife a patrulhá-la. Obrigado por estar com a minha pequena.

Mark não conseguia articular som para responder. Estava trêmulo, nervoso, não sabia como agir. Suas mãos estavam suando, sentiu-se mal. Procurou manter a pose, estendendo firmemente a mão para o rapaz.

— Prazer. Estava aqui com a sua pequena. Agora ela está a salvo — e, já se distanciando dos dois: — Foi um grande prazer conhecê-los. Até logo.

Disse isso e entrou no salão. Emily não entendeu a atitude de Mark. Um homem tão bonito, tão elegante, tão charmoso, com certeza só estava sendo educado. Deveria estar noivo, ou até mesmo ser casado.

Conforme o tempo foi passando, Emily, mesmo sabendo que ele era solteiro, resolveu não alimentar nenhum sentimento. Provavelmente ele deveria amar alguma outra mulher — era o pensamento dela —, ainda mais com tanta beleza e sendo assediado por todas as solteiras — e algumas casadas — da cidade.

Emily limpou os olhos, lavou o rosto e voltou para a sala de jantar. Mark estava sentado à mesa, de cabeça baixa, com os pensamentos voltados para aquele distante dia do baile. Levou um susto com a entrada de Emily na sala.

— O que foi, Mark? Estou tão feia assim?

Ele não sabia o que fazer, estava confuso. A conversa com Adolph, minutos atrás, e a lembrança do baile faziam de seu coração uma bomba prestes a explodir de emoção. Mal conseguiu articular as palavras. Procurou conter-se e não demonstrar o turbilhão de emoções que estava sentindo.

— Você, feia? Está brincando comigo? Você é a mulher mais linda que já vi em toda a minha vida.

Emily sentiu-se arrebatada por forte emoção. Jamais pensou que pudesse ouvir isso dele. Respondeu com simplicidade:

— Obrigada. Você é sempre gentil. E me faz lembrar da noite do baile...

— Inacreditável! Eu estava há pouco me lembrando dele. De como eu a conheci. Você estava radiante naquela noite. Linda mesmo.

— Pena que não conversamos mais, não é? Por mim, teríamos a noite inteira para conversar.

— Eu adoraria isso, mas não quis importuná-la.

— Como me importunar? Atrapalhar-me em quê?

— Bem, você estava acompanhada. Falando nisso, o que aconteceu com aquele rapaz? Eu nunca o vi por aqui. Não era seu noivo?

A jovem abaixou a cabeça, torceu nervosamente as mãos e desatou a chorar. Sentou-se numa cadeira próxima ao rapaz e não continha os soluços. Mark, tomado pela surpresa, não sabia o que fazer.

— Emily, desculpe-me! Não tive a intenção...

Ela ajeitou o corpo na cadeira para se recompor. Passou as mãos no canto dos olhos, procurando secar as lágrimas, que ainda teimavam em cair.

— Aquele rapaz que estava comigo no baile... morreu na guerra...

— Oh, Emily! Mais uma vez, perdão. Eu jamais poderia imaginar uma situação dessas. Jamais poderia pensar que o seu noivo morrera na guerra.

— Não se culpe, por favor. É que a morte dele foi e ainda está sendo muito dura de aceitar. E, só para constar, ele não era meu noivo.

Mark arregalou os olhos, surpreso.

— Como não? Todos na festa diziam que vocês dois eram noivos...

— Não, Mark. Ele era meu irmão Bob. Como estávamos havia pouco tempo na cidade e éramos muito ligados, muitas pessoas acreditavam que éramos noivos. Bob era meu único irmão. Depois que papai e mamãe morreram, no ano passado, Bob era a única coisa boa que eu tinha na vida. Rezava todas as noites para que ele voltasse vivo, mas não adiantou. Deus não ouviu as minhas preces. Meu irmão foi brutalmente assassinado durante um combate. Em menos de dois anos eu perdi a minha família inteira.

Ela mal terminou de falar e voltou a chorar. Dessa vez, Mark estava bem próximo dela. Num impulso, Emily jogou-se em seus braços e ficou com a cabeça pendendo em seu peito. Ele não conseguia mais se controlar. Instintivamente, abraçou-a, passando as mãos pelos seus longos cabelos dourados.

— Emily, não chore. Não fique assim, minha querida. Você é maravilhosa. Uma mulher de fibra, que vem suportando tudo sozinha. Dirigindo o correio, cuidando da casa... Minha pequena, não fique assim. Eu estou aqui para ajudá-la e ampará-la, se for preciso.

Emily apertava seu rosto mais fortemente contra o peito de Mark. Há quanto tempo estava sendo forte? Há quanto tempo estava sozinha tendo de se segurar? Isso havia feito um bem enorme a ela. Sentia-se mais forte, mais decidida. Havia se tornado uma mulher fora dos padrões da época, porque tinha de levar sua vida, não tinha tempo de pensar em futilidades. Era obrigada a ser firme.

Mas agora ela não queria mais nada. Só desejava ficar ali, abraçada àquele homem, sentindo o calor que vinha de seu peito. Tentou segurar as emoções que iam em seu íntimo. Não podia demonstrá-las. Para Emily, toda mulher apaixonada transformava-se em capacho do marido. Sempre. Isso ela nunca permitiria. Levaria uma vida solitária, mas nunca se submeteria aos caprichos de um homem.

Não, ela não seria como sua mãe, uma mulher amargurada, que chegava às vezes a apanhar de seu pai. Nunca homem nenhum levantaria a mão para ela. Porém, agora sentia-se completamente impotente. O calor do corpo de Mark a inebriava. Começou a amolecer o corpo, perder a resistência. Não queria admitir, mas estava apaixonada.

— Emily, você perdeu a família, mas tem a mim. Eu preciso lhe dizer algo... não sei como falar...

Ela se afastou rapidamente e, fitando os olhos de Mark, perguntou:

— Dizer-me o quê? Vamos, por favor. O que você precisa me dizer?

O rapaz começou a gaguejar. Era muito difícil transformar em palavras aquilo tudo que sentia.

— Faz um tempo... eu... bem... sabe... é que...

— Por favor, o que foi? Depois de tanto choro por aqui, eu não aguento mais desgraças. Fale de uma vez!

Mark começou a rir, não conseguia se controlar. Ele estava fazendo tanta força para se conter que o riso o ajudava a se acalmar. Emily não entendeu nada. Levantou-se nervosa da cadeira e alteou a voz:

— O que foi? Está brincando comigo? Pare de rir, agora mesmo!

Mark foi diminuindo o riso. Ficou extasiado. Ela era linda de qualquer jeito. Brava, então, ficava deslumbrante.

— Desculpe-me. Não tive a intenção de magoá-la. Vou direto ao assunto. — Levantou-se, puxou-a. Pegou-a pelos braços e, olhando fixamente para seus olhos, disse: — É que eu a amo desde aquele dia do baile...

Emily só não foi ao chão porque Mark a estava segurando. Não sabia se ria ou se chorava, se falava algo ou se gritava. Estava também extasiada. Percebeu naquele instante o quanto amava aquele homem. Só conseguiu lhe dizer:

— Eu também...

Não falaram mais nada. Abraçaram-se e beijaram-se. Emily, não contendo mais as emoções, entrelaçou suas mãos nas do xerife e conduziu-o até seu quarto. Entregaram-se um ao outro, num ato de amor intenso. Sentindo o toque de seus corpos, ficaram se amando madrugada adentro. Logo cedo, Mark foi acordado com um leve beijo depositado em seus lábios.

— Bom dia, meu herói.

— Meu Deus! Então não era sonho? Belisque-me, por favor.

Rindo, Emily, com a bandeja de café aos pés da cama, disse:

— Não, meu amor. É real, acredite.

— Parece que a conheço há tanto tempo... Parece que a amo há muito tempo, essa é a verdade.

— Eu também sinto o mesmo por você. Amo-o muito. Você me fez, nesta noite, a mulher mais feliz do mundo.

— Preciso lhe confessar uma coisa: você foi a primeira mulher que realmente tive... se é que me entende.

— E você foi o primeiro homem que me amou.

— Disso eu sei.

— Ora, é tão experiente assim?

Ele riu e acariciou os longos cabelos da amada.

— Não, é só olhar para o lençol...

Emily acompanhou os olhos do xerife e notou a mancha. Sentiu-se tremendamente encabulada. Mordiscou os lábios, nervosa. Mark, para não a deixar sem graça, falou com doçura na voz:

— Minha querida, esta é a prova do nosso amor. Você não deve se sentir encabulada. O que importa, de fato, é que eu a amo, muito.

Abraçaram-se e beijaram-se. Em seguida, Emily começou a arrumar sobre a cama o desjejum. Enquanto tirava as guloseimas da bandeja, perguntou:

— E de onde veio a prática? Você foi tão gentil, tão amoroso... Confesso que pensei com quantas mulheres você aprendeu a fazer amor. Fiquei até com um pouco de ciúme.

Ele abriu largo sorriso, mostrando seus dentes brancos e perfeitos.

—Sempre fui romântico. E sempre acreditei que o ato de amor deveria ocorrer entre duas pessoas apaixonadas. Nunca consegui enxergar o sexo como algo descartável, fútil, para saciar os mais íntimos desejos de um homem.

— Não respondeu à minha pergunta... com quantas mulheres se deitou antes de me conhecer?

— Tenho algo a lhe confessar...

Ele parou de falar, o rosto avermelhado.

— Adoro confissões!

— Eu nunca havia me deitado com uma mulher antes.

— Está dizendo isso para me tirar o ciúme.

— De modo algum — protestou ele. — É a pura verdade.

Emily aproximou-se e beijou-o com ardor.

— Você é realmente maravilhoso. Estou voltando a acreditar na existência de Deus. Mesmo com tanta desgraça em meu caminho, você foi e está sendo a melhor coisa que eu poderia ter nesta vida.

— Agora que trocamos nossas juras de amor e fizemos confidências, quer se casar comigo?

Emily continuou ajeitando as peças sobre a cama.

— Eu lhe fiz uma pergunta. Será que a resposta vem ainda hoje de manhã?

Ela balançou a cabeça para os lados.

— Se quero? Talvez, sim.

— Por quê? Não me ama? É isso?

— Claro que o amo. Bem, só se você não quiser que eu mude o meu jeito de ser. Só serei a sua esposa se eu continuar a ser eu mesma. Só posso compartilhar a minha vida com alguém que me ame, mas, acima de tudo, também me respeite. Esta é a condição. Se concordar com isso, a minha resposta é sim.

— Emily, você me surpreende a cada instante. Nunca vou querer que você mude seu modo de ser. É esse jeito que faz a chama de meu coração ficar acesa. Quero amá-la dessa maneira, sempre.

— Então está bem, eu concordo. Aceito casar-me com você.

Ambos haviam finalmente encontrado o verdadeiro amor. Duas almas que se reencontravam, para um novo aprendizado, uma nova etapa de vida.

CAPÍTULO TREZE

    O brilho da lua cheia atravessava fendas nas rochas, iluminando parcialmente a pequena gruta. Já haviam passado alguns dias, e aquele homem de olhos vermelhos continuava pajeando a moça.
    Ela começou a se remexer no chão úmido e abriu os olhos.
    — Onde estou? Quem é você?
    — Eu sou Aramis. Você ainda não se lembra de mim, minha Marianne, ainda...
    — Desculpe-me, mas eu não o conheço, embora tenha um rosto familiar.
    — Rosto familiar, minha cara? Passei séculos à sua procura. Não me deixavam chegar perto de você. Mas, por meio de favores que fiz a alguns pobres coitados, consegui o seu

paradeiro na Terra. Eu a ajudei a se desligar do corpo. Se não fosse eu, talvez você estivesse sendo devorada por vermes a esta hora. Nem que tivesse de ir ao fundo do inferno, eu não permitiria que isso lhe ocorresse.

— Não estou compreendendo. Como, desligar? Eu só me lembro de estar desesperada, brigando com dois seres infernais, com chifres e tudo o mais, e depois acordei neste lugar horroroso. Não sei como vim parar aqui. Sam deve ter feito isso comigo. Só pode ter sido ele.

Aramis enervou-se. O nome de Sam deixava-o furioso. Odiava aquele homem. Como tinham permitido que sua Marianne pudesse unir-se àquele crápula, àquele demônio que estava agora na Terra com o nome de Sam? Isso nunca poderia ter acontecido. Em sua fúria, Aramis chutava o que via pela frente. Resmungou:

— Não se preocupe, Marianne. Aquele monstro nunca mais colocará as mãos em você. Você sempre foi minha e será por todo o sempre. Eu sou o seu homem, eu sou o seu verdadeiro amor.

— Não está me confundindo com alguém? Meu nome não é Marianne. Meu nome é Brenda.

— Não. Brenda foi o nome que lhe deram nessa última vida. Você é, e sempre será, minha Marianne.

Brenda estava assustada. Por que ele falava em desligamento, em última vida? Será? Será que tinha morrido? Não, isso não poderia ser verdade.

Eu sinto fome, frio e dores pelo corpo todo. A minha garganta dói demais. Eu não posso estar morta. O que aconteceu comigo?, pensou.

Brenda sentia-se presa a um pesadelo do qual desejava ardentemente sair, mas não conseguia. Estava ali sentada, conversando com um homem, um ser tão real quanto ela.

Não podia ser alucinação. Não conseguia imaginar-se morta. A morte para ela era o fim, era o escuro, o vazio, o nada.

— Se estou aqui com você, como posso estar morta? Estou conversando. Devo estar com uma aparência terrível, mas estou viva. Eu estou viva! — bradou.

Levantou-se rapidamente, afastou-se de Aramis e começou a chorar. O homem abraçou-a com força.

— Não chore, meu amor. O mesmo ocorreu comigo há muito tempo. Eu sei que é difícil aceitar, mas é a verdade. Infelizmente, tudo continua. A morte é uma ilusão. Não há morte, mas vida após a vida, isso sim. Só mudamos de plano, mais nada. Ficamos com os mesmos pensamentos, as mesmas emoções, o mesmo corpo. Só a fortuna, as propriedades, o poder que tínhamos na Terra é que não nos pertencem mais. Parece-me que só a cabeça é que passa para o lado de cá. Pelo menos é assim que eu percebo. Não fique desse jeito. Logo você vai se acostumar. Vou levá-la para morar comigo. Venho esperando por isso há muito tempo. Assim que você estiver melhor, vou lhe mostrar o meu plano para destruir a vida de Sam.

— Destruir Sam? É interessante...

— Por que é interessante? — perguntou ele, sorrindo sinistramente.

— Ao seu lado, Aramis, eu sinto ódio dele. De uns tempos para cá, venho sentindo isso. Por quê?

— É porque você está despertando suas memórias passadas. Quando estiver melhor, vai entender o porquê de tanta raiva. Ele nos destruiu. E agora é chegada a hora de acabarmos com ele de vez.

— Desculpe, mas ainda não consegui assimilar tanta mudança em tão pouco tempo.

— O que precisa entender?

— Primeiro você diz que eu morri e Sam desgraçou nossas vidas. Ele sempre me pareceu um homem amável, um grande companheiro. Só nos últimos meses eu comecei a me sentir diferente, um pouco esquisita...

Brenda foi sacudida violentamente por Aramis. Seu ciúme doentio não permitia que ela falasse de Sam daquele jeito.

— O que foi que eu fiz?

— Nunca mais me diga isso, ouviu?

— Isso o quê? — indagou ela, transtornada com a mudança repentina no comportamento de Aramis.

— Não me fale mais nesse tom amoroso quando se referir àquele crápula. Isso não, eu não vou permitir, Marianne!

Brenda assustou-se. Afastou-se violentamente de Aramis, gritando:

— Quem você pensa que é? Você não é o meu dono. Nem sei de onde veio. E pare de me chamar de Marianne. Meu nome é Brenda.

Aramis não se conteve. Deu um forte tapa no rosto de Brenda. Depois outro. E depois mais um outro, que acertou em cheio seu nariz. Brenda sentiu o sangue esguichar e foi perdendo a consciência. Caiu pesadamente sobre si mesma.

Aramis se abaixou e gentilmente alisou seus cabelos:

— Desculpe, Marianne, ou Brenda, se assim preferir. Eu a amo e tive de esmurrá-la para você acreditar em mim. Espero que você não toque no nome de Sam outra vez, senão serei obrigado a tomar medidas extremas. Nem que eu tenha de amarrá-la nas profundezas deste vale horrendo, você será minha, custe o que custar.

Meses se passaram e outro ano chegou. A América voltava a crescer, com o vice-presidente agora no cargo principal da nação. Andrew Johnson foi o presidente responsável pela chamada "Reconstrução", período que sucedeu à guerra civil. Imbuído desse forte ideal, Johnson desejava reconstruir o país.

Mesmo assim, estava muito difícil para Sam continuar na cidade. Os amigos faziam de tudo para alegrá-lo. Infelizmente, Little Flower, na cabeça de Sam, ficaria sempre ligada ao crime praticado contra seus filhos e à morte de sua esposa.

O mesmo ocorria com Emily. Embora feliz pelo fato de estar amando Mark, não sentia vontade de continuar morando lá. A perda de sua família, a morte do irmão na guerra, tudo isso a deixava sem vontade para continuar vivendo naquela cidade.

Num domingo ensolarado, Anna resolveu convidar os amigos para um almoço. Estavam lá Adolph, Mark e Emily. O almoço transcorreu agradável. Anna cozinhava muito bem. Preparou diversos pratos, entre eles um guisado irlandês e uma deliciosa torta de maçã, sua especialidade. Terminada a refeição, Emily acompanhou Anna até a cozinha para lavar os pratos e preparar um café para os rapazes. Na varanda, os três conversavam amenidades. Adolph perguntou a Mark:

— E então, xerife, quando teremos a honra de ver os noivos no altar?

— Ah! — Mark suspirou. — O mais rápido possível. Estamos muito apaixonados. Eu queria me casar logo, mas ela quer esperar mais um pouco. Estamos juntos há alguns meses e pensamos em nos casar em junho.

Sam animou-se:

— Adoro o mês de junho. É o verão chegando. Sabe que me casei em junho... também... — Ele pigarreou e não conseguiu controlar a forte emoção. Lágrimas começaram a rolar de seus olhos.

Adolph abraçou-o.

— Não fique assim, meu amigo. Você está se recuperando rápido. Veja, aqui está rodeado de amigos, pessoas com as quais pode e poderá contar por toda a vida. Vamos, melhore esse rosto, dê um sorriso.

— Adolph, sempre você... Se não fosse o seu carinho e o de Anna, não sei se estaria aqui hoje.

Mark enciumou-se e, em tom de brincadeira, perguntou:

— E eu? E Emily? Nós não somos nada para você? Ingrato!

Sam levantou-se e deu-lhe um forte abraço:

— Vocês também são tudo para mim, Mark. Perdoe-me. Adoro você, tanto que o escolhi para padrinho de meus filhos. Sou muito grato a vocês por tudo que me têm feito até hoje. Estou muito feliz pela união dos dois. Quem sabe você não retribuirá, e eu serei padrinho de seus filhos? — finalizou o rapaz, tremendamente emocionado.

— Claro que vai ser. Padrinho dos filhos e de casamento.

— Padrinho de casamento?

— Sim. Quero você e Anna ao meu lado no altar. E Adolph também.

Adolph admirou-se:

— Sinto-me honrado, muito obrigado. Fico muito feliz de poder estar ao lado de vocês numa data tão importante.

— E acredita que eu não ia convidá-lo? Se não fosse você, eu estaria até hoje sem o meu grande amor. Serei grato a você pelo resto de minha vida. Você me encorajou a expor meus sentimentos.

As moças voltaram da cozinha trazendo a bandeja com café.

Emily, contrariada, disse:

— Mark, nós íamos convidá-los juntos. Eu ouvi a conversa de vocês lá da cozinha. Agora perdeu a graça.

Anna abraçou-a, dizendo:

— Minha amiga, fico feliz por vocês. E agradeço o convite, se Sam quiser, é claro.

— Como, se eu quiser? — indagou Sam. — Seria um enorme prazer tê-la ao meu lado nessa cerimônia de casamento. É claro que você vai estar comigo.

A face de Anna ruborizou-se. Seu coração estava a ponto de explodir, tamanha a emoção que estava sentindo. Era a primeira vez que Sam falava daquela maneira com ela. Procurou conter-se. Emily, Mark e Adolph perceberam o estado emocional da amiga e procuraram desconversar. Adolph, para descontraí-los, começou a rir:

— Muito engraçado. Todos aqui discutindo sobre a cerimônia. E eu? Vou estar no altar com quem? Sozinho?

Emily abraçou-o, dizendo:

— Você vai estar lá sozinho porque quer. Poderíamos ter uma nova amiga aqui conosco. Só não temos porque você não quer saber de casamento. Por que é contra o matrimônio?

— Não sou contra. Só gostaria de ter a sorte que você e Mark tiveram. Pessoas que se apaixonaram e se amam de verdade, que terão uma linda vida pela frente. Eu nunca amarei ninguém... de novo...

Adolph desprendeu-se de Emily e foi para o beiral da varanda, ar triste e fisionomia abatida. Pegou uma flor e começou a girá-la entre os dedos, alheio. Os amigos entreolharam-se e nada disseram. Bebericaram o café e deixaram o amigo sozinho, pensando com seus botões.

CAPÍTULO CATORZE

Adolph havia muito tempo guardava aquela tristeza no peito. Por mais que tentasse compreender o que tinha acontecido, era difícil aceitar a realidade. Ele era um homem evoluído, lúcido, mas, por mais que tentasse, não conseguia se esquecer do trauma pelo qual havia passado tempos atrás em Paris.

O convívio e a amizade com os amigos haviam crescido tanto desde a tragédia, que sentiu um enorme desejo de falar um pouco de sua vida a eles. Olhando o infinito, encostado num pilar da varanda e ainda segurando a pequena flor, falou:

— Eu nunca disse nada a ninguém... a nenhum de vocês... nem mesmo a você, Sam.

— O que nunca me disse? Nunca fomos de manter segredos.

— Sei disso. Mas, quando o assunto é o coração, às vezes sentimos vontade de guardar a dor e o sofrimento conosco.

— Abra-se conosco. Somos seus amigos — ponderou Emily. — O que aconteceu?

Ela e Anna aproximaram-se de Adolph e lhe entregaram uma xícara de café fumegante. Ele agradeceu com um aceno e, antes de pegar a xícara, entregou a pequena flor para Emily. Ele respirou fundo e disse:

— Eu já me apaixonei por uma mulher, quando estive morando na França.

Silêncio absoluto. Todos se entreolharam e permaneceram calados, entendendo o quanto aquele momento estava sendo difícil para ele. Pausadamente, Adolph continuou:

— Seu nome era Helène. Eu havia terminado meus estudos, estava radiante, feliz. Augusto e Carlos, meus amigos da universidade, resolveram comemorar, e fomos a um bordel, muito famoso por lá. Entramos, e eu nunca havia presenciado cenas como aquelas. Homens garbosamente trajados, mulheres elegantemente vestidas, todos estavam sentados em pequenas mesas, em grupo de quatro, cinco pessoas. A iluminação tremeluzente das velas não me permitia ver nitidamente um rosto sequer. As pessoas estavam completamente descontraídas. Um ambiente muito diferente para um jovem americano criado sob rígidos padrões de moral.

Adolph terminou o café e entregou a xícara a Anna. Suspirou e prosseguiu:

— A princípio fiquei assustado. Pessoas diferentes, com outra moral. Ou sem moral. Meus dois amigos tinham uma outra maneira de enxergar e viver a vida, não concordavam com uma série de valores ditados pela sociedade. Diziam-me que costumavam seguir o coração, nunca a cabeça, e isso me atraía demais. Tudo que eles me falavam, eu sentia como verdadeiro. Com eles, aprendi a sentir mais e a pensar menos.

— Entendo — disse Emily, timidamente.

— Sempre fui muito racional. Tudo deveria ter lógica na vida. Meus amigos me mostraram que o mecanismo da vida é bem diferente. A vida tem leis próprias, ela comanda o destino dos homens, das plantas, dos animais... Foi uma época muito boa e de grande transformação interior. Aprendi muitas coisas, quebrei uma série de preconceitos, de tabus. Percebi que toda a moral estava na minha cabeça, que eu poderia fazer o que quisesse, pois na realidade as pessoas não ligariam, nem mesmo saberiam.

— Depois de tudo pelo que passamos, eu comecei a questionar alguns valores — emendou Mark.

Adolph concordou com a cabeça. E prosseguiu:

— Descobri que há uma voz aqui dentro da nossa cabeça que quer controlar os nossos passos, como um general nos obrigando a seguir as regras que a sociedade, os pais nos ensinaram, mas elas estão erradas. Limitam-nos, fazem-nos representar papéis, reprimir os verdadeiros valores da nossa alma. Venho tentando dominar esta voz, fazer com que ela siga meus verdadeiros sentimentos e não o convencional. Toda essa mudança positiva eu devo aos meus amigos brasileiros, Augusto e Carlos.

Emily ia fazer uma pergunta, mas Mark não permitiu. Meneando a cabeça negativamente, deu a entender que deixasse o amigo relatar os fatos. Adolph concluiu:

— Bem, depois eu falo mais sobre os meus amigos. Quero falar agora sobre a mulher por quem me apaixonei. Nesse bordel, depois de meia hora, mais ou menos, e depois de muita bebida, fiquei mais à vontade. Encostei-me na beirada do bar, pensando em minha vida, naquelas pessoas, absorto em meus pensamentos. Só percebi que algo diferente estava acontecendo quando notei que o burburinho do salão havia cessado. Olhei para trás.

— O que você viu? — indagou Anna, curiosa e aflita.

— Meus olhos ficaram congelados naquela imagem. Descendo da escadaria, no centro do salão, lá vinha Helène. Ruiva, os cabelos caindo pelos ombros, pele alva, olhos verdes, corpo escultural, linda! Era uma deusa. Estava trajando um vestido branco, bem justo, que demonstrava todas as curvas de um corpo perfeito. Uma roupa escandalosa para o nosso padrão americano. Nela, aquele vestido não ficava nem um pouco escandaloso. Parecia ter sido esculpido em seu corpo. Apaixonei-me ali, não consegui desgrudar meus olhos de tanta beleza.

— Quem era ela? — perguntou Anna.

— Por incrível que pareça, ela era amiga de Augusto e Carlos.

— Coincidência, não? — emendou Emily.

Adolph sorriu e meneou a cabeça para cima e para baixo.

— Meus amigos, percebendo meu encanto, apresentaram-me a ela. O que mais poderia esperar deles? Aquilo tudo foi muito lindo. Ela também se apaixonou por mim.

— Oh, que romântico! — suspirou Anna.

— Sim, muito romântico — Adolph anuiu. — Amamo-nos muito, fazíamos caminhadas ao redor do Sena, piqueniques nos jardins das Tulherias. Nos fins de semana íamos para a sua casa em Montmartre, um bairro de boêmios e artistas. Helène administrava aquele bordel.

O grupo abriu e fechou a boca simultaneamente. Adolph deu de ombros e prosseguiu:

— Eu não me importava. Nunca me queixei. Ia pedir a mão dela em casamento, mas não foi possível...

Adolph ficou em silêncio por alguns segundos. Os rapazes se aproximaram dele e deram-lhe uma palmadinha no ombro. Mark sensibilizou-se com o relato:

— Somos amigos há tanto tempo. Nunca pensei que você pudesse ter tido uma paixão tão forte na sua vida.

Sam, apertando o ombro de Adolph, estava surpreso:

— Você falou sempre que era meu primo do coração. Nunca me contou nada.

Anna encheu novamente a xícara com café e entregou-lhe.

— Tome, Adolph, vai lhe fazer bem.

— Obrigado.

— Importa-se de nos contar o que aconteceu depois?

Todos concordaram fazendo gestos com a cabeça. Afinal de contas, também estavam tão curiosos quanto ela.

Adolph sentiu-se bem em relatar toda a história e continuou:

— Não, estou bem. Pela maneira como aprendi a encarar a vida, eu estou aqui hoje. Caso contrário, teria dado cabo dela. Embora doa, sinto que devo aprender e acredito que estou aprendendo muito com tudo isso. — Tomou um gole de café, pigarreou e continuou: — Eu tive de resolver algumas coisas com meu pai lá na Itália. Seguimos viagem. Ficaríamos vinte dias por lá. Helène queria ir junto, mas não havia alguém que pudesse ficar em seu lugar na administração do bordel. Eu já tinha ouvido uma história sobre um barão muito rico, do estrangeiro, que tentava seduzi-la de todo jeito. E, é claro, muitas pessoas contavam histórias absurdas, aumentavam os fatos, dizendo que o homem era muito mau, que a conquistaria de qualquer maneira.

"Na Itália, comprei um lindo anel, que carrego comigo até hoje, para pedir a mão de Helène em casamento. Estávamos muito apaixonados. Ao chegar de viagem, fui correndo para sua casa, mas não havia ninguém. Um amigo dela, pintor, que morava no andar de baixo de seu apartamento, disse-me que ela havia partido com o homem rico, com quem havia se casado, e ele não sabia para onde ela tinha ido. Eu não acreditei. Não podia ser verdade. E o nosso amor? Será que o dinheiro contava mais que o nosso sentimento? Será que o luxo, a riqueza, o poder valiam mais que o amor que nos unia? Fui atrás de Augusto e de Carlos. Eles deveriam saber o que estava acontecendo. E... o mais estranho de tudo..."

Emily não se segurou. Quase gritando e implorando ao mesmo tempo, suplicou:

— E o mais estranho de tudo? Continue, por favor.

Adolph enxugou as lágrimas, que agora não segurava mais, e encarou os amigos. Colocando as mãos na cintura, suspirou.

— Bem, não sei. O mais estranho é que os rapazes também haviam ido embora. Deixaram-me um bilhete, no qual diziam ter partido com Helène, mas não me falaram para onde. O que me intriga até hoje é o fato de tudo ter ocorrido tão rápido. Isso não era atitude que poderia vir de Augusto, tampouco de Carlos. Eles eram muito íntegros.

— O que acha que aconteceu de fato? — indagou Mark.

— Não sei. Foi por isso que resolvi voltar para Little Flower. Não tinha mais sentido ficar por lá. Perdi a mulher da minha vida e meus dois maiores amigos. Graças a Deus, hoje eu tenho vocês. Obrigado por me escutarem.

Terminado o triste relato, Adolph foi abraçado carinhosa-mente pelos amigos.

Os espíritos de Agnes e de Júlia, sua assistente, estavam presentes. Agnes, num suspiro delicado, passou suavemente a mão sobre a fronte de cada um deles. Disse a Júlia:

— Estou feliz. Agora conseguimos reuni-los novamente. Precisamos ajudá-los com uma vibração positiva para não se perturbarem e continuarem com o plano.

— Agnes, como fica Brenda?

— Por quê?

— Recebi comunicado de que ela foi socorrida por Aramis...

Agnes, em sua tranquilidade usual, bem-humorada, res-pondeu:

— Júlia, não se preocupe. Eu sabia que Aramis a socorreria.

— Sabia? Como?

— Ele já estava aqui, mesmo antes de ela morrer. Ele atrapalhou as metas de Brenda. Aramis vai ter de arcar com essa responsabilidade. Você sabe que ninguém pode intervir na vida dos outros, fazendo aquilo que só cada um pode fazer. Por Deus, Sam conseguiu superar a tragédia.

— O interessante é que na ficha de Sam já constava toda a tragédia. Isso estava programado mesmo, não é?

— Sim, Júlia. Estava. As crianças morreriam. Só que de outra forma. Adoeceriam e morreriam naquele inverno rigoroso. Eram espíritos cujas formas-pensamento de destruição eram tão fortes, tão cristalizadas, que só mesmo a reencarnação, por um curto período, permitiria que tais formas fossem eliminadas de seus perispíritos.

— Não poderiam fazer um tratamento aqui no astral em vez de reencarnar? Não seria mais fácil que as potentes máquinas de que dispomos sugassem essas formas?

— De que adiantaria, Júlia? Eles acreditavam no mal. Nós tentamos retirar essas formas da cabeça deles. Lembre-se de que nós tentamos fazer isso. Não se esqueça de que os dois abortos de Brenda foram provocados pelo medo dos dois. Quando tínhamos a permissão de remover as formas negativas, em instantes eles as materializavam de novo. O padrão mental deles é assim. E para isso não há máquina que resolva a situação. É tarefa de cada um evoluir, mudar para melhor. A mudança vem com a renovação da atitude interior, e nada como a Terra para nos ajudar a entender isso.

— Pelo fato de as formas-pensamento serem densas, o melhor para esses dois espíritos seria essa curta reencarnação?

— Isso mesmo. Veja bem: quando nós emitimos um pensamento, damos importância para ele, geramos uma atitude. Essa nossa atitude cria um campo ao nosso redor.

— Um campo de energia?

— Exatamente, um campo de energia, que pode ser favorável ou não, conforme aquilo em que acreditamos.

— Como vejo por aqui, os bons pensamentos criam ao nosso redor um campo favorável, e pensamentos ruins criam o contrário, certo?

— Certo, Júlia. E, caso tenhamos um pensamento condicionado, seja no bem, seja no mal, esse padrão de pensamento, de tanto ser usado, fica automatizado, e podemos carregá-lo por vidas e mais vidas.

— Exatamente. Se, quando morremos, continuamos os mesmos, é sinal de que os pensamentos, as crenças e atitudes que tínhamos nos acompanham.

— Por isso é que devemos estar sempre de olho em nossas atitudes, procurando melhorar sempre. É o básico.

— É, Agnes, é o básico...

Continuaram a conversar por mais alguns instantes. Júlia estava fascinada em poder estar ao lado de Agnes. Havia feito muitos cursos no astral e agora se sentia pronta a estagiar e participar um pouco da vida desses espíritos reencarnados. Estava aprendendo muito com os casos práticos de sua mentora.

Como é bom ajudar aos outros, pensou.

Agnes harmonizou o ambiente e deu um abraço afetuoso em todos, causando-lhes imediatamente grande bem-estar. Após os abraços, tomou a mão de Júlia e alçaram voo rumo à colônia. Tinham muitas coisas para fazer.

CAPÍTULO QUINZE

O sábado amanheceu glorioso. Logo cedo, o céu estava completamente azul, sem uma nesga de nuvem que pudesse atrapalhar a trajetória harmônica do sol pelo horizonte. A cerimônia havia sido marcada para as dez horas da manhã e, aos poucos, os convidados foram chegando.

Emily e Mark aceitaram de bom grado o convite de Sam. Ele queria que ambos se casassem no pátio atrás de sua casa. Era um pátio muito extenso, plano, coberto por uma grama verde-clara, rodeado de arbustos, muitas flores e com um grande belvedere, onde seria realizada a cerimônia.

Próximo ao mirante ficava um lindo lago, cujas águas abrigavam casais de cisnes. Os empregados enfeitaram o pátio com lindas flores brancas e laços cor-de-rosa. Fizeram fileiras com bancos de madeira pintados de branco, de maneira que eles ficassem em frente ao belvedere, para que todos os convidados visualizassem os noivos. As fileiras foram separadas pelos laçarotes cor-de-rosa e, na ponta de cada banco, foi colocado um ramo com flores brancas. Era chegada a hora da cerimônia.

Mark, elegantemente vestido, já se encontrava com o juiz no interior do belvedere. Ao seu lado, estava Sam. No lado oposto estava Adolph. Ambos estavam também impecavelmente trajados. Ao longe avistaram a noiva, que usava o mesmo vestido que sua mãe usara, muitos anos atrás. Depois de alguns ajustes aqui e ali, o vestido ficou radiante no corpo da noiva. Emily não trazia véu sobre os cabelos, somente uma tiara, que os deixava na forma de coque, voltados para cima.

Adolph, com sua visão aguçada e admirando a beleza que se aproximava, perguntou surpreso:

— Meninos, não é a noiva que está chegando?

Mark sorriu e respondeu:

— É Anna!

Sam mal acreditou no que via. Tantos anos de convivência, e nunca havia notado a rara beleza da jovem. Se ela teve a intenção de chamar-lhe a atenção, conseguiu naquele instante. Ela estava radiante, linda.

O jovem viúvo sentiu uma ponta de emoção no peito. Foi andando rápido em sua direção.

— Anna!

— Olá, Sam. Como vai?

Ele mal conseguia articular as palavras.

— Onde você havia guardado tanta beleza? Por que nos escondeu esse tesouro?

— Ora, Sam, não diga bobagens. Eu só me arrumei para o casamento de minha melhor amiga, que considero uma irmã. E, além do mais, fazia anos que eu não tinha a oportunidade de poder me vestir para um evento tão importante.

— Interessante... Conheço você há tanto tempo e nunca havia reparado na sua beleza.

Sam estava fascinado e disparou o que lhe vinha à mente. Percebeu que estava empolgado demais e desculpou-se, muito sem jeito:

— Anna, desculpe-me. Estou entusiasmado com a sua formosura, é só — e em seguida desconversou, tentando controlar aquele arroubo: — Vamos, pois a noiva já vem chegando.

Ficaram no altar, ao lado do noivo. Adolph se ajeitou no lado em que Emily ficaria. Logo em seguida, uma suave melodia começou a ser tocada pela orquestra. Era a chegada da noiva. Emily estava linda. O vestido alvo contrastando com o sol da manhã deixava-a mais bela. Algumas flores presas no coque feito por Anna eram os únicos complementos de seu traje.

Mark não conteve as lágrimas. A cada passo que Emily dava no corredor em direção ao altar, mais as emoções brotavam em seu peito. Estava muito feliz. Afinal, Emily era a mulher de sua vida. Chegando perto do altar, a noiva foi conduzida por Mark, que antes lhe depositou suave beijo na testa.

Após curta e aprazível cerimônia, Sam foi conduzindo os convidados para as mesas ao lado do lago, que também estavam decoradas com toalhas brancas e vasinhos com rosas vermelhas. Foram todos se sentando nas cadeiras, agrupando-se conforme o grau de afinidade. Em volta das mesas, foi colocada uma grande mesa retangular para os noivos e padrinhos. Adolph resolveu fazer o brinde ao casal:

— Gostaria de desejar-lhes, com o aval de todos os presentes, os nossos sinceros votos de uma união feliz, duradoura. E que a chama do amor esteja sempre acesa, iluminando-os para todo o sempre!

Todos se levantaram e ergueram suas taças. Agnes, que estava presente desde o começo da festa, beijou delicadamente a fronte dos noivos. Aproveitando o momento, fez aquilo que ansiava: ser notada por Anna. Sem ainda saber, a jovem era dotada de extrema sensibilidade e tinha enorme capacidade de ver e conversar com os espíritos.

O ambiente descontraído, festivo e alegre favorecia o intento. Anna estava se dirigindo à cozinha para providenciar o bolo, quando foi interpelada por Agnes:

— Minha querida amiga, parabéns pelo arranjo. Os enfeites, as cores, os tecidos, a delicadeza...

Anna ficou surpresa. Lembrava-se vagamente daquele rosto. Perguntou intrigada, embora sustentando encantador sorriso nos lábios:

— Foi um lindo trabalho. Tudo que é feito com dedicação e amor tem um resultado muito bonito. Desculpe-me, mas eu a conheço?

Agnes sorriu e pegou em suas mãos:

— Somos amigas há muito tempo. Você me conhece, Anna. No momento estou em outro plano. Teremos um trabalho para fazer em conjunto e vou precisar muito de sua ajuda. Só passei por aqui para dar um abraço nos noivos.

— Somos amigas? Não sei...

De súbito, Anna lembrou-se do sonho naquela manhã em que Sam caíra da escada.

Ela levou a mão à boca, tamanho o estupor:

— Então não era sonho?

— Não.

— Era você mesma? Real?

Agnes assentiu com a cabeça. Anna estava muito emocionada. Embora não se lembrasse de quem ela era, sentia uma grande afeição por Agnes. Esta, notando a emoção, emendou:

— Somos amigas de outras vidas. Você logo vai se inteirar sobre esse assunto. Assim poderei ter a chance de estar mais próxima de todo o grupo. Agora preciso ir. Fico feliz em poder falar com você, que me é muito especial. Até logo.

Anna permaneceu estática. Não sabia o que falar. Pela primeira vez na vida, não sentiu medo por estar falando com uma "pessoa" estranha. Pelo contrário, enquanto conversava com Agnes, sentiu amor, saudade, ternura... Como podia sentir isso por alguém que nunca tinha visto antes? E, ainda por cima, ter gostado tanto?

Conforme esses pensamentos lhe vinham à cabeça, Agnes foi caminhando pelo gramado, sumindo, a distância de seus olhos. Enquanto isso, Emily e Mark foram passando de mesa em mesa, dando os cumprimentos aos convidados.

Adolph sentou-se ao lado de Sam. Enchendo sua taça de vinho, disse-lhe:

— Estou muito contente por você ter promovido esta festa. Chega de tragédias, não é verdade? Quero vê-lo feliz, Sam.

— Eu tento. Acredita que eu deveria me envolver com alguém? Eu sei que no fundo você está certo. Não posso ficar amarrado às regras sociais e permanecer viúvo pelo resto de minha vida.

Adolph animou-se:

— É isso mesmo, meu amigo. Tão jovem e tão bonito, nem completou vinte e dois anos de idade. Ainda tem muito tempo pela frente, não é verdade?

Sam começou a rir. O jeito de o amigo falar era muito engraçado.

Adolph continuou:

— Pode rir à vontade. Isso melhora o nosso estado. Penso que você tinha algo para fazer com Brenda, e a sua parte já foi feita.

— Mas eu a amava — emendou Sam, voltando à sua seriedade.

— Sei disso, mas ela se foi, não é? E você acha que o seu coração é tão mesquinho a ponto de ter espaço somente para um amor na vida? Por acaso o seu coração não é grande o suficiente para ter o amor dos amigos, ou dos filhos que você teve, ou de outras pessoas que possam surgir? Não percebe que o coração tem um espaço imenso, profundo? Que a nossa cabeça é que resolve se meter e criar cercas dentro dele? Acorde, Sam. Acorde para a vida. Ela é poderosa, porque sempre ganha. Não há como brigar com ela. Vamos, abra o seu imenso coração. Arranque as cercas que demarcam território. Deixe-o grande, para receber um grande amor.

Sam coçou o queixo e resmungou:

— Adolph, você fala de uma maneira...

— Que maneira?

— Ora, eu amei Brenda. Às vezes, penso que a amava, mas de uma outra maneira. Hoje percebo que esse amor estava um pouco misturado com apego.

— Por que diz isso?

— Veja bem, eu já tinha perdido a minha família toda. Brenda era a única pessoa que eu tinha. Você estava na Europa. Mas eu ainda entro nos valores da nossa sociedade, muito embora eu sinta que tenha muito que brotar do meu amor...

— E por que não deixa brotar? O que está esperando?

— Bem, não quero sair à caça de moças casadoiras. Isso não combina comigo — e finalizou: — O que o vinho nos faz, não? Estou me sentindo tão desinibido, infelizmente não há moça por esta cidade que aqueça o meu coração.

— Como não?

— Sou um viúvo sem atrativos.

— Conheço uma que está louca para ser fisgada por você. Faz tempo que venho percebendo isso.

— De quem você está falando?

— Sam, não se faça de ingênuo. Tanto eu como os outros amigos já percebemos que há uma moça louca por você. Abra os olhos do seu coração.

— Desculpe-me, mas não sei o que ou de quem você está falando. Nunca percebi ninguém me lançando olhares apaixonados.

— Aquela moça — apontou Adolph em direção a Anna — está apaixonada por você.

— Não fale besteiras! Anna é uma grande amiga. Não vou negar que sinto atração por ela. Até tive ímpetos de abrir-lhe meu coração, mas sinto que ela não me deseja. Nunca percebi nada que mostrasse o contrário.

— Não fale besteiras, homem! Ela sempre foi apaixonada por você, mesmo durante seu namoro com Brenda. Se eu fosse você, iria até lá ter uma conversinha com ela.

— Eu?!

— Sim. Você está apaixonado.

— Como sabe? — indagou Sam.

— Pelo seu jeito de falar nela, ora. Sam, largue os valores sociais, esqueça suas tragédias por um momento e entregue-se ao amor. Não perca a chance. Anna é uma ótima mulher. Sinto que vai fazê-lo muito feliz.

Sam remexeu-se na cadeira. Realmente sentia seu coração pulsar. E por que só agora? Adolph deu dois tapinhas nas costas de Sam e deixou-o só, com seus pensamentos.

— Bem, amigo, agora o negócio é com você. Não pense, mas sinta com o coração. Só assim você saberá se realmente gosta ou não de Anna. Agora vou conversar com algumas pessoas que não vejo há muito tempo. O recado foi dado. Até mais.

Sam esboçou um leve sorriso. Pegou a jarra de vinho que estava em sua mesa e encheu sua taça. Tomou tudo num gole só, suspirou profundamente. Recostou-se na cadeira, cruzou as pernas e, com os braços agarrados à nuca, começou a relembrar algumas cenas de sua vida.

Minha nossa! Depois dessa conversa, começo a me lembrar dos olhares que Anna me lançava, desde os tempos em que eu namorava Brenda. Anna sempre foi discreta, nunca conversou comigo dando a entender que gostava de mim, se é que gostava. Será que ela sempre teve essa paixão?

Ficou divagando por mais alguns minutos. Seu coração ia batendo mais forte à medida que se lembrava de fatos passados em que havia a presença de Anna. Sentiu que ela se tornara indispensável na sua vida. De repente, percebeu que a amava e decidiu que precisava declarar-lhe seu amor.

Anna continuava a observar Agnes sumir por entre os bosques. Foi tirada desse estado de êxtase por Sam:

— Para onde você está olhando? Procurando algo? Seu olhar está tão distante...

— Oh, desculpe-me. Nem havia notado a sua presença. Estava conversando com aquela mulher ali...

— Que mulher?

— Aquela ali, Sam. Que está ali no bosque...

A jovem apontava com o dedo e ele nada conseguia ver.

— Tudo bem, Anna. Deixe-a lá. Os convidados estão esperando pelo bolo. Eu estou morrendo de vontade de comer um pedaço. Sei que você ajudou a fazê-lo. Deve estar uma delícia. Vamos pegá-lo? Vim ajudá-la.

— Você é tão gentil! Não sabia que gostava tanto de festas.

— Não é a festa que está me deixando neste estado, Anna... é você!

Sam não estava mais conseguindo se controlar. A bebida havia lhe dado coragem para se declarar. Emocionado, sem perder a firmeza na voz, disse de uma só vez:

— Anna... estou apaixonado por você.

Ela imediatamente levou a mão ao peito e quase foi ao chão. Estaria ouvindo bem? Depois de tantos anos? Ela não sabia o que responder.

— Você ouviu? — ele repetiu. — Eu disse que estou a-pai--xo-na-do por você. Entendeu?

A jovem procurou recompor-se. Engasgou-se ao tentar falar, pois estava muito emocionada. As lágrimas escorriam insopitáveis.

— Desculpe, Sam. É que... que...

— O que foi? Não devia me declarar?

— De maneira alguma. Esperei tanto por isso! Fui tomada de grande surpresa — Anna falou e mudou o rumo da conversa: — Tenho de pegar o bolo agora. Depois da festa conversaremos, está bem?

— Como assim?!

— Depois da festa, por favor.

Anna falou, rodou nos calcanhares e caminhou em direção da cozinha. Sam não entendeu, contudo estava feliz. Muito feliz. Tal qual adolescente enamorado, disse:

— Está bem, querida. Estou esperando ansiosamente pelo fim da festa. Não vejo a hora de podermos conversar, logo mais à noite. Não fuja de mim.

Ele estugou o passo e a alcançou na entrada da cozinha. Beijou delicadamente os lábios da amada e saiu cantarolando pelo bosque, cumprimentando e conversando com os convidados.

Anna entrou na cozinha para ajudar a enfeitar o bolo. Estava tomada de forte emoção. Primeiro foi aquela mulher, linda, agradável, dizendo-se sua conhecida de outros tempos e, por incrível que fosse, era a mesma do sonho de outrora. E logo em seguida a declaração de Sam. O que mais queria? Somente agradecer a Deus tamanha felicidade.

— Obrigada, meu Deus! Estou muito feliz por amar e ser amada por ele. Diante de tamanha felicidade, só quero agradecer.

Continuou a orar por mais alguns instantes, com o rosto ainda banhado em lágrimas.

A VIDA SEMPRE VENCE

A tarde continuou ensolarada. A festa correu sem deslizes. Os convidados foram se retirando, os noivos foram para a casa de Mark. Não podiam viajar de imediato. O xerife precisava de um substituto, e este só chegaria no mês seguinte.

Emily não se importou em não ter uma viagem de lua de mel. Já estavam vivendo nesse clima desde que se descobriram apaixonados. O que importava é que agora ficariam juntos, para sempre.

A jovem já havia providenciado, uma semana antes, a mudança de alguns móveis, roupas e utensílios, que levou para a casa de Mark. O que sobrou seria vendido num bazar organizado pelos amigos. Assim que terminasse de esvaziar sua casa, ia vendê-la. O casal estava com planos de montar algum negócio.

Emily, além de vender a casa, pensou em transferir o título de propriedade sobre a agência do correio. Não queria mais isso. O correio fora herança de seus pais. A morte do irmão tirou-lhe definitivamente a vontade de tocar o negócio.

Ela queria realizar um trabalho que fosse mais dinâmico, difícil de encontrar na pacata Little Flower. Por isso, Mark estava pensando em juntar seu dinheiro com o da esposa para comprarem um pequeno pedaço de terra em outra cidade, talvez outro estado. Emily já havia lhe dado a sugestão de plantarem algo, qualquer coisa.

Agora, casado e com muitos sonhos na cabeça, Mark estava pensando na possibilidade de virar fazendeiro e largar a vida de xerife.

CAPÍTULO DEZESSEIS

Brenda acordou naquela mesma gruta, ao lado daquela mesma rocha, mas sem a presença de Aramis.

Será que aquele patife me largou?, pensava, enquanto olhava detalhadamente o interior da gruta em que estava.

A presença de Aramis assustava-a muito, porém o que mais a intrigava era o fato de sentir sua falta quando ele não estava por perto. Não conseguia raciocinar direito. Tinha medo e, ao mesmo tempo, sentia saudade.

Muito estranho esse sentimento ambíguo em relação a Aramis, deduziu.

Brenda levantou-se, procurou beber um copo de água. Próximo ao local em que estava deitada, havia uma mesa com alguns pães e um copo cheio de água. Estava com tanta fome que chegava a ouvir o ronco de seu estômago. Tomou um pouco de água, pegou um pedaço de pão.

Hum, isto aqui está muito bom. Também, estou faminta...

A alimentação energética de seu corpo era feita por passes, irradiados por Aramis. Desde o desencarne, Brenda recebia vibrações que sustentavam seus chacras[1]. Somente agora estava em condições de se alimentar novamente. Terminou de comer aquele pedaço de pão e bebeu toda a água do copo. Logo depois sentiu uma forte vontade de urinar.

Meu Deus, estou maluca! Agora é que percebo. Como podem dizer que morri, se tenho fome, estou comendo e sinto vontade de urinar? Como isso é possível?

Meio sem jeito, foi até um canto da gruta. Havia uma espécie de biombo separando aquela parte do restante da gruta. Brenda logo viu um vaso sanitário e um bidê. Embora estivesse dentro de uma gruta, o ambiente era limpo. Atrás do biombo havia uma penteadeira de madeira entalhada, com uma toalha, uma jarra com água, artigos de toucador e um vestido limpo. Ao lado da penteadeira, uma banheira.

Brenda, admirada, olhou-se no espelho. Agora podia notar seu estado deplorável. Sua garganta continuava com uma marca vermelha arroxeada ao redor. Resolveu banhar-se e amenizar aquele triste semblante. Não se arriscou a sair da gruta.

Algumas horas depois, chegou Aramis. Estava surpreso com a mudança no aspecto da jovem.

— Meu amor, como você está linda! Pedi para alguns servos arrumarem tudo do bom e do melhor para você. Eles me obedeceram direitinho, pois você está mais linda do que nunca.

---

1 Os chacras, ou rodas de luz, também conhecidos pela grafia *chakras*, são, segundo a filosofia da ioga, canais dentro do corpo humano por onde circula a energia vital (*prana*) que nutre órgãos e sistemas. Existem várias rotas diferentes e independentes por onde circula essa energia. Na doutrina espírita, os chacras são conhecidos como centros de força.

Ele tirou do bolso um colar de pérolas e gentilmente o colocou no pescoço da amada.

— Aramis, você está dando isto para mim? Um colar como este deve valer uma fortuna!

— Você merece o mundo, minha querida. Nada é mais valioso do que nosso amor.

— Você fala nosso amor... Parece que sinto ou senti isso alguma vez por você, mas o meu coração está ligado a Sam...

Ela se esquecera da fúria de Aramis. Ele já havia pedido que ela nunca mais tocasse naquele nome em sua frente. A única reação que teve foi de cobrir o rosto com as mãos, para se defender de uma possível bofetada. Foi surpreendida pela gargalhada gutural de Aramis, que naquela caverna incomodava os ouvidos, de tão forte.

— Marianne, ou Brenda, tanto faz. Como você pode amar alguém que não gosta de você?

— Como assim? Sam sempre me amou, desde que éramos pequenos. Eu não o amava, mas ele era apaixonado por mim.

— Querida, você é muito ingênua. Acredita mesmo que Sam, ainda jovem, ficaria viúvo pelo resto da vida? Que ele a amava tanto assim? Você acredita nisso?

— Veja lá como fala, Aramis. Está me deixando nervosa e insegura. Eu sei que você gosta de mim, mas Sam me ama, e muito. Sei que você se irrita quando falo nele ou no amor que nutre por mim, mas é a pura verdade. Jamais ficaria com outra. Disso eu tenho certeza.

— Ama? Você disse ama? Não acredita mesmo em mim? Pois então vou lhe mostrar a verdade...

Ele puxou violentamente o braço de Brenda e conduziu-a pelo espaço afora. Assustada, ela se agarrou na cintura dele e fechou os olhos. Tinha pavor de altura. Em instantes estavam na casa de Sam.

— Vamos, Brenda, abra os olhos. Já estamos em terra firme. Veja onde estamos.

Ela abriu lentamente os olhos. Embora estivesse com os pés no chão, sentia-se mole.

— Como conseguiu, Aramis? Estávamos na gruta, no vale, e agora estamos aqui, na minha casa. Como você consegue fazer isso? Que poder é esse?

— Não há poder, minha cara. É só saber controlar a mente, os pensamentos. É a força da concentração. Você se concentra e realiza aquilo que quer.

— Assim, fácil? É só pensar e pronto? Como pode?

— Com muito treino e paciência chega-se lá. Demorei anos para começar a voar, e mais tantos outros para dominar os meus pensamentos e, principalmente, os meus impulsos. Com o passar do tempo vou lhe ensinar muita coisa. Agora quero provar-lhe que não a estou enganando. Pelo contrário, amo você e quero que veja a verdade.

Aramis foi conduzindo-a lentamente pelo interior da casa de Sam. No quarto, já noite alta, Sam e Anna estavam abraçados e deitados na cama. Logo depois que os convidados se retiraram, Sam não se conteve e puxou-a pelas mãos.

— Vamos, Anna. Não quero esperar mais. Eu sou um homem livre, e você também é uma mulher livre. Já estive muito tempo preso nos meus pesadelos, nas minhas tragédias. Agora quero e tenho o direito de continuar vivendo com alguém a quem eu possa dar o amor que está contido em meu peito. Amo você, de verdade.

Anna estava completamente inebriada pela doçura e firmeza que vinham daquelas palavras sinceras.

— Como é bom poder ouvir isso. Estou apaixonada há tanto tempo que já perdi a conta. Entretanto, não quero pensar em nada agora, só quero amar você.

E assim fizeram. Sam pegou-a pela cintura, colocou-a por entre seus braços e conduziu-a até o quarto. Sentindo o calor que seus corpos emanavam, entregaram-se ao amor. Depois de se amar, permaneceram deitados e abraçados, trocando beijos e carícias apaixonados.

Brenda entrou no quarto nesse instante. O susto jogou-a nos braços de Aramis. Sentiu falta de ar. Ficou pálida como cera. Não podia acreditar no que via. Seu marido com aquela ordinária? Tinha-lhe roubado a mãe, e agora lhe roubava o marido? Como se atrevia?

Ela ficou cega de ódio, seus olhos pareciam querer saltar das órbitas, faiscando ondas de raiva. Desgrudou-se de Aramis e partiu para cima de Anna, começando a esbofeteá-la.

A vibração de ódio era tanta que Anna não podia receber a bofetada física, mas pôde sentir o tapa energético. Ao mesmo tempo, começou a sentir uma dor na nuca e uma pontada na testa. Sua cabeça doeu terrivelmente, como se algo estivesse esmigalhando seus miolos. Sam percebeu o mal-estar de Anna, mas pensou tratar-se apenas de emoção. Procurou levar na brincadeira, mas logo se deu conta de que ela se debatia na cama, tamanha a dor. Preocupou-se.

— O que foi? Estávamos bem até agora, o que houve?

Anna apertava as têmporas, tentando aliviar aquela dor terrível.

— Não sei, começou do nada. Dói muito, é como se eu estivesse levando uma punhalada dentro da cabeça, não sei explicar.

Brenda continuava dando sopapos na rival.

— Sua desgraçada, como pôde? Não pode ficar com ele. Isso eu nunca vou permitir. Vagabunda!

O desequilíbrio de Brenda foi aumentando. Sua garganta começou a inchar. Avolumou-se de tal forma que o colar, presente de Aramis, estourou, espalhando as pérolas por todo o quarto. Foi obrigada a parar de esbofetear Anna, devido à dor aguda que sentia.

— Aramis, o que acontece comigo? Por que meu pescoço está inchado de novo? Ajude-me. Esta dor é horrível!

Aramis procurou acalmar a amada. Fê-la sentar-se no chão e pousou a mão em sua garganta. Não conseguiu o intento. Ele sabia que somente ela mesma poderia aliviar-se da dor. Naquele estado colérico, nada que ele fizesse adiantaria. Resolveu aplicar-lhe um sedativo, para que ela pudesse adormecer e desligar-se do desequilíbrio.

Enquanto passava a mão levemente pelos cabelos de Brenda, dizia:

— Fiz isso para você ver a verdade. Fiz isso porque a amo.

Pegou-a nos braços, desfalecida, e alçou voo. Em instantes estavam de volta à gruta. Ele a deitou no chão, ajeitando delicadamente o corpo para que ela não acordasse. Depois retornou à casa de Sam. Teve a ideia de fazer um trabalho.

Aramis magnetizou as pérolas do colar de Brenda, esparramadas pelo quarto de Sam. Impregnou-as com energia de raiva, de desequilíbrio, a fim de atrapalhar a vida do casal. Feito isso, enquanto Sam e Anna estivessem naquela casa, precisariam de muita firmeza interior para não sucumbirem àquele trabalho.

As dores de cabeça de Anna foram cessando. Sam foi até a cozinha e trouxe um pouco de água para ela.

— Como se sente, querida?

— Estou melhor. Não sei o que aconteceu. Estávamos tão bem, de repente isto... Sabe que eu estava aqui pensando em Brenda?

— Em Brenda? Por quê?

— Não sei o porquê, mas tive a impressão de tê-la visto muito nervosa, aqui no quarto.

— Bobagem! É natural, foi a nossa primeira vez. Você ficou um pouco sem graça, talvez com culpa.

— Pode ser. Talvez eu me sinta invadindo o lugar de Brenda e associei tudo à imagem dela, nervosa.

— Você não está invadindo o lugar de ninguém. Brenda se foi. Eu não posso, nem poderia, passar o resto de minha vida por aqui me lamentando. Quem disse que devemos amar somente uma pessoa na vida? Isso não é mesquinhez? Quando a pessoa parte, por que devemos nos manter em luto até morrer? Quem disse que isso é o correto?

— Não sei, querido. Pergunte a Adolph. Ele parece ser o mais indicado para esse tipo de conversa.

— Tem razão. Mas não quero que se sinta culpada por me amar.

— É difícil, mas vou tentar. Eu juro.

Abraçaram-se e procuraram dormir. Não tinham terminado bem a noite. Anna ia se desligando, pegando no sono, mas ao mesmo tempo sentia fortes calafrios pelo corpo.

Aramis, sentado numa poltrona ao lado da cama, a tudo olhava, com admiração e gosto. Pensava: *Enquanto essas pérolas estiverem espalhadas pelo quarto, vocês não vão ter sossego. Vou acabar com a vida de vocês.*

Uma voz, vinda de algum ponto que ele não podia ver, fez--se ouvir:

— Por que está fazendo isso, Aramis?

O espírito grandalhão deu um pulo da poltrona. Olhou para o alto, em todas as direções do quarto, e nada viu. Gritou histérico:

— Quem é você? O que quer aqui? Este terreno é meu!

— Seu? Quem disse que é seu? Este terreno aqui é meu.

— Quem está falando? Quem é você?

Um espírito em forma de mulher fez-se visível no quarto. Sua luz a deixava mais bela.

— Sou Agnes, amiga do casal. Peço-lhe que tire essas pérolas daqui. Caso contrário, você vai proporcionar momentos de desequilíbrio para o casal.

— Isso é o que quero. Ela é boba, insegura. Acredita que está tomando o lugar de Brenda. Com esse pensamento, é fácil rebaixar o padrão vibratório e ser atraída pela energia que está nas pérolas. Então o problema é dela, é da cabeça dela. Eu só estou contribuindo um pouco.

— Você acha mesmo que o problema é dela? Quem lhe deu o direito de colocar as pérolas aqui?

— O padrão de pensamento dela facilitou. Se Anna fosse mais firme, eu não conseguiria fazer a minha parte.

— O que você vai levar em troca? A desarmonia, o desafeto, o fim da relação? Por acaso não é mais vantajoso para você que Sam se case com Anna? Por acaso não é melhor Brenda vê-los a todo instante juntos, e assim nutrir ódio por Sam e preferir ficar tão somente com você?

Aramis não havia cogitado essa possibilidade.

— Eu vou pensar...

Agnes era doce, porém dotada de muita firmeza. Não deixou Aramis terminar.

— Não, não vai pensar. Não temos tempo para isso. Quero que você tire essas pérolas daqui agora, porque o trabalho foi seu.

— E se não tirar? — indagou ele, em tom de provocação.

Agnes o encarou nos olhos e respondeu:

— Bem, se não tirar, eu vou ter de chamar Apolônio para dar um jeito na situação e tirar Brenda de você.

— Isso é chantagem. Espíritos de luz não podem fazer chantagem.

Agnes continuava firme e tranquila.

— Espíritos de luz não são bobos. Não confunda bondade com burrice. Nenhum de nós aqui é burro, nem do lado de cá nem do seu lado. É só uma questão de interesses. Ou você tira as pérolas, ou eu tiro Brenda de você e ainda o mando ao encontro de Apolônio.

— Apolônio, nunca! Faço qualquer coisa para não ter de me encontrar com ele de novo. — Aramis mordeu os lábios com ódio. — Está certo, faço a minha parte.

Ele imediatamente começou o trabalho de limpeza. Ainda contrariado, Aramis esfregou as mãos e pronunciou algumas palavras num dialeto estranho. Aos poucos, as pérolas foram sumindo do quarto. Uma luz azulada começou a se irradiar no ambiente, limpando o cômodo das vibrações pesadas emanadas por Brenda e Aramis.

Terminado o serviço, Aramis foi embora. Estava confuso e nervoso. Como podia ter sucumbido tão facilmente àquela mulher de luz? Procurou em sua memória lembrar-se daquele espírito tão firme. De onde a conhecia?

Agnes, percebendo o ambiente limpo e equilibrado, retirou-se e foi ter com Júlia:

— Aramis já saiu da casa de Sam. Teremos um pouco de paz.

— Será que não podemos pedir para Apolônio proteger Sam e Anna dos ataques de Aramis e Brenda?

— Não, isso não podemos fazer.

— Por que não? É só um pedido.

— Negativo. Tudo na vida é regido pelo arbítrio. Há situações em que podemos ajudar, mas nunca poderemos interferir no destino das pessoas. Anna carrega dentro de si um grande complexo de rejeição, e também é muito apegada às pessoas. A vida procurou ajudá-la tirando-lhe a família primeiro, naquela avalanche. Depois tirou Flora de seu caminho, para que ela se garantisse no mundo. Ela acredita que poderá perder Sam a qualquer momento. Ele sempre foi o amor de sua vida, mas ela confunde amor com posse. Anna é uma mulher muito insegura nos seus sentimentos. No momento em que tiver mais confiança em si, ela mesma poderá afastar Aramis e Brenda de seu caminho.

— Eu vi a ficha do grupo. Todos eles estão ligados há muitas encarnações por laços de apego, ódio, paixão e vingança — salientou Júlia.

— É por esse motivo que só mesmo a mudança de atitude provocará a quebra nessa relação obsessiva.

— Mas a interferência de Apolônio não seria para o bem de todos? E também não seria mais rápida?

— Seria — concordou Agnes —, mas só por ora. E depois? Teríamos de estar sempre por perto? Cada um deve fazer a sua parte. Se Anna e Sam não mudarem os padrões de comportamento, não há nada que possamos fazer. Eles já receberam bastante ajuda do plano astral. Agora é chegada a hora de confrontarem os sentimentos, as emoções, enfim, de lutarem pela melhora interior.

— Concordo com você. Se tivermos de estar sempre ao lado deles, a todo instante, eles não vão crescer.

— Isso mesmo, Júlia. Anna e Sam têm um grande amigo que vai dar suporte nos momentos mais difíceis, que é Adolph. Ele já está estudando bastante o comportamento humano, a vida espiritual. Logo, todo o grupo vai estar estudando e nos poupando serviço. Agora, vamos falar com Apolônio. Ele deve estar curioso para saber como andam as coisas. Vamos até o seu gabinete.

Júlia fez gesto afirmativo com a cabeça. Deram-se as mãos. Caminhando por entre bosques floridos, foram ao encontro de Apolônio.

Agnes era um espírito muito evoluído. Júlia, sua assistente, também já tinha subido alguns degraus na eterna escadaria da luz. Ambas estavam, havia muito tempo, no astral, trabalhando e estudando em várias dimensões astrais. Faziam parte do grupo de espíritos que iam orientar alguns encarnados a difundirem a espiritualidade no mundo.

Elas estavam ligadas por laços de afeto a Sam, Anna, Mark, Emily, Adolph e Helène. Todos haviam se comprometido, antes de reencarnar, a levar essa tarefa adiante.

CAPÍTULO DEZESSETE

Passados alguns meses, Sam e Anna se casaram. Muitas pessoas na cidade recriminaram o casal por conta dessa união, achando que, por respeito à memória de Brenda, eles deveriam esperar mais tempo. Anna chegou a sofrer represálias nas ruas. A mentalidade da maioria das pessoas estava presa a valores e crenças determinados por uma sociedade repressora e atrasada. Era um tempo em que era mais importante adequar-se às regras do mundo, em detrimento dos sentimentos, numa postura rígida de padrões moralistas e falsos.

Sam e Anna receberam grande apoio dos amigos mais próximos, como Emily, Mark e Adolph, que estavam sempre por perto. Adolph estudava com maior profundidade assuntos de metafísica e espiritualidade. Cada vez mais lúcido, apaziguava o sofrimento que o preconceito teimava em trazer aos corações dos recém-casados.

Adolph acostumara-se a jantar na casa de Sam todas as noites. Sempre após o jantar, estudavam questões do comportamento humano, tais como as atitudes e crenças das pessoas, e discursavam sobre os rígidos padrões da sociedade em que viviam.

Em relação às questões da vida espiritual, discutiam temas, tais como reencarnação e obsessão. Anna queria entender melhor o porquê de ser achincalhada por aquela sociedade dura e retrógrada.

— Por que tenho de passar por esse constrangimento justo agora que estou radiante e feliz?

— Ora, minha amiga, estou percebendo, por intermédio dos estudos, que somos muito mais do que seres imperfeitos à procura de melhora. Acredito que Deus seja algo muito grande, muito forte, muito rico e muito bom. Indo por essa linha de raciocínio, já que somos filhos Dele, também somos grandes, fortes, ricos e bons. Somos perfeitos, no nível de consciência em que nos encontramos.

— Acredita que, apesar dos nossos erros, somos perfeitos? — indagou Sam, curioso.

Adolph levantou-se da cadeira, deu a volta ao redor da mesa, até chegar à cabeceira, onde estava Sam. Pousando as mãos nas costas dele, respondeu, de maneira didática:

— Sim, somos. Observe a natureza ao seu redor. Tudo funciona perfeitamente. Somos perfeitos porque, sendo filhos de Deus, fazemos parte da natureza, e ela é perfeita. Pense nas estações do ano, no nascer e no pôr do sol. Tudo tem o seu ritmo. Tudo segue uma rotina natural em direção ao melhor, sempre. E, como estamos no meio disso tudo, também seguimos do mesmo jeito.

Sam concordou, pensativo:

— Eu realmente sinto que você diz a verdade. Se eu penso, tenho raciocínio, então eu posso optar por fazer o que quiser da minha vida, certo?

— Claro.

— O que me intriga ainda são as pessoas que não pensam, ou são limitadas. Isso, eu acredito, tenho de estudar muito para compreender.

Anna levantou-se e passou o braço delicadamente pelas costas do marido.

— Querido, eu sei do que está falando. É sobre as crianças, não é?

— Também. Há coisas que nos acontecem e eu não encontro lógica.

Anna assentiu:

— Eu também não consigo entender por que isso acontece. E é nessas horas — disse, olhando para Adolph, ar suplicante — que realmente fico na dúvida.

Adolph permaneceu tranquilo. Nesse momento orou a Deus, para que o ajudasse a dar uma resposta que confortasse o coração daquele casal. Um leve torpor tomou conta de seu corpo. Ele não percebeu, mas foi envolvido pelo espírito amigo de Júlia. Sam e Anna não notaram a mudança no olhar e na respiração de Adolph. Ele afastou as mãos das costas de Sam, endireitou-se e fixou o olhar no meio da sala, como se estivesse falando para mais pessoas. A sua voz estava com modulação cadenciada, mais leve:

— Nascemos e morremos muitas vezes. Faz parte do nosso ciclo aqui na Terra. Só Deus sabe há quanto tempo estamos ou por quanto tempo continuaremos neste processo de reencarne. E, como Deus faz parte de nós, então um dia saberemos.

Adolph suspirou profundamente e continuou:

— Ao nascer, temos uma vida repleta de situações, envolvimentos, afetos e desafetos. Fazemos amizades, contraímos inimigos. É uma vida de mão dupla, porque ainda estamos precisando aprender por contraste. Sem o sol não há a sombra, sem o ar não há o fogo, sem o mal não há o bem. E o resultado de nossas escolhas abre nossa consciência, permitindo-nos escolher o melhor jeito pelo qual queremos viver. Se ficarmos presos em conceitos, normas e valores criados pela sociedade aqui da Terra, mais lento se tornará o processo de evolução. À medida que formos nos desgarrando dos valores da sociedade e seguindo o nosso coração, que está diretamente ligado à vontade de nossa alma, daremos um grande passo na nossa escala evolutiva.

"Quando o corpo de carne morre, continuamos mais vivos do que nunca, vivendo em outros planos, não tão diferentes deste daqui. Há pessoas que se comprometem demais com os outros, se metem na vida dos outros. Como pensam que só há uma vida, acham que podem fazer o que querem. Aprisionam, matam, escravizam, censuram, julgam, acusam. Às vezes, o nível de comprometimento é tão grande que esses espíritos, no plano astral, não têm um minuto de sossego. São perseguidos pelos seus algozes, são torturados, infernizados. Muitos, ao ser perseguidos, clamam pela morte. No entanto, esquecem que já estão mortos, que a vida continua, que a vida está sempre presente. Percebem que não podem fugir da vida. Então a dor e o sofrimento duram enquanto eles não mudam, deixando de lado a violência.

"Esses espíritos, pela ajuda e bondade de Deus, conseguem uma trégua, vindo a reencarnar. Alguns ficam num estado mental e emocional tão abalado em virtude desse sofrimento, que nascem e logo em seguida morrem. Muitos pensam que isso seja um mal, um castigo, mas é uma bênção, porque o espírito que pouco tempo esteve aqui, acobertado por um corpo de bebê, teve um descanso, um respiro. Teve condições de reestruturar alguns órgãos do corpo astral, o que só é possível passando, novamente, pelo mundo físico.

"É por esta e muitas outras razões que reencarnamos. E talvez, Sam, você possa começar a entender um pouco mais o porquê da súbita morte de seus filhos. Lembre-se de que eles não eram simples bebezinhos indefesos. Aos olhos humanos até poderiam ser vistos assim, entretanto, eram velhos espíritos em corpos de bebê e tinham de ficar por aqui num curto período de tempo. Deveriam ser seus filhos, porque você tem sérios problemas com apego."

— Eu não sofro de apego. Imagine, eu...

Adolph permaneceu em silêncio por alguns momentos e emendou:

— Você sofreu em demasia pela perda dos pais. Depois sofreu em demasia a perda de seu avô. Não satisfeita, a vida quis amadurecer os seus sentimentos e provocou a situação com seus filhos e Brenda. E o que a vida espera de você com isso?

— Dor e sofrimento — respondeu Sam, contrafeito.

— Não, meu amigo, a vida não quer isso de nós. Ela simplesmente quer que aprendamos por duas vias: pelo amor ou pela dor. Muitas vezes aprendemos a lidar com nossos problemas passando pela dor. Faz parte ainda do processo de amadurecimento de muitos encarnados no planeta. A vida quer que você aceite as coisas como são, respeite as mudanças que ocorrem, com a nossa anuência ou contra a nossa vontade. Faça a sua parte: trabalhe, estude muito, ajude pessoas, ame sua esposa e, acima de tudo, cuide de você e ame a si mesmo.

Adolph respirou profundamente e, em seguida, encarou Anna.

— Quanto a você, minha querida, enquanto não trabalhar a sua vaidade, escondida nesse véu de bondade, vai sofrer mais do que deveria.

— Eu não sou vaidosa! — disse ela num rompante.

— Enquanto você der ouvidos aos outros, enquanto der importância a tudo que os outros pensam e acham de você, enquanto acreditar que os outros são melhores e mais importantes que você, sua vida vai ser um inferno. Quando começar a se valorizar, a ter confiança em si, as bocas ao seu redor se calarão. Lembre-se de que a maldade só fere as pessoas vaidosas e maledicentes. Esse é o recado, por ora.

Júlia não tinha mais permissão para continuar. Aos poucos foi se desligando e se afastando de Adolph. Sam e Anna estavam em lágrimas, com as cabeças abaixadas, refletindo profundamente sobre aquelas palavras. Adolph, voltando do transe, não sabia o que havia acontecido.

— Meus amigos, o que foi? O que eu falei ou fiz para que vocês ficassem desse jeito?

Sam, enxugando as lágrimas, levantou-se e o abraçou.

— Você foi muito duro. Falou-me coisas que nunca ninguém me disse na vida. Confesso, porém, que foram as palavras mais verdadeiras que poderia ouvir. Vou refletir com muito carinho e impessoalidade sobre tudo que nos falou. Obrigado.

Anna também se levantou e se aproximou de Adolph. Ele não sabia o que dizer, estava sem ação.

— Concordo com Sam. Você foi muito duro. Meu orgulho está ferido, sinto até raiva. Eu estou um tanto confusa com o que me disse, mas sinto aqui dentro do meu peito que tudo que falou é verdadeiro. Dei-me conta, enquanto você falava, de que eu me sentia realmente muito vaidosa, querendo ser mais, querendo ser melhor do que sou. Sempre me julguei imperfeita. Nunca estive contente comigo mesma. A partir de hoje vou prestar atenção no meu coração e sentir o que ele quer que eu faça. Neste momento só quero lhe dar um abraço e um grande beijo. E também gostaria de ficar a sós com meu marido, por favor.

Adolph meneou a cabeça, fazendo sinal afirmativo. Pegou sua casaca, cartola, bengala e foi embora. Ao sair da casa de Sam, Adolph ainda estava meio confuso. Não tinha consciência do ocorrido. O que ele havia falado para que seus amigos ficassem naquele estado?

Estávamos estudando e de repente eles delicadamente pediram para eu me retirar. O que foi que eu fiz?, pensou.

Foi direto para casa. Entrou, deitou a casaca, cartola e bengala sobre uma cômoda. Serviu-se de um pouco de conhaque e subiu para os aposentos. Assim que fechou a porta do quarto, arrancou todas as suas roupas. Aquela situação o tinha incomodado muito.

Adolph era sensato, inteligente e astuto, mas havia uma coisa que ele não suportava: perder o controle, principalmente sobre si mesmo. Vestiu seu pijama e, em vez de deitar-se, esparramou-se na poltrona ao lado da cama. Começou a rezar. Fechou os olhos e concentrou-se na oração.

Ao abrir os olhos, bem à sua frente, uma linda mulher, rodeada de luz amarela em tons bem claros, estava a sorrir. Adolph não sabia se mais uma vez era sonho ou realidade. Estaria ficando louco com tanto estudo? Estaria perdendo o senso? Começou a chorar.

O espírito aproximou-se e falou, com doçura na voz:

— Adolph, querido, estou esperando há tanto tempo para lhe falar... Já estava na hora de me apresentar a você.

— Quem é você?

— Meu nome é Júlia. Sou sua amiga há muito tempo. Só que não estou encarnada, embora esteja sempre próxima. Você me ajudou muito. E agora estou retribuindo um pouco essa ajuda.

Adolph arregalou os olhos. Não sentiu medo. Pelo contrário. Estava inebriado com a candura daquela voz. Por mais que tentasse, não se lembrava dela, mas seu rosto lhe era extremamente familiar. Com a voz embargada, falou:

— Desculpe-me, não me lembro de você.

— Não importa, por ora. Interessa que estamos unidos por fortes laços de afeto.

— A sua presença me faz muito bem. Algo em mim diz que você não me é estranha.

— Não sou. Sua alma me reconhece, sua mente não. Como temos um esquecimento provisório quando estamos encarnados, realmente se torna difícil nos lembrarmos de amigos de outras vidas. Gostaria de afirmar que estou e estarei cada vez mais presente ao seu lado, querido. Gosto muito de você. Desculpe-me por ter abusado um pouco de você agora há pouco.

— Como assim?

— Fui eu quem conversou com Sam e Anna minutos atrás.

— Como?!

— Eu usei o seu corpo para transmitir um recado. E, além do mais, eu preciso treinar a comunicação mediúnica. Logo você vai incorporar mais vezes.

— Usou o meu corpo? Incorporar?

— Sim.

— Nunca imaginei que pudesse ter essa capacidade. Desculpe-me, mas, por mais que eu estude, há muitas coisas das quais ainda não tenho conhecimento.

— Isso é natural. Você está despertando para uma nova consciência, uma nova maneira de interpretar a vida. Logo surgirão mais livros a respeito. Eu e Agnes também traremos explicações sobre o mundo espiritual, sobre certos mecanismos, para que você não desista dessa vez. Tenho certeza de que agora você vai conseguir.

— Como é possível eu poder ver e falar com um espírito? É um dom?

— Não, não é um dom. Todas as pessoas têm essa sensibilidade. Algumas usam, outras não. É como a inteligência. Todos a têm, mas cada um a usa de um jeito. O mesmo ocorre com a mediunidade. Você já vem trabalhando há algumas vidas nisso, e é por isso que tem mais facilidade em ver, ouvir e falar com espíritos. Isso não o torna mais que ninguém, nem o faz um premiado por Deus. Você tem essas capacidades desenvolvidas porque já vem se dedicando a esses estudos há muito tempo. É só uma questão de habilidade bem desenvolvida.

— Estou perplexo. É tudo muito novo para mim. Eu sempre achei que houvesse algo além do físico, além da morte. Agora sei. Esta constatação mexe muito comigo, traz responsabilidade, pois, se eu prejudicar a mim ou alguém nesta vida, uma hora terei de reparar o erro, certo?

— Mais ou menos certo. Isso discutiremos depois. Onde moro não usamos determinadas palavras, como erro, culpa ou imperfeição, porquanto o erro nada mais é do que a tentativa de acerto. Hoje não vim para isso. Vim para avisá-lo de que uma nova etapa se inicia para você e para os seus amigos. Anna também pode ver, ouvir e se comunicar conosco. Mas, como não está se dedicando aos estudos necessários, não consegue distinguir um espírito desencarnado de um ser encarnado.

— Isso tudo não é fantasia? Não é um sonho? Como posso saber que é verdade?

— Vocês sempre querem provas. — Júlia sorriu e prosseguiu: — Não acreditam, ficam inseguros, com medo. A prova mais real é a de que estou aqui na sua frente. Você verá que estou falando a verdade. Agora eu preciso ir. Quero desejar-lhe uma boa viagem. Nós nos veremos em breve.

Júlia beijou delicadamente a fronte do rapaz e partiu. Sua imagem foi se dissipando no quarto, sumindo aos poucos, como névoa. Adolph sentiu-se mais leve, mais firme, mas ao mesmo tempo estava desconfiado. Era muita informação e muita novidade numa noite só. Tomou um copo de água e deitou-se.

O voto de boa viagem ecoava em sua mente. No entanto, a beleza, a presença e o perfume deixado por Júlia no cômodo faziam com que ele começasse a sentir o corpo pesado e vontade de dormir. Adolph adormeceu e, logo em seguida, estava embalado por um sono profundo.

CAPÍTULO DEZOITO

    A América progredia rapidamente. O país começava a receber muitos imigrantes vindos da Europa. Um novo surto de crescimento tomava conta da nação. O plano espiritual já havia traçado um programa para os Estados Unidos. Espíritos empenhados no desejo de semear a prosperidade reencarnariam em número cada vez maior por lá.

    A Guerra da Secessão fortalecera o povo americano, quebrara preconceitos, abrira caminho para a formação de uma nova mentalidade de progresso e prosperidade. Porém, mesmo vivendo num país que crescia e prosperava a cada dia, Mark não escondia seu desgosto por não estar fazendo aquilo que realmente queria na vida: plantar, ter muitas terras, muitos campos de plantação.

Desde garoto ele tinha sonhos com uma casa grande, com enormes janelas e uma espaçosa varanda, cercada por muitas flores e árvores. Durante toda a sua vida, nunca vira em sua cidade ou em outras que conhecera uma casa como a dos seus sonhos. Morava num país livre, próspero, tinha uma boa vida, uma bela casa e uma linda mulher. Mas para ele não bastava. Faltava-lhe algo.

Às vezes ia até a igreja e abria-se com o pastor. Condena-va-se pelo fato de ter tudo na vida e de se sentir insatisfeito. Sempre escutava que ele deveria aquietar seu coração e pedir ajuda a Deus.

— Deus sempre nos dá amparo, meu filho — repetia o pastor para quietar seu coração.

Contudo, isso era muito pouco. Mark crescera acreditando em céu e inferno, em pecado, e, em sua mente, fora incutida a ideia de que o diabo existia de fato. Agora era homem-feito, essas ideias não mais se ajustavam à sua realidade. Mark acre-ditava que os mistérios da vida não eram tão misteriosos assim, e ele estava decidido a entender as coisas que lhe aconteciam e, mais importante, o porquê de elas acontecerem em sua vida.

Certo dia, estava tão imerso em seus pensamentos que não percebeu o buraco na calçada à sua frente. Mal teve tempo de desviar. Tropeçou, sentiu uma dor profunda na perna e bateu com a cabeça no chão. Desmaiou.

Emily ficou desesperada. Tinha pavor de pensar na possi-bilidade de ficar só. Qualquer situação de perda aparente a deixava confusa, insegura, temerosa. Cuidou do marido com todo o amor do mundo.

— Querido, quer mais chá?

— Meu amor, faz dias que você não desgruda de mim.

— É necessário. Precisa dos meus cuidados.

— O doutor Lawrence disse que esta tala aqui na perna vai ajudar na recuperação. Eu provavelmente só terei de usar uma bengala, mais nada. Não é o fim do mundo.

— Mark! — protestou ela, indignada. — Você não vai usar bengala coisa nenhuma. Vai ficar bem. O doutor disse que eu devo estar sempre aqui, porque, se a tala se deslocar, você vai sentir muita dor.

Ele começou a rir. Emily era madura em certos aspectos, mas em outros mostrava-se uma criança. E ele a amava cada vez mais.

— Você caiu do céu. Amo você. Agradeço a Deus todos os dias por tê-la ao meu lado.

— Bobo... Eu também amo você. Agora chega de conversa. Vou lhe preparar mais chá.

Enquanto esperava a água ferver, Adolph chegou para uma visita. Entrou pelos fundos, bateu levemente no vitrô da porta. Emily abriu largo sorriso. Apanhou a cauda do vestido com uma das mãos e apressou o passo. Destrancou a porta e o cumprimentou:

— Puxa, que bom que você veio agora!

— Deu vontade de dar uma passadinha durante o dia.

— Melhor assim, Adolph. Entre. — Ela fez um gesto delicado com a mão e prosseguiu: — Você costuma visitar-nos à noite, mas Mark fica sonolento e dorme logo. Agora que ele está bem desperto, vocês podem colocar todos os assuntos em dia.

— E como anda o nosso xerife?

— Ele ainda está um pouco triste com o ocorrido. — Um nó na garganta impediu que Emily continuasse a falar. Procurou recompor-se. — Ah, Adolph, como isso foi acontecer? Meu marido terá de usar uma bengala pelo resto da vida. Ele não poderá mais ser xerife. O que faremos?

Adolph aproximou-se e a abraçou. Em seguida disse:

— Querida amiga, não se desespere. Eu e Sam estamos pensando em algo. Nosso amigo nunca se sentirá inválido. Não deixaremos que isso ocorra. E precisamos de você.

— É mesmo um grande amigo — tornou ela, voz embargada.

— Você é um irmão para mim. Eu sabia que poderia contar com você e Sam. Obrigada.

— Não tem de agradecer. Você também me é muito querida. Considero-a minha irmã mais nova.

— Está certo. Sou sua irmã caçula.

Os dois riram. Ela pegou a chaleira e começou a preparar o chá.

— Vai querer um pouco? — perguntou, mais animada.

— Sim.

— O que é isso ao lado da sua cartola? São gravuras? Onde as comprou?

— Não comprei, Emily. Você se lembra dos meus amigos da faculdade, lá na Europa?

— Lembro. Você sempre fala desse grupo. O grupo dos brasileiros, não?

— É, principalmente de Augusto e Carlos. Só perdi o contato porque eles sumiram, mas não me refiro a eles. Falo de Alberto, um outro brasileiro que estudou comigo. Esse meu conhecido voltou a morar no Brasil.

— E daí?

— Daí que Alberto tem terras por lá e quer vendê-las.

— Interessante... Quanto à gravura... que linda! Nunca vi uma casa como esta em toda a minha vida. Como se pode morar em casas tão abertas assim? Como as pessoas fazem para se proteger da neve?

— Não neva no Brasil.

— Não? Como assim? Como é o inverno, então?

— Segundo ouvi, o inverno brasileiro é como o nosso outono. Faz frio, mas muito pouco. Na maior parte do ano brilha o sol. A primavera, o verão e o outono são quase sempre quentes, na maior parte do território. No Sul chega a cair geada, mas não neva como aqui. Por isso as casas são abertas, com amplas varandas e janelões. Esta casa na gravura é a casa de Alberto.

— E ele é tão rico assim? Tão jovem e tão bem de vida?

— Sim, o pai deixou tudo para ele e para a irmã, mas ambos querem se livrar das terras, pois odeiam o Brasil. Tanto que a irmã já se mudou para Lisboa e exige que Alberto venda logo as terras e vá para lá também, em definitivo.

— Por que odeiam o Brasil?

— Segundo eles, é uma terra de abutres, povoada por gente muito feia, que come com as mãos, não tem educação. Alberto também está cansado da vida que leva lá. Não gosta de terra, tampouco dos escravos.

— Lá há escravos? — Emily preocupou-se.

— Sim.

— Um dos motivos pelo qual entramos em guerra foi a escravidão. Não existe a possibilidade de eclodir uma guerra como a nossa?

— Não. O Brasil inteiro adotou o sistema escravista, muito embora existam grupos de pessoas descontentes com isso. Alberto é um sujeito frio e autoritário. Sempre gostou de frequentar as altas-rodas da sociedade de Paris e Viena, e simplesmente não suporta a pacata vida social do Brasil. Quer vender tudo e fixar-se em Lisboa. As ofertas que lhe fizeram pela fazenda são muito baixas, devido à pouca produção de suas terras. Ele reclama dos escravos. E está me propondo a venda porque sabe que eu gostaria de um dia conhecer o Brasil. O preço que ele me pede, em libras, não é tão alto assim.

— E você? Acha o quê? Vai embora, nos largar?

— Emily, não é isso, não. Quem disse que vou largar? Eu vou é juntar.

Ela não entendeu o comentário. Adolph sorriu, pegou a bandeja com o chá e foram para o quarto onde estava Mark.

Adolph não continha o riso. Emily não estava entendendo nada.

— Como está a perna, meu amigo? Melhor?

Mark estava bem-disposto, apesar de ter conversado com o doutor Lawrence e ter descoberto que ficaria coxo. Ficou aborrecido no início, mas depois se conformou. Era uma maneira de não fazer mais o que não gostava. Ele não estava mesmo querendo seguir a carreira de xerife. Sentia que sua alma precisava de algo novo, diferente. Algo em que ter uma perna deficiente não pudesse atrapalhar seus novos planos de vida. Respondeu tranquilo:

— Adolph, meu velho! Que bom que veio agora! Tenho dado vexames quando você, Sam e Anna vêm me visitar à noite. Os chás de Emily me dão muito sono.

— Não precisa ficar encabulado. Sabemos das poções que Emily lhe faz.

— Tenho de cuidar do meu marido. Quem mais poderia?

Todos deram risadas. Adolph prosseguiu a conversa:

— Eu gostaria de conversar com você e Emily. Já falei com Sam e Anna, e eles estão pensando no assunto com carinho. É uma proposta.

— Proposta? Como assim?

— Assim que a perna melhorar, não gostaria de fazer outra coisa?

Mark remexeu-se na cama. Não acreditava no que ouvia. Tudo que ele mais queria na vida era mudar de profissão, adquirir outros hábitos, encontrar as respostas para tantas questões que brotavam de seu íntimo. Respondeu descontente:

— Eu adoraria, mas tenho pouco dinheiro guardado. Não sou rico. Eu e Emily vivemos bem, mas não temos luxo.

— Quem falou em dinheiro aqui? Eu disse mudar de vida, de ares.

— Bem, eu adoraria, mas como? O que eu poderia fazer?

Adolph levantou-se e colocou a gravura que estava em suas mãos no colo de Mark.

— O que você acha de viver num lugar assim?

— Assim como? — perguntou Mark, sem dar atenção à gravura.

— Olhe você mesmo — apontou Adolph para a gravura.

A reação de Mark, ao ver aquela gravura, foi de uma comoção tamanha, que Adolph e Emily se surpreenderam e também se emocionaram. Mark não acreditava no que via. Era a mesma casa de seus sonhos. Neles, a casa era branca, com portas e janelas azuis. Na gravura predominava a cor amarela. Como Adolph havia conseguido aquilo? Onde?

Mark nunca havia comentado com ninguém, nem mesmo com Emily, sobre o sonho com a casa. Tomado de grande surpresa, confessou:

— Adolph, desculpe-me. A emoção foi muito grande. Não imagina o que esta gravura representa para mim. Não são os chás de Emily e do doutor Lawrence... eu não estou alucinando, não pode ser...

Emily enxugou as lágrimas e abraçou o marido.

— Querido, quanta emoção! Você gostou tanto assim da casa?

— Não é isso. Não tenho condições de falar agora. Depois falaremos a respeito. Adolph, foi você quem fez esta gravura?

— Não, não fui eu. Foi um amigo meu que mandou. É a casa onde ele mora.

— Um amigo seu mora aqui? Então esta casa é real, ela existe mesmo?

— Sim, existe. Ela é muito bonita, não?

— Ela é linda! Deslumbrante. Fica na Califórnia? Deve ser lá, porque esse estilo arquitetônico de casa eu nunca vi pelos nossos lados.

Emily e Adolph começaram a rir. Mark não entendia nada. Ficou ligeiramente zangado, mas logo começou a rir também. Emily se fez séria e falou:

— Meu bem, essa casa fica no Brasil.

— Vocês estão me falando que essa casa fica no Brasil? Tão longe assim? Como posso sonhar com uma...

— Sonhar com o quê, Mark?

— Sonhar com... nada... É que é uma casa tão bonita, e fica tão longe.

Adolph interveio na conversa do casal:

— Não, senhor. Se você quiser, o seu sonho poderá se transformar em realidade.

— Não entendi. Como assim?

— Bem, amigos, esta é a minha proposta. Eu tenho muito dinheiro, mas não estou interessado em investir por aqui. Sempre gostei de plantação. Sam também está cansado deste lugar, quer respirar outros ares. Estamos pensando em vender nossas propriedades, juntar tudo o que temos e ir embora para o Brasil. E gostaríamos que você e Emily participassem conosco dessa grande aventura. O que acham?

Emily e Mark entreolharam-se. Não sabiam o que dizer. Mark estava extasiado. Plantar, ir para um outro lugar, começar uma nova vida. Parecia que Adolph estivera lendo seus pensamentos! Para Emily, morar em qualquer país do mundo seria melhor do que nos Estados Unidos. Ela culpava o "país" pela morte estúpida de seu irmão.

CAPÍTULO DEZENOVE

Sam e Anna estavam radiantes com a proposta. Havia algum tempo que Sam já estava sentindo um enorme desejo de mudar seu estilo de vida. Um amigo seu o convidara para mudar-se para Nova York. Lá, Sam poderia entrosar-se com a alta sociedade e talvez montar algo que lhe desse um bom retorno financeiro. Esse amigo até já havia visto uma belíssima casa para Sam e Anna nos arredores de Washington Square, um dos pontos mais nobres de Manhattan.

Mesmo havendo pontos favoráveis nessa mudança para Nova York, Sam preferia descartar a ideia por não estar disposto a se tornar um grande empresário americano. Já a proposta de Adolph tocou em suas fibras mais íntimas.

Nesse dia, após o jantar, Sam dirigiu-se até a varanda de sua casa. Deixou-se cair numa poltrona e ficou olhando para as estrelas. A noite estava gloriosa. A coloração negra do céu dava lugar a uma névoa prateada, tamanha a intensidade do brilho das estrelas. Voltou os olhos para o alto. Começou a refletir sobre toda a sua vida, desde pequeno, passando pela adolescência, seu namoro com Brenda, o casamento, os filhos... Parou por um instante. Algumas lágrimas começaram a escorrer pelo canto dos olhos. Somente agora percebia que gostara muito de Brenda, mas como uma grande companheira, e não como um grande amor. Seu grande amor era Anna, em definitivo.

Ao pensar em Anna, as lágrimas pararam de escorrer. Seus lábios esboçaram um sorriso terno. Mas a imagem de Brenda ficou fixada em sua mente. Por mais que tentasse esquecer, sua imagem permanecia. Passou a sentir uma forte dor de cabeça e a suar frio. Desesperado, chamou por Anna, que estava na cozinha. Ela chegou aflita à varanda. Ele estava pálido.

— Querido, o que houve? Você não está com bom aspecto, está branco como cera. Vou buscar-lhe um pouco de água.

Sam não conseguiu responder. Sentia-se sufocado, o peito dolorido, a cabeça rodando. Anna pegou um copo com água e açúcar. Também começou a sentir calafrios pelo corpo. Achou que fosse frio. Depois de levar a água ao marido, pensou em se agasalhar.

Ao abrir a porta da varanda, sentiu-se paralisada. Tomada de grande pavor, derrubou o copo no chão. A cena à sua frente era assustadora. Sam continuava suando frio e passando a mão pelo peito. Estava quase desfalecendo na poltrona. Mas o que a chocava era a figura horrenda de uma mulher atrás do marido, apertando com força sua garganta. Ao lado da moça estava um homem alto, de aparência rude, bem musculoso. Ele ficava ao lado da moça, observando e gargalhando.

Anna não conseguiu identificar aquelas pessoas. Ficou paralisada pelo medo. De repente, a figura da mulher virou o rosto em sua direção. Anna assustou-se. Não podia ser real, era alucinação, pensava. Era Brenda? Naquele estado? Não, isso não podia ser verdade.

Soltou um grito agudo, de horror. O grito fez com que Sam se virasse para ela e voltasse a si. De súbito, Brenda foi violentamente afastada de Sam, sendo jogada a alguns metros de distância. Aramis ficou furioso e partiu para cima de Sam.

Anna reagiu ao ver o marido ser atacado por aquela figura horrível, com olhos flamejantes. Partiu para cima dele, dizendo:

— Quem você pensa que é?

— Como, quem eu sou? Não interessa! Isso que ele está passando não é nada perto do que vai sofrer.

Aramis continuou estapeando a cabeça de Sam, naquela altura fora de si. Não distinguia mais a realidade da fantasia. Sentia-se dopado. Anna não se deu por vencida. Vendo Sam ser agredido, revoltou-se. A raiva que sentia era tanta que lhe deu coragem para enfrentá-lo. Com a voz dura e firme gritou:

— Ele é meu marido! Você não tem esse direito. Volte de onde veio e leve essa mulher imunda com você. Não tem vergonha de nos atacar sem motivo?

Aramis largou Sam e encarou Anna, olhando-a furioso.

— Ele é um covarde. Destruiu a minha vida e a de Marianne. E vai acertar contas por isso. Nós vamos voltar e nos vingar. Tudo acontece na hora certa, não é mesmo? Pois bem, a hora desse canalha está chegando. Se você se atrever a se meter, vai levar também.

— Você não me intimida. Eu sou tão forte ou até mais do que você. Só porque é alto e forte, acha que pode ganhar de uma mulher? Patife! Tenho outros meios para lidar com você. Por ora saia do meu caminho, porque senão quem vai acertar contas sou eu. Irei até o inferno atrás de você, caso não nos deixe em paz, compreendeu? Saiam! Sumam daqui!

Aramis esperava qualquer coisa, menos aquela atitude de Anna. Ele a considerava meio boba, muito pacata. O que havia acontecido? A força nas palavras de Anna pegou-o de surpresa, e essa vibração tornou o ambiente desagradável para a permanência de Aramis. Irritado, pegou Brenda nos braços, ainda desacordada, e partiu, sumindo por entre o aglomerado de estrelas que manchavam o céu.

Sam adormeceu em seguida. Aramis e Brenda haviam tirado muito de sua energia vital. Precisaria se recompor. Dormir era a primeira coisa a ser feita. Anna respirou fundo, abaixou-se e pousou a cabeça no colo do marido. O que estaria acontecendo? Não conseguia chorar nem gritar. Havia passado por uma experiência inusitada.

De repente, sentiu alguém acariciando seus cabelos. Debateu-se e deu um salto, achando que Aramis havia voltado. Ia gritar, quando viu Agnes.

— Anna, minha amiga, eu disse a você que a tarefa não seria fácil, lembra-se?

Nesse momento, Anna teve a certeza de que não era um sonho. Toda vez que se deparava com Agnes, sentia-se muito emocionada. Assustada ainda, tentou abraçá-la. Agnes fez um sinal com as mãos para que ela parasse.

— Minha querida amiga, entendo a sua intenção, mas não há como você me abraçar agora. Quando for se deitar e dormir, poderá então se desprender do seu corpo. Então poderemos nos abraçar. Preciso conversar com você hoje à noite.

— Você? Que surpresa! Não a vejo desde o casamento de Emily e Mark.

— Também estava com saudade. Mas precisamos falar sobre a sua capacidade.

— Capacidade? Qual?

— Você e Adolph têm a capacidade de ver, ouvir e falar com os espíritos. Mark, Sam e Emily têm um outro tipo de sensibilidade. Cada qual saberá, no tempo certo, a melhor maneira de trabalhar com esses fenômenos. Precisamos conversar mais a esse respeito.

— Oh, você é mesmo uma alma penada? Então elas existem... Mas você é tão linda!

— Obrigada. Você me faz rir, pela inocência. O que acho mais espantoso é a capacidade que Deus nos dá de esquecer tudo sobre as vidas passadas. Eu e você já estivemos tanto tempo juntas, tanto na Terra quanto aqui no astral, e, veja só, você nem se lembra de nada. Eu não sou alma penada. A bem da verdade, Anna, almas penadas nada mais são do que espíritos desorientados, que não querem aceitar a realidade da morte, a passagem para o lado de cá. Ficam tão perturbados por terem de deixar família, amigos e, principalmente, bens materiais, que demoram a recuperar o equilíbrio. Até lá, esses espíritos vão para vales, colônias, lugares específicos no astral para o restabelecimento emocional.

— Quem era o homem que estava com Brenda? Nunca o vi, mas senti uma raiva tão grande que, pela primeira vez na vida, não tive medo de argumentar.

— Você foi ótima, Anna. A sua conduta alterou o ambiente de tal sorte que Aramis não conseguiu mais permanecer aqui.

— Aramis? Nunca ouvi falar nesse nome antes.

— Aramis é o rapaz que você viu, ele anda sempre com Brenda.

— Eu me senti um pouco confusa porque ele falou sobre Sam estar arruinando a vida dele e de Marianne. Quem é Marianne?

— Aramis está ligado a Brenda há muitos séculos. Na última vida em que estiveram juntos, Brenda se chamava Marianne. Eles se encontram num processo tão profundo de obsessão que não sabemos ainda como os separar.

— Por que Brenda está tão machucada? Ela estava horrorosa.

— Brenda ainda está em desequilíbrio. Quando ela reencontrou Sam há pouco, não conseguiu controlar-se. Ela não sabe ainda usar devidamente a raiva, portanto essa energia para ela se transforma em ódio. O ódio não é saudável e, no caso de Brenda, o contato com Sam fez com que ela se lembrasse do dia em que morreu. Por isso ela voltou a sentir dores.

Anna assentiu com a cabeça.

— Agnes, você me falou em vales, lugares para espíritos em desequilíbrio. Se Brenda está desequilibrada, por que então não está num vale? Por que está nos perturbando?

— Ora, Anna, tudo na natureza é regido pela lei da afinidade de pensamentos. Se você tiver bons pensamentos, vai atrair coisas e espíritos bons para o seu lado. Agora, se tiver pensamentos de preocupação, insegurança, medo, formas-pensamento negativas, vai atrair espíritos em desequilíbrio e coisas ruins para você.

— Você está querendo me dizer que Sam atraiu Brenda?

— Não propriamente atrair. Brenda já está por perto faz um tempo. Ela e Aramis têm uma força mental incrível, que poderiam usar para a melhora deles próprios e de outras pessoas. Resolveram usar a força que têm para se vingar de certas pessoas. Eles estão presos ao vitimismo, e toda pessoa que estiver vibrando nesse padrão estará receptiva à manipulação dos dois. Sam estava aqui na varanda pensando em toda a sua vida, mas houve um momento em que ele sentiu remorso pela perda de Brenda e dos filhos, foi aí que seu padrão energético caiu, permitindo que Brenda pudesse manipular as energias dele.

— Meu Deus, isso é impressionante!

— O mestre já dizia: "Orai e vigiai". Entende agora o real significado?

— Faz todo o sentido. Orar e pedir forças para nos manter firmes. E vigiar constantemente os pensamentos para não sermos atacados de uma hora para outra.

— Isso mesmo, Anna.

— Ocorre que Sam estava com remorso e não no vitimismo; como poderia estar suscetível à manipulação de Brenda?

— Bem, Sam não aceita até hoje a tragédia que lhe ocorreu. Por mais que estude, mesmo tendo o seu grande amor de volta, que é você, ele ainda se sente vítima das circunstâncias. Ele está no conformismo. E você vai ajudá-lo a sair desse padrão mental. Enquanto ele se julgar uma vítima da vida, por ter perdido mulher e filhos, e não quiser olhar o que a vida está lhe mostrando com isso, tanto Brenda como outros espíritos afins poderão atrapalhar, perturbar Sam e, consequentemente, você.

— Agnes, é muito duro o que diz. A perda da família foi algo terrível para Sam. Como pode ele agora querer esquecer tudo e viver como se nada tivesse acontecido?

— Eu não disse para esquecer. Estou falando que não há necessidade de carregar a tragédia nas costas pela vida inteira. Não se pode respirar a dor para todo o sempre. Se Sam passou por essa tragédia, foi porque tinha a ver com ele. Poderia ter acontecido com você, ou com Adolph, ou com Mark. Mas não. A vida escolheu Sam.

— Por quê? — indagou Anna, tentando entender tudo aquilo.

— Porque às vezes só mesmo um grande choque é capaz de nos acordar e fazer com que levemos em frente aquilo a que nos propusemos antes de nascer. Veja, Anna, que o sofrimento às vezes é necessário. Encare-o como um treino, como um estímulo para entrar em contato com a nossa firmeza, a nossa força, o nosso poder. Se você agir como agiu minutos atrás, usando a sua firmeza e poder, nunca será derrotada, compreendeu?

— Sim, creio que compreendi. Às vezes sinto como se houvesse uma capa de medo à minha frente, impedindo-me de ser eu mesma.

— São defesas mentais que criamos ao longo de nossas vidas. Elas chegam a ficar tão densas que as sentimos como teias que nos impossibilitam de agir. Lembre-se de que, da mesma maneira que você criou, pode também destruir essa forma mental. Contudo, siga por ora o seu rumo. Ampare seu marido. Continue com os estudos semanais. Cultive boas atitudes, bons pensamentos, e seja cada vez mais você mesma. Não dê ouvidos aos comentários maledicentes dos outros. É disso que Sam precisa. Eu agora tenho de ir.

Agnes fez sinal com a cabeça e Anna acompanhou. Sam começava a despertar.

— Fique em paz, minha amiga. Até mais.

— Adeus, Agnes. Espero encontrá-la novamente. Você sempre me faz muito bem. Não sei de onde a conheço, mas adoro quando está perto de mim.

Anna estava radiante. Sentia um calor agradável percorrer seu corpo, o peito leve. Pensou: *Meu Deus! Eu nunca ouvi nada a esse respeito antes. Ela fala de uma maneira tão clara, mas tão contraditória. Este mundo em que vivo tem conceitos muito diferentes dos de Agnes. Por mais que tente, acredito que só no mundo dela esses conceitos sejam válidos. A vida aqui é muito* dura, muito cruel. E ainda por cima podemos ser atacados por espíritos. Haja treino!

Sam espreguiçou-se. Estava bem-disposto, pois Agnes, antes de partir, aplicara-lhe um passe. Assustou-se ao ver Anna ajoelhada no chão, catando cacos de vidro.

— O que aconteceu? Estava numa soneca tão boa que nem ouvi você derrubar nada. Você se machucou, meu amor?

— Não, querido. Eu vim tomar um pouco de água na varanda. Ao ver você dormindo, resolvi voltar, tropecei e derrubei o copo. Não me machuquei, fique tranquilo. Estou com vontade de preparar um chá e depois deitarmos, o que acha? — desconversou.

Sam levantou-se tal qual menino sapeca. Com um sorriso matreiro, abraçou a esposa pelas costas.

— Então vamos ter chá no quarto? Vamos beber antes, durante ou depois?

Anna sorriu. Virando-se para o marido, tentou fazer cara de brava:

— Sam Lewis, não acredito no que me fala. Sou uma mulher casada!

— Hum. Adoro mulheres casadas. São experientes... em tudo. Que tal irmos logo com o chá para o quarto?

— Deixe eu terminar de pegar os cacos, aí então vamos.

— Deixe os cacos aí. Ninguém vai pisar, afinal não temos convidados.

Para desapontamento dos dois, Adolph estava chegando.

— Olá, pessoal. Vim para um cafezinho.

Anna olhou para o marido com uma cara de "não sei o que dizer". Sam estendeu a mão para o amigo:

— Seja bem-vindo. Estávamos aqui pegando uns cacos de vidro. Não tínhamos mesmo nada para fazer.

Nessa hora, Sam olhou para Anna e deu-lhe uma piscada e um sorriso malicioso. Adolph, muito esperto, percebeu a situação. Havia chegado na hora errada. Dissimulou e falou:

— Ah, pensando melhor, eu havia me esquecido. Fiquei de passar na casa de Mark e Emily. Estão interessados em juntar-se a nós nos estudos. Desculpem-me, estou atrasado. Amanhã passo por aqui. Tenham uma boa noite. — Adolph rodou nos calcanhares e seguiu o caminho de casa.

Anna olhou um tanto ressabiada para Sam:

— Será que ele percebeu algo? Ai, meu Deus, que coisa feia, Sam.

— Que coisa feia, nada! Estamos juntos e nos amamos, ora. Adolph é um ótimo sujeito e me conhece muito bem. Ele deve ter percebido algo e nos deixou para continuar com a história do chá...

Sam abraçou Anna pela cintura e foi conduzindo-a até o quarto. Antes, apagaram as lamparinas da casa e trancaram as portas. Entregaram-se a uma noite de amor inesquecível.

CAPÍTULO VINTE

Adolph chegou em casa pensativo. *Como é bom estar apaixonado*, pensou. O amor que vira saltar dos olhos de Sam e Anna, minutos antes, fez com que se lembrasse de Helène. Seus pensamentos estavam todos voltados para a única mulher que tinha amado em toda a sua vida. Abriu a cristaleira, pegou uma taça, serviu-se de um pouco de conhaque e sentou-se no sofá.

Ah, Helène, quanta saudade... Como queria que você estivesse aqui comigo. Vejo meus amigos todos apaixonados e penso em nós dois juntos. Por que me abandonou? Será que você sentia ciúme da minha amizade com Augusto e Carlos? Isso não pode ser. Eles também sumiram. Perdi meus melhores amigos, perdi você. Por que tenho de passar por isso? Por quê?

Ele estava se sentindo completamente só, pois sentia muita falta de Helène. Eles combinavam perfeitamente. Parecia que tinham sido feitos um para o outro. Um amor que surgiu tão logo a viu naquele cabaré. Depois de anos represando os sentimentos, deixou que as lágrimas lavassem toda a dor que ia em sua alma. Como sentia a falta do seu amor!

Mas agora já era tarde. Devia estar casada com um nobre qualquer. Acreditava nunca mais poder reencontrá-la. Talvez numa outra vida, quem sabe. Esse último pensamento deixou-o mais triste ainda. Mudar-se para o Brasil seria uma maneira de tentar esquecer essa grande paixão em definitivo. Chorando, dizia em voz alta:

— Nunca mais! Nunca mais me apaixonarei. Nunca mais quero amar alguém na vida. Nunca mais quero me entregar, nunca mais!

Tirou a roupa, vestiu o pijama e foi deitar-se. Esparramou-se na cama e, embalado pelo sofrimento, adormeceu.

Todos os domingos, nos últimos tempos, os cinco amigos se reuniam, ora na casa de um, ora na casa de outro. Passavam a manhã inteira juntos, preparando o almoço. Depois de comer, iam para o jardim ou para a varanda e conversavam sobre os planos da mudança para o Brasil. Adolph queria que tudo fosse feito o mais rápido possível:

— Bem, pessoal, minha parte já está feita. Temos mais dois meses para nos desfazermos de nossas coisas. O vapor parte em vinte e um de junho. Vou entregar a casa ao novo proprietário nesse dia. Só levarei minhas roupas.

Emily também estava ansiosa:

— Eu e Mark também conseguimos vender nossas casas com as mobílias por um bom preço. O filho do doutor Lawrence vai ficar com a agência de correios. Só estamos dependendo do aval das autoridades. Mark já conseguiu a licença, não é, meu bem?

— Isso mesmo, querida. Daqui a vinte dias o governador vai mandar um representante para cá. Em vez de licença, consegui uma aposentadoria por conta da minha deficiência. E o próprio governador acredita que um manco não possa exercer o cargo de xerife.

Sam começou a rir da maneira como Mark falava:

— Meu amigo, é a primeira vez que vejo alguém agradecer por ter ficado com uma deficiência no corpo. Você fala de uma maneira tão engraçada que às vezes me dá até vontade de ficar coxo também.

Todos riram ao mesmo tempo. Anna interrompeu-os:

— Sam, como ousa falar desse jeito? Respeite o nosso amigo.

— Não se preocupe — contemporizou Mark. — Estou tão acostumado com isso aqui que não me perturbo mais. Esta deficiência na perna me trouxe muito mais alegrias do que tristezas. Para mim, foi uma maneira de parar e refletir sobre a minha vida. Quando se fica doente por um ou dois dias, você geralmente reclama de tudo. Mas em trinta dias não há como não pensar em nada. Para mim foi uma grande lição. Pude refletir sobre o que quero na vida e aproveitei também para ler com dedicação O Livro dos Espíritos. Não tenho do que reclamar, só tenho a agradecer.

Todos se emocionaram com as palavras de Mark. Adolph pegou a taça de vinho e levantou-se da cadeira:

— Proponho um brinde à coragem com que Mark vem enfrentando a sua situação, e um brinde também à nossa partida. Saúde!

Os demais se levantaram, pegaram suas taças e também falaram bem alto:

— Saúde!

— Sam — perguntou Mark —, como fica a sua casa? Você já acertou a venda?

— Não, resolvi não vendê-la. Eu e Anna conversamos muito a respeito e decidimos que não venderemos a casa por enquanto. Mesmo que eu me habitue com o Brasil, quero manter aqui a minha residência. Quem sabe, passar umas férias, matar saudade... Eu tenho muito dinheiro, a venda da casa não significaria uma grande soma, mesmo.

— Mas a sua casa é maravilhosa. É um palacete. Vale uma fortuna — disse Emily.

— Eu sei, mas, perto do que tenho, não vai fazer muita diferença. Norma está precisando de emprego, o doutor Lawrence não a quer mais morando nos fundos lá da farmácia. Ele vai fazer uma reforma e aumentar o estabelecimento. Norma vai morar aqui e tomar conta da casa, como governanta. A hora que qualquer um de nós sentir saudade, é só vir para cá. O que acham?

— Bem — prosseguiu Mark —, você tem o direito de fazer o que quiser. Se Anna concordou, ótimo. Eu não tenho intenções de voltar para a América. Eu e Emily poderíamos vender uma casa só e deixar a outra, mas não queremos mais voltar. Temos um sentimento de que não vamos mais querer sair do Brasil. E ainda mais associando meus sonhos com a casa que Adolph comprou...

Mark percebeu que falara demais. Ele não queria comentar o assunto. Adolph, percebendo a expressão meio constrangida do amigo, com tranquilidade perguntou:

— Você sonhou com a casa que eu comprei?

Mark estava meio hesitante, mas sentiu segurança suficiente para falar:

— Ora, vocês são meus amigos. Não tenho nada a esconder. Afinal de contas, vamos todos morar juntos, viver numa espécie de comunidade, e não posso ficar escondendo o que vem ocorrendo comigo.

Emily indagou:

— O que vem ocorrendo, meu amor? Você está com algum problema e não quer me contar? O que está havendo?

— Calma, querida — começou Mark a rir. — Não tem nada a ver com doença. Quando Adolph foi em casa naquele dia para nos falar sobre a mudança para o Brasil, eu já estava refletindo muito sobre a minha vida, o que eu tinha construído, o que eu queria dali para a frente etc.

Adolph interrompeu a conversa:

— Os sonhos estão relacionados com a súbita emoção que você teve ao ver aquela gravura?

— Isso mesmo. Desde pequeno, eu tenho tido alguns sonhos marcantes. Mas há um sonho que ocorre com frequência.

Todos se interessaram e se aproximaram dele. Mark deu seguimento:

— Eu sonho que estou sentado numa sala grande, atrás de uma escrivaninha, onde me vejo nervoso, brigando com algumas pessoas. Eu saio dessa sala e vou para o mato, andando por horas. Quando retorno à casa de novo, eu vejo essa construção toda imponente, grande, bonita, e me dá uma sensação de poder, de riqueza, de posse. É como se tudo aquilo fosse meu. E eu sempre acho que vão tirar a casa de mim, não sei por quê. Eu me vejo, no sonho, admirando, observando e apreciando cada detalhe de sua construção. E a gravura que você me trouxe, Adolph, é idêntica a essa casa do sonho. Só as cores são diferentes, mas é a mesma. Não me pergunte como eu sei. Só sinto que é a mesma.

— Então — emendou Adolph — os sonhos sobre os quais você nos disse naquele dia eram esses? E eu e Emily achávamos que você estivesse um tanto confuso. Meu amigo, desculpe-me. — Levantou-se e foi abraçar Mark. Emily também foi abraçar o marido.

— Querido, perdoe-me também. Não sabia que você tinha esses sonhos. Você nunca falou nada.

— Nunca falei porque tinha medo de que todos me tomassem por louco. Assim que começamos a estudar, passei a perceber que os sonhos significavam mais do que eu pensava. Tenho trinta e dois anos, não sou mais tão garoto, mas ainda sinto que posso fazer muitas coisas. Sabe, naquela noite em que estudávamos *O Livro dos Espíritos*, fiquei fascinado com as perguntas relacionadas a sonhos. Lembrei-me dos que tive com aquela casa e sinto que tenho alguma ligação com ela. Quem sabe desde pequeno eu já soubesse que moraria lá? Esse livro explica que nós podemos ter tanto conexões com o passado como também com o futuro. Vai ver, eu tive uma premonição.

— Sabe, Mark — falou Sam —, concordo com você. Eu e Anna temos estudado bastante ultimamente e confesso que muitas coisas relacionadas à tragédia de minha vida encontram explicações que fazem sentido no livro. Não vou dizer que acredito em tudo, ou me conformei com a situação, mas senti um conforto muito grande quando li o trecho referente à morte de crianças. É esclarecedor, e o que mais me deixa fascinado é a maneira lógica com que as respostas são dadas. Parece que as regras da vida sempre foram essas, e nós não percebíamos.

— Concordo com você — respondeu Adolph. — Toda a humanidade acreditou, por muito tempo, na vida após a morte. Isso sempre foi natural desde o princípio dos tempos. Recebi cartas de alguns colegas meus de Londres que estão começando a fazer escavações no Egito, à procura de templos, múmias e outras preciosidades arqueológicas. E, segundo consta, a crença da civilização egípcia na vida após a morte era verdadeira. Acredito que essas escavações vão poder nos mostrar como as antigas civilizações viviam, como as pessoas pensavam, o modo de vida, as crenças. Poderemos olhar para nós mesmos, daqui para a frente, como uma continuidade de todas essas civilizações perdidas, que devem ter desaparecido por motivos que uma hora também descobriremos. Há muitas provas que nos fazem acreditar na reencarnação, não acham?

— Olhe — falou Sam —, o que também é fascinante, embora seja triste, é a manipulação que muitas religiões exerceram sobre nossa cultura nos últimos séculos. É muito forte e impede que tenhamos uma visão mais ampla acerca dos assuntos espirituais. Eu me tornei descrente depois que li de um amigo de meu pai, há alguns anos, um relatório muito antigo sobre a Inquisição.

— E o que é a Inquisição? — perguntou Emily.

— Inquisição — respondeu Sam — foi uma maneira que a Igreja Católica adotou, na Idade Média, para punir pessoas que não pensavam de acordo com os dogmas impostos por ela. Quem cultuasse um outro deus, uma deusa, uma outra religião, ou que acreditasse em espíritos, era enforcado ou queimado vivo. Antes, é claro, a Igreja confiscava todos os bens dos condenados.

Emily estava intrigada:

— Quer dizer que o amigo do seu pai, por ter um relatório, fazia parte da Inquisição?

— Não, absolutamente. O bisavô desse amigo do meu pai havia sido morto pela Inquisição. O relatório que ele tinha nada mais era do que a condenação de seu parente. Ele foi morto na Espanha, muitos anos atrás. Foi condenado por cultuar uma outra divindade, ou seja, as pessoas não tinham liberdade nem para escolher seu deus. E a Igreja confiscou todas as suas propriedades. Eu sei que ainda hoje existem alguns países no mundo que mantêm a sombra da Inquisição bem viva. Espero que as condenações tenham diminuído e as pessoas voltem a ter a liberdade de cultuar o que quiserem.

— Eu também concordo com você, Sam — disse Adolph. — E, falando em Inquisição, de uma certa maneira ela ainda está viva.

— Como assim? — perguntou Sam, aturdido. — Pensei que as condenações tivessem acabado há anos.

— Mais ou menos — respondeu Adolph. — Quando eu estava na Europa, aconteceu uma barbaridade digna de assemelhar-se à Inquisição. Ficou conhecida como "Auto de fé de Barcelona"[1].

— O que isso significa? — indagou Anna, interessada.

Adolph respondeu:

— Um editor francês, Maurice Lachâtre, havia aberto uma livraria em Barcelona, quando solicitou a Allan Kardec, em Paris, um lote de livros espíritas, para vender na Espanha. Quando os livros chegaram ao país, foram apreendidos na alfândega, por ordem do bispo de Sevilha, sob a alegação de que a Igreja Católica era a única existente e aceitável, e os livros espíritas, contrários à fé católica, segundo suas palavras, perverteriam a moral e a religião de outros países. O mesmo bispo recusou-se a reenviar as obras apreendidas na alfândega, condenando-as à destruição pelo fogo.

— A igreja não tem o direito de fazer isso! — protestou Sam.

— Mas fez. Centenas de exemplares de *O Livro dos Espíritos* foram queimadas na esplanada de Barcelona. Convém salientar que essa atitude brutal da Igreja acabou surtindo um efeito positivo.

---

1 "Auto de fé de Barcelona" foi uma expressão notabilizada por Allan Kardec para se referir à queima, em praça pública, de trezentos livros espíritas, realizada no dia 9 de outubro de 1861 em Barcelona, Espanha. Para mais detalhes, ler o artigo "O resto da Idade Média", publicado em novembro daquele ano na *Revista Espírita*.

— Como assim? — perguntou Mark, confuso. — Se a Igreja não permitiu que a população tivesse contato com o livro, por que isso surtiu algum efeito positivo?

— Porque as pessoas, ao verem os livros sendo queimados, sentiram-se indignadas e chocadas com a atitude da Igreja e fizeram protestos em Barcelona, ou seja, essa atitude da Igreja fez com que as pessoas percebessem o quanto estavam sendo passivas, o quanto estavam se deixando levar por conceitos impostos, impedindo-as de serem livres para pensar.

Todos menearam a cabeça em sentido afirmativo. Adolph continuou:

— Por isso é que eu estou me aprofundando nos estudos metafísicos e espirituais. Não quero saber de religiões ou dogmas. Quero ser livre para pensar e estudar o que quiser. Somos únicos e diferentes. Cada um é responsável por aquilo que faz. Isso é fascinante, porque nos dá poder e responsabilidade ao mesmo tempo.

— Como assim? — perguntou Anna. — Responsabilidade e poder?

— Sim. Veja bem: a partir do momento em que você se sente responsável por si, que leva sua vida de acordo com a sua vontade, com o seu arbítrio, você não precisa mais culpar ninguém no mundo por suas tristezas e fracassos. Tampouco cultuará deuses e santos pelas graças obtidas. Tudo acontece por responsabilidade sua. Você é quem dirige sua vida. Os outros são meros coadjuvantes, que às vezes contribuem no espetáculo. Mas percebo que as pessoas estão em nossa vida porque nós também somos responsáveis por atraí-las no nosso caminho.

— É — tornou Mark —, confesso que ainda tenho muito a aprender.

Adolph levantou-se rapidamente da cadeira e, passando a mão pela cabeça, sugeriu a todos:

— Pessoal, o que acham de nos reunirmos cada dia na casa de um e estudarmos com afinco as leis da vida?

Todos concordaram ao mesmo tempo.

— Ótimo! Até a hora de nossa partida, em junho, devo receber mais alguns livros que versam sobre reencarnação e poder do pensamento. Quero estudá-los para me tornar um bom médium.

— Médium? — perguntou Emily, intrigada.

— Médium é a pessoa que tem sensibilidade suficiente para perceber o mundo físico e o mundo astral, além de servir como intermediário entre esses dois mundos. De certa forma, Emily, todos nós somos médiuns. Mas uns têm mais sensibilidade que os outros.

— Quer dizer, então — emendou Anna —, que teremos material para estudar tudo isso? Todos aqui vão acreditar nos espíritos?

— É o que parece — respondeu Adolph. — Assim que chegarmos ao Brasil, marcaremos algumas tardes na semana só para nos dedicar a esses estudos, sem interrupções. Sinto que precisamos estudar cada vez mais, há muito que aprender.

Continuaram conversando sobre mais alguns assuntos. Todos estavam ansiosos com a viagem para o Brasil. Era uma experiência nova e empolgante.

Com exceção de Adolph, todos sairiam da América pela primeira vez. No íntimo, sabiam ser aquela data, 21 de junho, um novo marco em suas vidas.

Num canto da varanda, o espírito de Agnes a tudo observava. Ela estava confiante e feliz. Também já havia feito sua parte até agora. Mais dois meses e todos estariam embarcando para o

Brasil. Estava na hora de ela ficar um pouco afastada dos colegas encarnados.

Agnes precisava avisar Apolônio de que tudo estava em ordem, aparentemente. E aproveitaria para visitar Roger, o avô de Sam. Roger estava de férias escolares, já estava fazendo o curso de "Desapego" havia dois anos. Mais um ano de estudos e estaria apto para ingressar na universidade que havia em sua colônia.

CAPÍTULO VINTE E UM

O céu parecia uma tela de pintura a óleo. Seu azul era suave e vivo. Surgiam no horizonte os primeiros raios de sol. A cidade astral Encantada ficava sobre a divisa dos estados de Minas Gerais e Rio de Janeiro. Essa colônia recebera esse nome pela sua beleza. Era uma das colônias com o maior número de bosques floridos entre todas as colônias espirituais ligadas ao Brasil.

Fundada por volta de 1500, foi uma das primeiras a receber europeus que aqui desencarnavam. Antes do Descobrimento, as colônias eram praticamente todas indígenas. Como os índios estavam há muito tempo no Brasil, não havia ainda colônias que pudessem receber os desbravadores que aqui chegavam.

O plano espiritual começou a fazer algumas modificações nas colônias para recebê-los. Agnes e Júlia estavam estabelecidas em Encantada fazia pouco mais de cem anos, embora tivessem contribuído na época de sua fundação. Receberam autorização para criar núcleos de trabalho por ali.

Roger, em suas horas de folga, dedicava-se ao estudo da língua portuguesa. Em sua memória espiritual só tinha o conhecimento do inglês e do francês. Ainda não possuía os mecanismos mentais que Agnes e Júlia possuíam, de poder se comunicar em qualquer idioma.

Logo, Sam e Anna, Emily e Mark, assim como Adolph, estariam falando fluentemente o português, devido à utilização desse idioma em suas últimas vidas. As casas da colônia Encantada eram lindas. Todas brancas, com enormes jardins, rodeados por frondosas árvores e lindas flores.

Agnes e Júlia moravam juntas numa dessas casas, próximo aos departamentos de assuntos reencarnatórios. Era um dos edifícios mais movimentados. Lá eram dadas informações sobre os espíritos encarnados, ofereciam-se cursos de reciclagem, ensinavam-se métodos e práticas para que seus habitantes pudessem se comunicar com os encarnados no Brasil.

Agnes e Júlia já haviam tratado de proteger os seus amigos encarnados para fazerem uma viagem tranquila até o Brasil. Agora elas precisavam cuidar de suas vidas no astral.

Nessa linda manhã, depois de um passeio por entre a campina verdejante, Júlia comentou:

— Eu preciso ficar mais um tempo aqui no departamento. Há algumas informações nas fichas dos rapazes e das garotas às quais eu ainda não havia prestado atenção.

Agnes, com seu sorriso habitual, respondeu:

— Não, Júlia. Eu havia omitido certas informações a fim de que você não pudesse interferir na história deles. Veja que agora pode compreender o porquê das situações trágicas, bem como da união do grupo.

— Concordo. São informações preciosas. Caso eu tivesse acesso a elas antes, confesso que não teria condições de permanecer junto a esse grupo. Por sorte sinto-me mais impessoal no momento, o que me permite estar a par de todo o passado deles e poder contribuir da melhor maneira.

— Perfeito, Júlia. Enquanto você fica aí se deliciando com o passado de nossos amigos encarnados, eu vou ter com Roger. Até mais.

— Até mais, querida.

Agnes retirou-se da seção de arquivamento onde Júlia se encontrava. Cruzou um enorme corredor, repleto de pessoas, num vaivém organizado e silencioso. Desceu as escadas de mármore branco, chegou à enorme recepção, dotada de paredes de vidro, permitindo que a luz do sol iluminasse todo o ambiente durante o dia. Jardins de flores bem cuidadas davam o toque final à beleza da recepção.

Agnes, mesmo conhecendo e passando por aquele departamento várias vezes na semana, sempre se encantava com a beleza do prédio. Deu um breve suspiro, cumprimentou alguns conhecidos que estavam no saguão e dirigiu-se para o pátio externo.

O pátio era cercado por belos jardins, cheios de flores perfumadas, mantendo o ar com suave e adocicada fragrância. Havia também um lago central, uma linda fonte e bancos talhados em ferro. Num desses bancos estava Roger. Agnes foi ao seu encontro.

— Meu querido, como está?

Roger estava imerso em seus pensamentos, olhando para as estátuas que cercavam o lago. Respirou profundamente e soltou o ar bem devagar. Esboçou um largo sorriso e voltou-se para Agnes:

— Minha querida amiga, que saudade! Como anda?

— Muito bem, obrigada. Mas noto que você está bem calmo. O que tem se passado?

Ele esboçou um sorriso:

— Depois de dois anos estudando o desapego, você queria o quê? Que eu voltasse a ser o mesmo velho Roger de sempre? Impossível. Esse curso mexeu muito comigo, mudei muito. Descobri que preciso cuidar de mim, nas trilhas da luz.

— Estou admirada com a mudança de postura. Parabéns! Fico muito feliz de saber que o curso o ajudou.

— Se me ajudou? Eu renasci com esse curso. No começo me senti inseguro. Afinal de contas, eu não sabia bem o que ia estudar. Depois, conforme fui aprendendo e praticando, entrei na fase do remorso...

— O que é perfeitamente natural — comentou Agnes.

— Bem — continuou Roger —, os instrutores me ajudaram muito. Depois, quase no final, percebi o quanto eu me prendia às pessoas, o quanto eu dava do meu poder aos outros. Como é fácil nos influenciarmos pelos comentários alheios, deixando de seguir a vontade de nossa alma!

— Sei bem o que você me diz, meu amigo. E vim aqui lhe dizer que, pelo fato de ter tirado excelentes notas, ter se dedicado com afinco ao curso, você ganhou o direito de reviver algumas vidas passadas.

Ele se animou.

— Meu maior desejo, quando desencarnei, foi querer saber sobre minhas outras vidas. Saber se fui importante, se fui uma pessoa de renome na Terra. E com esse curso percebi que nada disso importa. Agradeço o fato de poder ter acesso às outras encarnações, mas confesso que só vou fazer isso para poder entender como criei certos condicionamentos mentais que perduraram até há pouco tempo. Não me importa mais saber o que eu fui, mas como criei certas formas-pensamento que me jogaram no vale da dor e do apego. Graças a

Deus, a curiosidade já se foi. Agora eu quero ficar comigo, centrado e dono de mim. Quero ter o máximo de equilíbrio pela eternidade afora.

— Roger, você mudou mesmo! Eu sabia que conseguiria. Fico muito feliz por estar mais tranquilo. O fato de retirar os véus do seu passado só vai ajudar a compreender a história de seu neto e dos amigos dele. Você verá que tudo está certo, que a vida não erra nunca.

— Sim, a vida não erra nunca. Ela é poderosa, está sempre presente, estejamos encarnados ou desencarnados. Talvez este seja o maior tesouro que Deus nos tenha dado: a vida.

— Isso mesmo, Roger, a vida.

Ficaram por mais algumas horas conversando sobre os mecanismos fantásticos que a vida utiliza para fazer com que possamos permanecer sempre no caminho da verdade.

Roger havia mudado bastante. Não era mais o velho homem preocupado com as tragédias de seu neto. Parecia mais jovem, aparentando a jovialidade que seu espírito demonstrava depois de se libertar das amarras do apego, das inseguranças que tinha por não acreditar em si, por não usar seu poder em benefício próprio. Sentia-se um novo homem. Os cabelos, antes brancos, voltaram à coloração aloirada. A pele, antes branca como cera, estava com viço, brilhante. Até suas roupas eram mais modernas, mostrando que aquele espírito estava, mais do que nunca, vivendo ao lado da luz.

CAPÍTULO VINTE E DOIS

Um apito estridente soava a cada três minutos, informando aos viajantes atrasados que dentro em breve o vapor partiria. A movimentação no porto de Miami era enorme. Centenas de homens da tripulação carregavam baús e malas para dentro da embarcação. Outras centenas de pessoas estavam à beira do cais, balançando seus lencinhos brancos, dizendo adeus aos passageiros.

O convés do navio estava repleto de gente também. Choros, acenos, adeus, alguns alegres, outros tristes. Todos se despediam de parentes e amigos. Mais um apito, agora mais longo, informava que o navio começava sua rota rumo à América do Sul.

Adolph, Sam, Anna, Mark e Emily não tinham amigos que estivessem no cais do porto. Haviam feito um jantar de despedida duas semanas antes em Little Flower, onde reuniram alguns conhecidos. Por certo sentiriam saudades do doutor Lawrence, que ultimamente havia se tornado o pai de todos. Como o seu filho ficara com a agência do correio que pertencia a Emily, prometeu que sempre mandaria notícias.

Após o jantar de despedida, foram de trem para Miami, de onde sairia o navio para o Brasil. Mark e Emily já haviam recebido o dinheiro pela venda de suas casas e móveis. O dinheiro da aposentadoria de Mark seria depositado em uma conta num banco de São Francisco e administrado por seus irmãos que lá moravam.

Adolph não vendeu propriedade alguma, pois a casa onde residia era de seu pai. Antes de partir, comunicou a seus pais, que estavam na Europa, que a alugaria e o dinheiro do aluguel seria depositado numa conta bancária também em São Francisco, administrada pelos parentes de Mark por meio de procuração.

Sam e Anna venderam algumas propriedades, ficando apenas com o palacete, que ficaria aos cuidados de Norma, e um sobrado mais no centro da cidade. O aluguel desse sobrado iria direto para as mãos de Norma, para que ela tivesse recursos para manter o palacete.

Tudo acertado. Os corações trepidavam. Por mais que desejassem mudar de país, a sensação do novo trazia-lhes desconforto. Pensar em mudar de país tinha sido muito fácil, mas concretizar o pensamento os deixava inseguros. O que encontrariam pela frente? Teriam mesmo a coragem de se estabelecer numa terra completamente estranha? Eles se adaptariam ao novo mundo?

Foi assim que nossos protagonistas desceram o Atlântico. Durante trinta dias, essas e outras questões foram os pensamentos que povoaram suas mentes.

Na primeira manhã da primavera, o navio atracou no cais do Rio de Janeiro. A beleza das praias, da vegetação tropical e dos morros era magnífica. O céu era de um azul lindíssimo. O sol se punha no horizonte com toda a sua força, refletindo seu brilho nas águas da baía de Guanabara.

A maioria dos passageiros correu ao convés para apreciar a rara beleza. Alguns olhos se enchiam de lágrimas em puro êxtase. Adolph olhou à sua volta e gritou para seus companheiros:

— Meus amigos, bem-vindos ao Brasil! Que a partir de hoje nossa vida seja permeada de tantas belezas como essas à nossa frente! Que nosso caminho seja trilhado com o mesmo brilho que estamos agora recebendo deste sol!

Os amigos responderam em uníssono:

— Viva!

O cais do porto estava repleto de pessoas, algumas aguardando os passageiros, outras esperando embarcações que traziam artigos vindos da Europa. O que mais impressionava os recém-chegados era a quantidade de negros: mulheres negras acompanhando senhoras e senhoritas impecavelmente vestidas; negros acompanhando senhores elegantes com seus casacões, luvas, cartolas e bengalas. Cavalos, charretes, carruagens misturavam-se ao zigue-zague dos trabalhadores do porto e dos transeuntes. Muitas pessoas ficaram ali espremidas, na ponta do cais, para ver quem estava chegando.

Assim que o vapor atracou, um contingente de escravos começou a subir uma rampa de madeira que ligava o porto ao porão da embarcação, onde havia imensos baús a serem carregados. Outra rampa de madeira foi colocada para que os viajantes pudessem sair do navio com um mínimo de conforto. Os tripulantes não faziam muito esforço para ajudar os escravos com as pesadas bagagens. Anna e Emily indignaram-se e, em seguida, passaram a admirar o trabalho extremamente ágil daqueles negros. Não gostaram de ver crianças trabalhando como adultos. Entreolharam-se e abaixaram suas cabeças, num gesto de repúdio.

No meio da multidão, destacou-se um grito seco:

— Adolph! Adolph!

Adolph tentava avistar de onde vinha o chamado, mas o barulho e a desordem impediam a pronta identificação.

— Adolph, aqui! Sou eu.

Tratava-se de um jovem moreno, cabelos castanhos, muito bem-vestido. Encostado próximo a três carruagens estava Alberto, o fazendeiro. Adolph correu ao seu encontro.

— Alberto, que bom vê-lo! Meu Deus, eu não imaginava que as pessoas aqui fossem tão falantes e... agitadas.

Cumprimentaram-se e em seguida Alberto emendou, irritado:

— Por isso eu não suporto este lugar. Isto não é como Paris ou Lisboa. Estou farto de tanta sujeira, de tantos negros ao meu redor. Essa gente fede.

Adolph ia retrucar, mas não teve tempo. Alberto disparou:

— Tenho nojo deste lugar. E, ademais, estava preocupado que vocês não viessem. Eu quero tratar da venda da fazenda e sumir deste lugar imundo.

Adolph ficou desconcertado. Não se lembrava de Alberto ser tão indelicado e arrogante. O americano olhava as pessoas à sua volta e não sentia o odor desagradável que Alberto sentia. Pelo contrário, sentia-se em casa. Nunca uma cidade o havia fascinado tanto como o Rio de Janeiro. Pensou: *Meu Deus, isto aqui é o paraíso! As belezas naturais são fantásticas. As pessoas parecem muito simpáticas. Como Alberto pode ser tão insensível?*

Adolph teve seu pensamento voltado às vozes alteradas de Mark e Sam:

— Não encontramos as nossas bagagens.

— Calma — disse Alberto. — Seus pertences já estão nas carruagens. Tão logo o navio atracou, meus escravos foram pegar suas bagagens. Por sorte eu ainda tenho alguns negros não tão burros, que sabem ler razoavelmente, o que facilitou a localização das malas. Agora, vamos, chamem suas esposas, porque não aguento mais ficar neste lugar horrível e fétido.

Sam, Mark e Adolph entreolharam-se. Não se sentiram nem um pouco confortáveis com a postura de Alberto. Será que valeria a pena fazer negócio com ele? Será que ele era um bom sujeito? Não estariam fazendo um mau negócio? Deixaram os pensamentos de lado e foram buscar Anna e Emily. Acomodaram-se nas carruagens e seguiram viagem.

Todos estavam encantados e maravilhados com a cidade, sua arquitetura, com a mistura das raças. Ficaram muito impressionados com a beleza dos mulatos e das mulatas. Assustaram-se com o desrespeito de alguns homens, que açoitavam desumanamente alguns negros. Adolph perguntou o porquê daquilo. Alberto respondeu-lhe:

— Nós costumamos vender escravos. Quando a produção na fazenda cai, por exemplo, por que é que vamos ficar sustentando esse povo nojento? Então nós os trazemos para cá, nesta praça, e fazemos comércio. E ainda mais agora, que estamos proibidos de importar essas criaturas, existem alguns espécimes que valem bom dinheiro. Como diz um amigo meu, também fazendeiro: negro vale ouro.

— E por que estão batendo naquele negro ali? — perguntou Mark, preocupado.

— Porque ele foi vendido separado da mulher e dos filhos. Ele não quer separar-se da família, por isso está apanhando. Negro não pode reclamar, senão apanha, entendeu?

— Não, não entendi — respondeu Mark, agora com raiva no tom de voz. — Acha justo separar um pai de sua esposa e filhos? Isso é crueldade.

— Crueldade nada. Eles se ajeitam nas senzalas, ficam fazendo filhos e mais filhos. É uma raça inferior, portanto não podem seguir os preceitos de família como nós seguimos. Não podemos ser sentimentalistas com essa gente. Não se pode titubear.

Sam fazia de conta que não ouvia nada. Não podia acreditar no absurdo que Alberto falava daquelas humildes pessoas. Adolph segurou o braço de Mark, que já estava a ponto de partir para cima de Alberto e enchê-lo de sopapos. O brasileiro continuava, falando num sotaque carregado no inglês britânico:

— Precisamos ser firmes com eles. Eu já tive de mandar matar alguns negros metidos. Eles me faziam juramento de morte, pode uma coisa dessas? Olhem o atrevimento! Antes mesmo de me jurarem morte eu os massacrava. Tonico, meu capataz lá na fazenda, adora fazer esse tipo de serviço — finalizou, num tom de excitamento sinistro na voz.

Os americanos estavam estarrecidos. Isso era crueldade e descaso com o próximo. Por sorte, as mulheres estavam em outra carruagem. Não ouviram as barbaridades que Alberto foi despejando aos borbotões durante o trajeto até a fazenda.

Algumas horas depois, pararam numa pousada. As mulheres aproveitaram para se banhar e retocar a maquiagem. Os homens suspiraram pelo fato de ficarem livres dos comentários maledicentes de Alberto. Aproveitaram e fizeram uma farta refeição. Arroz, feijão-preto, angu. E muito vinho. De sobremesa foi-lhes servido quindim. Ficaram maravilhados com a iguaria. Embora se sentindo pesados com o repasto, aprovaram a comida local.

— Anna — disse Emily —, vamos aprender rápido a fazer esses pratos. Não imaginava que a comida brasileira fosse tão variada e saborosa.

— Espero aprender a não fazer nada disso — rebateu Anna, num tom de desalento.

Todos se entreolharam. Essa não era sua postura habitual. Sam perguntou-lhe, preocupado:

— Por quê, meu bem? Você tem uma mão ótima para cozinhar. Por que disse isso?

— Porque, se aprender a cozinhar essas delícias, vou engordar demais. Você vai querer uma esposa gorda e horrorosa?

Caíram todos na risada. Anna tinha razão. Ela nem imaginava o que viria pela frente. Nem sequer podia imaginar o que as cozinheiras da fazenda lhe ensinariam. Após o quindim, tomaram delicioso café. Estranharam um pouco, porque era muito forte, diferente do café americano. Seguiram viagem.

— Quantas horas mais de viagem? — indagou Adolph a Alberto.

— Duas horas e estaremos na fazenda. Eu lhe disse na carta que ela não ficava longe da cidade.

— E não fica longe? — rebateu Mark. — Estamos viajando desde cedo. Você acha quatro horas de viagem pouco?

— Vocês, estrangeiros, são engraçados — emendou Alberto. — Um bando de ianques nascidos e criados em cidadezinhas pequenas. Por acaso você acha que o Brasil é pequeno? Quatro horas não é nada. Existem fazendas que ficam a três dias da cidade. Já está cansado da viagem?

— Ora, seu...

Mark quase partiu para cima do brasileiro. Sam e Adolph seguraram-no. Sabiam agora quem era na verdade Alberto, mas não podiam enervar-se com seu jeito estúpido, arrogante e idiota de falar.

— Calma, Mark — tranquilizou-o Alberto. — Poupe o seu nervosismo aos negros imundos que vai encontrar lá na fazenda.

Continuaram a viagem em silêncio. Desejavam o mais rápido possível acertar a compra da fazenda e livrar-se de Alberto.

CAPÍTULO VINTE E TRÊS

Pouco depois de uma hora chegaram. Um imenso portão de ferro, em forma de arco, foi aberto por dois negrinhos. Árvores e flores das mais variadas espécies rodeavam o caminho até a casa-grande. A beleza da fazenda Santa Carolina era descomunal. Após alguns minutos caminhando pela propriedade, avistaram um rio abastecido por belíssima cachoeira.

Adolph pediu a Alberto que parasse a carruagem para apreciarem aquele magnífico cenário. Nunca haviam visto nada igual. A paisagem era de uma beleza ímpar. Ficaram alguns minutos contemplando a beleza do lugar.

Alberto intimamente se deliciava. Aqueles trouxas americanos estavam gostando. Isso era bom. Dois escravos morreram, dezenas ficaram doentes a fim de deixarem a fazenda impecavelmente arrumada e bonita aos olhos dos estrangeiros. *Valeu o esforço daqueles negros imbecis e imundos*, pensou. O resultado deixara-o feliz. Era isso que ele queria: livrar-se o mais rápido daquela fazenda que não lhe dava um pingo de lucro, pois seus cafezais estavam morrendo ano após ano. Os escravos não cuidavam bem das plantações.

Alberto já havia perdido dinheiro com a venda de uma fazenda em Goiás. Não permitiria o mesmo com a fazenda Santa Carolina. Havia se endividado para mantê-la e precisaria vendê-la pelo dobro do que valia. Pagaria as suas contas e iria para Lisboa, com a irmã e o resto da fortuna. Um sorrisinho sarcástico formou-se em seus lábios. Os rapazes nem notaram.

A apreciação da beleza foi interrompida por uma cena hedionda. Próximo à cachoeira, jazia o corpo de uma menina negra, muito machucado. Anna e Emily correram na direção da garota. Os rapazes seguiram-nas.

Alberto ficou parado, encostado na carruagem, irritado com o ocorrido. Enquanto os americanos corriam em direção à menina, Alberto bradava:

— Não liguem. É uma negrinha safada. Não cumpriu direito com os afazeres que tinha lá na casa-grande e foi castigada. Sorte de estar próximo da água, pois o que ela merecia mesmo era o tronco.

Ninguém parou para dar ouvidos aos seus comentários. Quando se aproximaram da menina, caída próximo ao leito do rio, custaram a crer na verdade. A pobrezinha estava com as costas, peito e pernas em carne viva. Mal conseguia respirar, tamanha a dor. Filetes de sangue escorriam pela água cristalina do rio. Anna e Emily começaram a chorar. Viraram-se para Alberto indignadas.

Adolph e Mark pegaram a garota. Com extrema delicadeza e com profundo pesar no olhar, retiraram-na do leito do rio. Sam abriu um de seus baús de viagem e pegou uma coberta para envolver a menina nua, que tremia de dor e frio. Estendeu-a no gramado próximo ao leito.

— Coloquem-na aqui, rapazes. Com cuidado, porque os cortes estão muito profundos.

Anna retirou a capa que estava usando e, com Emily, rasgou-a em tiras largas, a fim de cobrir os cortes mais profundos, para amenizar a dor da menina. Os gritos de dor da negrinha, conforme sua pele esfacelada entrava em contato com a coberta, eram terríveis. Mesmo os rapazes se sensibilizaram. Como um canalha podia fazer uma barbaridade daquelas? A pobre menina não tinha mais do que doze anos de idade.

Alberto, completamente alheio à situação, disse-lhes:

— Bem, já que a tiraram do rio, deixem que o resto ficará por conta de Tonico. Não precisam mais sujar as mãos.

Mark estava pronto para lhe dar um soco, não fossem os braços fortes de Sam a segurá-lo.

— Mark, não ligue. Não vale a pena.

— Como não vale a pena? Esse patife deixaria a pobre menina morrer aqui. Como um ser tão desumano como ele pode ficar com essa cara tão serena? Merece levar uma surra. Uma surra, entendeu?

Alberto gargalhava:

— Ora, ora. Vocês, estrangeiros, são tão sentimentalistas! Ao que não tem valor vocês dão atenção, e àquilo que tem valor vocês não dão a mínima. Agora larguem a negrinha e vamos até a casa-grande. Chega de perda de tempo.

Adolph também estava se irritando com os impropérios do brasileiro.

— Alberto, o preço pela fazenda é aquele estipulado na carta, não é verdade?

— É, sim, Adolph. E não venha agora querer baixá-lo. Só as belezas que viram até agora já valem o preço que pedi. Isso porque vocês ainda não viram a casa.

Adolph procurou acalmar-se.

— No navio, conhecemos um fazendeiro brasileiro. Ele nos disse que o preço que você havia pedido era muito alto, mas, se melhorássemos o sistema de colheita do café, teríamos um bom retorno daqui a alguns anos.

— Sei. E daí? — redarguiu Alberto.

— E daí que, durante a viagem, convertemos o valor da fazenda de libra para conto de réis e percebemos que dinheiro não é problema para nós. Sendo assim...

— Sendo assim... — continuou Alberto, secamente. — Sendo assim, eu já me sinto proprietário desta fazenda.

— Ótimo, fico feliz com isso. Quero ir embora o mais rápido possível deste inferno — gritou Alberto, levando as mãos para o alto.

— E como proprietário — acrescentou Adolph — eu faço o que quiser aqui de agora em diante. — Com voz firme e o dedo em riste no rosto de Alberto, continuou: — Por isso, a menina vai ser levada conosco na carruagem até a casa-grande e vai receber todos os cuidados necessários.

Alberto ficou colérico:

— Você nunca esteve por aqui antes, ianque. Aqui não é a América. Não se podem misturar as coisas. Essa negra tem de ir para a senzala. Não pode receber cuidados na casa--grande, jamais.

Adolph perdeu o controle. Seu rosto ficou vermelho. A raiva que sentia naquele instante era forte demais para ser controlada. Partiu para cima de Alberto. Agarrou-se ao pescoço dele e disse, num tom de voz capaz de intimidar um guerreiro:

— Eu levo a menina para onde eu quiser, entendeu? Para onde eu quiser. Eu sou o novo dono desta fazenda, portanto, a partir de agora, as coisas serão do meu jeito. Eu vou levá-la até a casa-grande. Assim que cuidarem dela, vamos acertar as contas. Não o quero mais por aqui. Eu quero que você suma de nossa vida, Alberto. Estamos conversados?

Todos permaneceram calados. Ninguém desta vez quis segurar Adolph. Estavam cansados de tantas sandices vindas de Alberto. Vendo a pobre menina naquele estado, não suportariam mais nada. Sam e Mark deitaram a garota na carruagem das mulheres.

Alberto estava impassível. Não movia um músculo do corpo. Assustou-se com a postura dos americanos. Eles não eram tão imbecis quanto imaginava. Constrangido com a situação, procurou apaziguar os ânimos:

— Está bem, você é quem manda. O rapaz do cartório já está em meu escritório. Vamos fazer a transação agora mesmo. Assim que assinarmos toda a documentação, eu partirei. Nem pousarei aqui esta noite.

— Assim é melhor — disse Adolph, tirando as mãos do pescoço do rapaz.

Antes de embarcarem para o Brasil, e durante a viagem, todos estudaram um pouco de português. Ainda não tinham domínio do idioma, mas sabiam o suficiente para poder se comunicar com as pessoas. Adolph era o único com português fluente, pois o aprendera com Augusto e Carlos, na época da faculdade. Ele entrou na carruagem de Anna e Emily. Passando suavemente a mão no rosto da menina, perguntou:

— Como você se chama?

A menina, embora com muita dor, teve forças para dizer:

— Rosa, senhor. Meu nome é Rosa.

Com os olhos marejados, Adolph procurou tranquilizá-la:

— A partir de agora, Rosa, ninguém mais vai ser maltratado aqui na fazenda. Eu prometo.

— Obrigada, senhor... obrigada...

Rosa não conseguia falar mais nada. As dores dos cortes eram muito fortes. Estava praticamente desfalecida. As carruagens partiram em direção à casa-grande. Todos emudecidos. Nos minutos seguintes, o silêncio só foi cortado pelos gemidos de dor de Rosa. A cada gemido, ouviam-se os gritos abafados de Anna e Emily, muito sensibilizadas com a situação.

Alberto seguia sozinho em sua carruagem. Sam e Mark espremeram-se entre os baús da terceira carruagem. Não suportavam mais ficar ao lado daquele homem completamente sem escrúpulos e sem um pingo de consideração pelo próximo.

Capítulo Vinte e Quatro

A estrada margeava o rio. Algum tempo depois, após uma sinuosa curva, avistaram a casa-grande. Ela era imensa, linda. Paredes brancas e janelões na cor azul-marinho. Galhos de primaveras cercavam toda a varanda, cujas flores amarelas enroscavam-se nas sacadas, dando um toque romântico e bucólico ao casarão.

Mark foi o primeiro a descer. Estava estupefato. Era a mesma casa do sonho. A mesma, igual, inclusive as cores. Como podia ser possível? Não suportando a emoção, desatou a chorar.

Emily foi em sua direção:

— Querido, não fique assim. Por que chora tanto?

Mark abraçou-se à esposa. Continuou a soluçar por mais alguns instantes. Terminada a forte emoção, conseguiu dizer:

— Emily, meu amor, esta é a casa com que eu sonhei. Eu já havia comentado com vocês antes. Mas é muito real. Desde pequeno eu vejo esta casa. Com as mesmas cores, inclusive — e, virando-se para Adolph: — Meu amigo, o que acha disso? Será que eu já conhecia a casa?

Adolph estava impressionado. A gravura da casa, quando mostrada a Mark, possuía paredes amarelas. E Mark dizia sonhar com a mesma casa, só que com a parede na cor branca.

Antes de Adolph responder a Mark, Alberto concluiu:

— Eu sabia que vocês iam gostar e ficariam. Eu tinha tanta certeza disso que mandei pintar a casa toda. Aliás, gastei um bom dinheiro para arrumar esta fazenda. E pintei-a desta cor porque era a cor original quando minha família a comprou, muitos anos atrás.

Mark e Adolph se olharam de soslaio. Como podia Mark ter acertado inclusive a cor da casa-grande? Passada a emoção, voltaram à real situação. Uma negra simpática, moça ainda, na faixa dos vinte anos, e mais um negro alto e musculoso, bem bonito e na mesma faixa de idade, aguardavam os estrangeiros.

Alberto mais uma vez mostrou seu caráter:

— Ora, por que só Jacira e Pedro aqui na recepção dos novos patrões? Onde está Maria?

— Ela está na senzala. Está muito triste com a morte da filha — respondeu Jacira, com a cabeça voltada para o chão.

Alberto desatou a rir. Gargalhava sem parar.

— Como você é estúpida, Jacira. A pobre coitada não morreu, infelizmente. Foi socorrida por esses gringos imbecis.

Alberto esqueceu-se de que Adolph tinha domínio do idioma português. Adolph, por sua vez, esqueceu-se de sua educação. Avançou para cima de Alberto, dando-lhe um soco no nariz. Alberto não teve tempo de reagir. A força do murro levou-o direto ao chão.

Ninguém entendeu nada, porquanto os outros ainda não tinham completo domínio do idioma. Depois que Adolph lhes disse o porquê de ter dado um murro em Alberto, aprovaram e queriam fazer o mesmo.

Jacira e Pedro assistiram à cena estarrecidos. A satisfação de verem o patrão caído no chão, com nariz e boca ensanguentados, brilhava em seus olhos. Tinham vontade de abraçar e beijar Adolph. Controlaram-se. Simpatizaram imediatamente com os novos patrões. Adolph dirigiu-se a Jacira e Pedro. Num sotaque carregado e pausado, disse:

— Meu nome é Adolph. Estes aqui são Anna e Sam, Emily e Mark. Formamos uma grande família, unida por laços de afeto e respeito, e seremos seus novos patrões.

— Sim... sim... — responderam Jacira e Pedro.

— Depois de acertarmos as contas com Alberto, conversarei com vocês e com os outros empregados. Agora, por favor, ajudem-me com a menina que está na carruagem. Levem-na aí para dentro da casa-grande e cuidem dela, vocês me entenderam?

Jacira e Pedro olhavam-se assustados. Quem seria essa menina necessitando de cuidados? Seria uma nova sinhazinha com problemas de saúde? Correram até a carruagem. Os americanos se surpreenderam e também se emocionaram com o grito de alegria de Jacira ao reconhecer Rosa na carruagem.

— Rosa, minha Rosinha! Acharam você, minha menina. Graças a Deus! Bem que Pai Juca disse: louvados sejam os novos patrões.

Pedro também estava emocionado. Antes de pegarem Rosa e levarem-na para a casa-grande, foram beijar as mãos dos novos patrões, num sinal de profundo agradecimento.

Pedro disse-lhes:

— Penso que o resgate de Rosinha foi uma bênção. Todos os escravos aqui da fazenda serão eternamente gratos.

Os americanos se emocionaram. Não estavam acostumados com aquele jeito mais afável do brasileiro. Estavam começando a gostar do Brasil. Pedro e Jacira correram de volta à carruagem. Ele pegou Rosa nos braços e levou-a até a casa-grande. Jacira foi até a senzala avisar à mãe da menina que sua filha sobrevivera.

Alberto não estava gostando nada daquela situação. Assim que avistou o rapaz do cartório, na porta da sala, disse:

— Vamos logo. Quero assinar a papelada e ir embora deste lugar. Está anoitecendo, e quero partir antes de a escuridão tomar conta da paisagem. Vamos.

Os estrangeiros foram apressados até o escritório. Não queriam mais a presença insuportável de Alberto. Nem repararam na rica e apurada decoração da casa. Meia hora depois, todos os papéis estavam assinados. Finalmente os americanos eram proprietários da fazenda Santa Carolina.

Alberto tinha como certa a venda da propriedade, por isso já havia se antecipado e levado quase todos os seus pertences para a capital. Pegou seus últimos bens e partiu, aliviado por deixar aquele pedaço de terra improdutivo na mão dos ianques. Mal se despediu. Seguiu viagem com destino à capital, levando consigo o rapaz do cartório.

Anna e Emily percorreram todo o interior da casa-grande. Adolph, Sam e Mark queriam dar uma volta pela fazenda, mas começava a escurecer. Resolveram deixar para a manhã seguinte a visita pelas terras e a conversa com os escravos. Tinham muito tempo pela frente.

Adolph pegou uma pequena jarra de vinho. Serviu uma taça a cada um dos amigos.

— Companheiros, este é o nosso novo lar. Que ele nos traga muitas alegrias de agora em diante! Saúde!

Todos responderam, emocionados:

— Saúde!

E brindaram à nova etapa de suas vidas. Uma etapa carregada de otimismo, coragem e determinação.

O brinde foi interrompido por uma grave voz de mulher. Os americanos voltaram-se para o som que vinha do corredor que dava acesso à cozinha. Era Maria, a mãe de Rosa:

— Que Deus abençoe cada um de vocês, meus novos senhores! Serei eternamente grata por resgatarem a minha filhinha...

Maria parou de falar. O pranto não a deixou externar toda a sua gratidão.

Adolph tomou a palavra:

— Não nos agradeça. Fizemos o que achávamos ser o correto. Viemos de uma terra distante. Não estamos acostumados com esse tratamento desumano aos empregados. Acredito que vocês terão também uma nova vida daqui para a frente. Vocês continuarão em seus afazeres, como de costume. Serão tratados como seres humanos, e não como escravos.

Maria mal acreditava nas palavras do novo patrão. Deus havia escutado as preces dos escravos. Finalmente eles teriam uma vida menos sofrida. Intimamente ela agradeceu a Deus, mais uma vez, pelo fato de agora estar nas mãos de gente boa, gente honesta. E agradecia mais ainda o fato de ter sua filha viva. Isso ela nunca mais esqueceria. Faria tudo para defender os novos patrões.

Maria era uma bonita negra, perto de seus quarenta anos. Seu marido havia morrido anos atrás, quando Rosa ainda era bebê. Ele discutira com Alberto e fora para o tronco. Não resistira às chicotadas, ao sol escaldante e à falta de comida. Maria só tinha Rosa. Por ser excelente cozinheira, morava na casa-grande.

Jacira e Pedro faziam as arrumações na enorme casa. Também moravam lá. Eram casados e não tinham filhos. A crueldade com que Alberto tratava os escravos não lhes dava a coragem necessária de terem filhos. Por esse motivo, tratavam Rosa como filha.

Adolph chamou Pedro no canto da sala.

— Diga-me, por que Rosa foi açoitada tão brutalmente? Ela não é servil?

Pedro, meio sem jeito, mas acreditando na boa intenção de Adolph, respondeu, encabulado:

— Não é isso, não, sinhozinho. A menina Rosa é tão boa cozinheira quanto a mãe. Ajuda muito a gente aqui na casa. Acontece que o senhor Alberto bebia muito. E, quando bebia, queria pegar Rosinha, o patrão sabe bem para quê...

Adolph indignou-se. Pedro continuou:

— Desta última vez, ele foi mais violento. Rosa, para se defender, cuspiu na cara dele e deu uma mordida na sua mão. Ele ficou fulo da vida e bateu nela até não poder mais. Desta vez achamos que ela não fosse aguentar. Foi muito feio.

— E o capataz? Não podia ajudar? Ninguém aqui podia impedir aquele canalha de fazer uma coisa dessas?

— Sinhozinho, desculpe. O senhor não sabe o que é ser escravo. É o mesmo que nada. Somos tratados como animais. Quando o assunto é negro, ninguém se mete. E o capataz é gente do patrão. Ele é tão perverso quanto o senhor Alberto. Tonico não presta de jeito nenhum. Ele também queria abusar de Rosa.

Adolph estava estarrecido. Não podia acreditar naquele tipo de conduta. Virou-se para Sam e Mark, falando pausadamente em português, para que eles entendessem:

— Rapazes, amanhã já temos alguém para mandar embora.

Pedro arregalou os olhos. Não esperava que Adolph tivesse aquela atitude. Por que o novo patrão o mandaria embora? Só porque tinha sido sincero? Será que havia se enganado com os novos donos da fazenda? Ia falar algo, mas Adolph não deixou. Continuou a conversa pausada com Sam e Mark:

— Teremos de arrumar um novo capataz. Parece-me que esse Tonico é tão vil quanto Alberto.

Os rapazes, mesmo sem entender direito o que ele falava, menearam afirmativamente a cabeça.

Pedro encheu-se de euforia. Realmente ele não havia se enganado. Seus novos patrões eram pessoas maravilhosas. Saiu correndo da casa-grande e foi se reunir com os escravos na senzala. Todos já haviam terminado o trabalho no cafezal. O burburinho era grande. Os escravos já sabiam que os novos patrões haviam acolhido Rosa e, graças a eles, ela não morrera.

Pedro chegou e contou sobre o soco que um dos novos patrões havia dado em Alberto e sobre a demissão de Tonico. Alguns escravos duvidaram. Era muita notícia boa naquele inferno em que viviam.

Apesar de hesitantes e temerosos, todos concordaram em fazer uma pequena festa para os novos patrões. Os mais velhos se reuniram na senzala e todos juntos fizeram uma oração de agradecimento. Pai Juca, o mais velho de todos, não continha a emoção. Lágrimas escorriam sem cessar por sua face enrugada e castigada pelo tempo. Os santos tinham ouvido suas preces. Estavam livres do mal.

CAPÍTULO VINTE E CINCO

A casa-grande possuía três salas enormes, um escritório reservado e uma cozinha ricamente equipada para os padrões da época. No canto da sala principal havia um extenso corredor, dando acesso a seis quartos, todos mobiliados em estilo manuelino. Cortinas de veludo davam um toque sofisticado à decoração.

Havia três quartos no lado esquerdo do corredor e outros três quartos do lado direito. No fim do corredor, um grande vitral colorido evidenciava o requinte da construção. Adolph e os dois casais escolheram os quartos da ala esquerda, pois era a ala que recebia os primeiros raios de sol. Os quartos da ala direita foram designados para os hóspedes, ou para os filhos que viessem com o tempo.

Pedro, Jacira, Maria e Rosa dormiam em dois cômodos ao lado da cozinha. As varandas rodeavam o casarão, com lindas primaveras amarelas, cujos galhos naturalmente se entrelaçavam nas grades. Além de bancos de madeira na cor azul, elas tinham redes coloridas espalhadas por toda a sua extensão.

Os americanos adoraram as redes. Nunca tinham visto algo parecido. Correram, feito moleques, até onde cada um foi escolher a sua. Após brincarem na rede, tomaram um caldo preparado por Maria.

Rosa sentia-se um pouco melhor. Outras escravas passaram algumas ervas em seu corpo e deram-lhe também um chá. Os estrangeiros recém-chegados estavam realmente muito cansados. Despediram-se.

Adolph foi para o quarto no fim do corredor. O quarto do meio ficou para Mark e Emily, e o da ponta, para Sam e Anna. Não tiveram tempo de banhar-se. Suas forças haviam se exaurido devido ao turbilhão de emoções vividas desde que tinham chegado ao Rio. Cada qual caiu num sono profundo e reparador.

O dia resolveu dar boas-vindas ao grupo americano. O sol logo cedo já se fazia presente. Não havia uma nuvem sequer no horizonte. Podia-se sentir o cheiro do orvalho que a noite de primavera havia deixado no vasto verde da fazenda.

Adolph foi o último a acordar. Despertou com um forte, mas agradável, cheiro de café. Lavou-se e foi até a sala de refeições. Mark, Emily, Sam e Anna já estavam a postos, devorando todas as novidades brasileiras, colocadas caprichosamente sobre a mesa. Estavam acostumados com bacon, ovos, batatas. Foram surpreendidos por bolos de fubá e de chocolate, geleias de vários tipos, doce de leite, manteiga, pão salgado e pão doce, leite e, obviamente, o delicioso café.

Adolph desatou a rir das expressões de deleite que seus amigos faziam.

— Não acredito que vocês estejam devorando todas essas iguarias. Cadê o bacon? E os ovos?

Emily respondeu, soltando farelos de bolo de fubá pelos cantos da boca:

— Você é que não vai acreditar! Que bacon que nada... Venha comer este bolo de fubá com manteiga. Está quente e a manteiga fica derretendo toda nele. Junte este pedaço de bolo com manteiga a este delicioso café escuro que Maria nos fez com um dedo de leite. É um banquete dos deuses. Só queremos comida brasileira daqui em diante.

Todos concordaram com Emily. Adolph coçou a nuca e, num gesto gracioso, sentou-se com os amigos. Maria e Jacira, na ponta da sala, riam divertidas do comportamento autêntico dos novos patrões.

Os tempos de paz, finalmente, haviam retornado àquela fazenda. Tão logo terminaram o café, chamaram Pedro para que os conduzisse pelas terras. Tanto os rapazes quanto as moças queriam saber o real tamanho da propriedade e qual o seu estado. Pedro correu a selar cinco cavalos.

Maria foi cuidar de Rosa, que estava bem melhor. Jacira foi tratar do almoço. Antes de partir, pediram a presença de Tonico. Minutos depois ele apareceu no escritório. Um homem de estatura mediana, com pouco mais de quarenta anos, barba por fazer, a aparência bem rude. Tonico já sabia o motivo de ter sido chamado pelos novos patrões.

A notícia de sua saída era tão boa, mas tão boa, que muitos escravos, felizes com a sua partida, comentaram propositalmente, em alto e bom tom, que ele seria demitido. Não tiveram muito tempo de conversa. Sem a proteção de Alberto, Tonico sabia que seria bem difícil domar aquele bando de escravos. Sabia haver perdido a autoridade. Iria embora naquele dia mesmo, com medo de ser pego por algum escravo que quisesse acertar as contas. Ele já havia ceifado tantas vidas, por que não poderiam acabar com a dele?

Tonico soubera, havia algumas semanas, que Alberto venderia a fazenda. Alberto, enquanto acertava com Adolph a venda da propriedade, indicou o nome de Tonico para trabalhar numa fazenda de um conhecido seu, próximo da divisa da província com São Paulo.

Em dez minutos, e em monossílabos, Adolph, Mark e Sam acertaram o pagamento de Tonico. Ele pegou as notas, contou-as. Percebeu que havia mais do que o esperado, mas sua falta de escrúpulos o manteve calado.

Mark, percebendo o que se passava na cabeça de Tonico, disse:

— Sabemos que você está levando mais do que merecia. Não somos burros e não erramos no cálculo. Agora vá, antes que eu perca a paciência com você.

Tonico colocou o dinheiro no bolso e saiu ligeiro. Não teve coragem de dizer adeus a ninguém. Embora amáveis, aqueles homens eram firmes.

Efetuada a demissão de Tonico, partiram os casais, mais Adolph, para conhecer a extensa e nova propriedade. Conforme andavam pelas plantações de café, os americanos eram saudados pelos escravos. A alegria e a satisfação de estarem lá trabalhando para aqueles novos patrões estavam estampadas no rosto de cada homem, de cada mulher, de cada criança. Não imaginavam que a fazenda fosse tão grande. Rodaram horas e mais horas. Não tinha fim. No alto de uma colina, resolveram parar. Desceram de seus cavalos.

— Diga-me, Adolph — tornou Mark. — É tanta terra assim? Você sabia da real extensão da propriedade?

Pedro respondeu antes de Adolph dar a resposta:

— Esta é uma das maiores fazendas do Rio de Janeiro. Até onde os olhos dos patrões puderem avistar daqui da colina, é tudo dos senhores. Não acaba mais.

— Mas é muita terra — interveio Sam. — Como uma fazenda deste tamanho não dá lucro? Qual o problema, se há tanta terra e tanto café?

— Bem — emendou Pedro —, o sinhozinho Alberto era muito ruim com a gente. Ninguém trabalhava direito, não plantava direito. A gente fazia de propósito mesmo. Ele nunca gostou daqui e nunca soube administrar a fazenda. E, quanto mais negros morriam por causa das surras dele e do Tonico, mais a gente não trabalhava direito. E também...

— E também o quê? — perguntou Adolph.

— É que... que... — Pedro pigarreou. Não sabia se devia falar, mas confiava nos patrões. Tomou coragem e finalizou: — É que a gente também fez uns trabalhos com o Pai Juca pra terra daqui secar pra sempre.

— Como assim? — indagou Sam. Eles não estavam entendendo o que Pedro tentava lhes dizer.

— A gente fez umas rezas e uns trabalhos com as nossas entidades, e a terra começou a não dar mais pra plantar. Agora que tem patrão novo, a gente já começou a fazer trabalho pra terra voltar a dar de novo. E os espíritos vão ajudar, porque gostaram dos patrões.

— Pedro — perguntou Adolph —, como os espíritos vão ajudar? Que espíritos são esses?

— São espíritos que a gente recebe na senzala toda sexta--feira. São os nossos guias.

A palavra "espírito", dita em sequência, fez com que todos se entreolhassem admirados. Teria algo a ver com o que eles estavam estudando?

Sam remexeu-se inquieto no selim, virou-se para Pedro e respondeu:

A VIDA SEMPRE VENCE 231

— Está bem, Pedro. Nós acreditamos em você. Não precisa se assustar. Nós entendemos um pouco disso e a qualquer hora vamos conversar mais a respeito. Agora vamos voltar, está na hora do almoço. Amanhã vamos percorrer o resto. Queremos falar com os escravos e arrumar um novo capataz para a fazenda.

— Tem o Tonhão, patrão. É um negro bem forte. Ele nasceu aqui na fazenda. Conhece como ninguém toda a plantação. E os escravos gostam muito dele. Mas acontece que ele também é escravo.

— E qual o problema? — perguntou Emily. — Escravo não pode ser capataz? Existe hierarquia, por acaso?

Pedro admirou-se com o jeito de Emily falar. Era uma patroa diferente. Não era quieta e, ainda por cima, falava esquisito. Um português quase igual ao de escravo, todo errado, pensou. Tornou a falar, devagar, para que Emily entendesse:

— Sabe o que é, patroa? Acontece que capataz geralmente é homem branco, que ganha pra trabalhar. A gente não ganha nada. E não existe capataz negro.

Anna, dando de ombros, disse a Pedro:

— Pois bem, então agora teremos um capataz negro. Não me interessa o que as pessoas vão pensar. É problema delas. Eu quero um bom empregado para as terras, não me importa se ele é branco, negro, amarelo ou verde. O que nos importa é que ele seja bom. Só isso.

Pedro impressionou-se com as palavras de Anna.

Se outros patrões fossem como ela, pensou. Estou muito feliz em trabalhar para esses novos patrões. Que Deus nos abençoe a todos!

Voltaram felizes para a casa-grande e pediram para conhecer Tonhão. Ele era realmente um negro bem alto e bem forte. Careca, com um pequeno cavanhaque, assemelhava-se mais a um mongol, não fosse sua cor de ébano. Simpatizaram rapidamente com ele. Seria o novo capataz e teria mais dois escravos para ajudá-lo, visto que conheciam bem a fazenda. Eles não queriam salário, pois não sabiam o que fazer com o dinheiro. Não tinham noção do valor do dinheiro. O que interessava àquela gente eram a comida, um tanto escassa, e poder descansar um dia na semana, inclusive até para poderem cultuar suas entidades.

Havia muito patrão na fazenda, mas também havia muito trabalho a ser feito. Dessa forma, eles se dividiram em grupos. Sam e Mark cuidariam da plantação. Adoravam a terra e queriam estar junto a Tonhão e aos outros escravos, aperfeiçoando os processos de produção. Adolph e Emily se encarregariam de melhorar a vida dos escravos. Cuidariam da parte "social" da fazenda. Anna ajudaria Adolph e Emily, mas somente de vez em quando. Preferia ficar ao lado de Maria e Jacira, aprendendo as receitas da culinária brasileira.

Assim, cada qual teria uma função durante o dia. Reuniam-se no almoço para troca de ideias e depois voltavam ao trabalho. Por volta das cinco horas da tarde, terminavam seus afazeres e voltavam para casa. Banhavam-se e jantavam. Depois se reuniam na varanda, cada qual em sua rede, e estudavam as questões espirituais até serem vencidos pelo sono.

CAPÍTULO VINTE E SEIS

    Cinco meses após a chegada dos americanos, a fazenda Santa Carolina já ia de vento em popa. As chuvas de fim de ano ajudaram a semeadura. As plantações de café cresciam em ritmo acelerado. Os escravos agora estavam trabalhando com alegria, dedicação e amor, tanto à terra quanto aos novos patrões. Afeiçoaram-se especialmente a Adolph, Emily e Anna, pois eles faziam a parte social, cuidando das crianças doentes, melhorando a condição de vida dos escravos na senzala. Deram um bom pedaço de terra para que os escravos plantassem tudo aquilo de que necessitassem, desde frutas, verduras, legumes, até ervas.

    Rosa já estava completamente curada dos ferimentos. Trabalhava com amor e dedicação, deixando os trabalhos mais leves nas mãos de Jacira. Não havia um dia em que ela não arrastasse os pesados móveis da casa, a fim de mantê-la sempre limpa.

Pedro foi promovido e também trabalhava durante o dia com Tonhão, Sam e Mark. Os escravos, contentes, resolveram fazer uma festa, pouco antes do Natal, em homenagem aos novos patrões.

Anna, Emily e Maria decidiram ir até a capital comprar panos para os escravos confeccionarem novas roupas para a festa. Levantaram bem cedo e foram para a capital. Naquele dia, Pedro, o único escravo que conhecia bem a cidade, deixou seu trabalho para levar as moças para as compras.

No trajeto, dentro da carruagem, corria divertida conversa entre as patroas e Maria. Maria, contente com a nova vida, longe dos maus-tratos, entabulou conversa com Anna:

— Sinhá, toda sexta-feira, em nossos rituais, acendemos velas para vocês. É uma forma de agradecimento pelo que têm feito pela gente.

— Ora, Maria, não fazemos mais do que a nossa obrigação. Tudo na vida é troca. Eu sei que vocês vivem num regime duro, levam uma vida áspera. Mas a nossa religião nos faz crer que tudo tem um motivo. De alguma maneira estamos aprendendo e absorvendo o que a vida nos dá.

Emily tornou, amável:

— Cada uma de nós, Maria, teve sua porção de tragédia na vida. Eu perdi meus pais e depois perdi meu irmão numa guerra lá na América. Anna também perdeu a família numa nevasca...

— Desculpe, sinhá Emily. Nevasca?

— Nevasca, de neve.

— Não estou entendendo...

— Aqui não há neve, Maria. Lá na América, sim. São flocos de gelo que caem do céu no inverno. É como se fosse uma chuva, mas, em vez de cair água, ela vem tão gelada, que cai como neve.

Maria não conseguia imaginar o que Emily estava falando. Em sua mente não conseguia fazer ideia do que fosse neve. Limitou-se a responder:

— Ah, sei... sei...

Anna e Emily caíram na risada.

— Desculpe, Maria — interveio Anna. — Você não pode entender uma coisa que nunca viu. O mesmo ocorreu conosco quando nos falaram da ausência de neve aqui no Brasil. Tivemos de vir até aqui e ver se era verdade mesmo.

Maria sentia-se muito bem ao lado das novas patroas. Elas não eram esnobes, tampouco arrogantes. Eram gente de bem. Sentia isso. Curiosa, e sentindo-se bem à vontade, atreveu-se a perguntar:

— E o sinhô Sam e o sinhô Mark? Ou o sinhozinho Adolph? Eles também passaram por tragédias?

Emily respondeu, dando um tom sério às suas palavras:

— Mark era xerife em nossa cidade, mas sofreu um acidente e ficou coxo de uma perna, o que o fez se aposentar precocemente. Sam perdeu os dois filhos e a primeira esposa de forma trágica, e Adolph, bem, Adolph perdeu o seu grande amor.

— Nossa, sinhazinha, quanta tragédia na vida de vocês. Quem vê nem pensa, não é verdade? Vocês são tão bons, tão amáveis. Será que é coisa de americano? Acredito que cada povo deve passar por aquilo que é necessário em seu aprendizado.

As palavras de Maria sensibilizaram as patroas. Emily disse a ela:

— Você também imprime um tom diferente às suas palavras. Percebo que é muito lúcida. Por que pergunta se tragédia é coisa de americano? As tragédias fazem parte de qualquer um que esteja vivendo neste mundo, não importa onde.

Maria esfregou as mãos uma na outra, aflita. Pensou ter falado demais. Meio sem graça, respondeu:

— Sabe, sinhá Emily, alguns anos atrás conheci um americano. Eu ainda não tinha sido vendida pra fazenda do sinhozinho Alberto. Faz muitos anos. Eu trabalhava numa pensão lá na capital.

Anna perguntou:

— E por que você não nos disse que já conhecia a cidade? Poderíamos ter deixado Pedro na fazenda.

— Não, sinhá, não poderiam. Quando eu vim da cidade para cá, foi durante a noite, e há muito tempo. Portanto não faço ideia do caminho. E, além do mais, é sempre bom termos um homem conosco. Existem muitos homens mal-intencionados lá na corte. Eles podem querer abusar das senhoras, porque são muito diferentes do povo daqui, e também... são muito lindas.

Anna e Emily sorriram. Intimamente gostaram do elogio. Sentiam ser sincero. Emily, mais faladeira, continuou interessada na conversa da escrava:

— Então, Maria, conte-nos. Você conheceu um americano? Ele mora aqui ainda?

— Não, não mora mais. Ele se instalou na pensão em que eu prestava serviços como lavadeira. Simpatizei com ele logo que o vi. Era um homem muito descrente. Mas, como digo, e disse sempre, quando a tragédia bate à nossa porta, não queremos saber se somos médicos, curandeiros ou benzedeiras. Qualquer coisa serve para salvar uma vida.

Anna estremeceu. Ela já tinha ouvido falar na palavra "benzedeira" antes. Mas quando? E quem havia lhe dito? Estava delirando, pensou, nunca tinha ouvido falar em benzedeira. Ficou matutando, tentando se lembrar quando ouvira aquela palavra.

Emily interessou-se. Não contendo a ansiedade, perguntou:

— E aí, Maria, que tragédia foi essa que bateu à sua porta?

— Na minha porta, nenhuma. Na dele foi que bateu. Seu filho começou a ficar doente, muito doente. E olha que o americano era médico. Mas a febre levou muita gente aqui da cidade. Não adiantou nada, porque a vida já havia decretado que o filho dele tinha que partir. E nós, mesmo sendo ignorantes, sabemos que a vida, quando determina, acontece. Porque ela ganha sempre.

— Como assim? — perguntou Emily.

— Ora, sinhá, morrer nada mais é do que ir para outro estado de vida. Portanto não existe morte. Só existe vida. Você vai estar sempre viva, não importa se na Terra ou no outro mundo, ou seja, a vida sempre vence, não tem jeito.

As palavras de Maria eram sábias para uma pessoa de seu nível. As mulheres continuaram interessadas na conversa.

— Diga mais, Maria — suplicou Anna. — Estou muito interessada.

— Bem, o filho dele tinha que partir de qualquer jeito. Sua hora havia chegado. Fizemos o possível, mas um dia o Pai Juca foi visitar o menino. Assim que ele chegou, viu os guias espirituais do garoto. Não deixaram a gente fazer muita coisa. Não era nosso direito alterar o destino do menino, a não ser que o próprio garoto quisesse. Mas só podia partir dele, de mais ninguém.

— E o pai da criança, Maria, voltou para a América? — inquiriu Anna.

— Voltou. Depois que o menino morreu, ele quis voltar para a América. É por isso que eu entendo o que os sinhozinhos dizem, mesmo com sotaque, porque aprendi bastante inglês com ele. Eu falava dos nossos rituais, das curas, e ele ensinava sua língua pátria para mim. Eu tenho muita saudade do doutorzinho Anderson...

Anna deu um salto no banco da carruagem. Soltou um gritinho de espanto e de dor. De espanto pelo nome que Maria havia pronunciado, e de dor pelo galo que ganhou batendo a cabeça no teto do coche.

Emily, assustada com a reação de Anna, empalideceu. Maria, passando delicadamente a mão na cabeça de Anna, perguntou:

— Sinhá Anna, por que o susto? O que foi?

— Desculpe, Maria. Mas qual foi o nome que você disse? Foi Anderson?

— Isso mesmo, sinhá: Anderson. Um médico extraordinário. Um grande homem.

Anna abriu e fechou a boca, sem articular som algum. Como podia ser? Então Maria era a benzedeira que cuidara do filho de Anderson? Do doutor Anderson, aquele médico que a ajudara a enxergar uma nova forma de viver? Aquele que viera de Chicago a pedido do doutor Lawrence? Então esta era Maria, a mulher que havia mudado a vida de Anderson? Era muita coincidência.

Anna não conseguiu impedir a avalanche de perguntas em sua mente. Emily preocupou-se:

— O que foi, querida? O que aconteceu?

— Nada, Emily — respondeu Anna. E virando-se para Maria: — Eu já conheço você, Maria, pelo menos de nome. Sou amiga do doutor Anderson.

— É mesmo? A senhora o conhece?

Desta vez foi Emily quem deu um salto no banco da carruagem:

— De onde você conhece esse homem, Anna? Por acaso é a mesma pessoa? Você não está se confundindo?

— De jeito nenhum — respondeu Anna, mais aliviada. E continuou a explicação, eufórica: — Quando Sam e Brenda estavam doentes, o doutor Lawrence chamou uma equipe de médicos lá de Chicago. Foi na noite em que Brenda morreu. Aliás, foi o doutor Anderson quem a encontrou morta na cama. Antes de ir para o quarto dela, conversamos um pouco. Eu até fui dura com ele. Disse que ele não tinha autoridade para me falar sobre a morte das crianças, porque era muito fácil falar, pois ele não sabia o que era perder um filho...

Anna parou um pouco. Estava tomada por forte emoção. Lembrou-se do quão áspera havia sido com o médico e o quanto admirava aquele homem. Prosseguiu:

— Então ele me disse que tinha morado no Brasil, que seu único filho tinha morrido aqui, e ele tinha recebido muita força de uma mulher chamada Maria. Só pode ser você, Maria.

Foi a vez de a escrava dar um salto do banco. Era inacreditável! Lembrou-se de ter recebido uma carta de Anderson alguns anos atrás, na qual ele relatava um caso em que parecia haver obsessores envolvidos. Logo em seguida Maria foi vendida a Alberto e não pôde responder à carta. Mas deveria ser outro caso. Ela falou:

— Pode ser coincidência, dona Anna. Acho que o médico é o mesmo, até pensei que a história que me contaram, do sinhozinho Sam, fosse a mesma da carta que ele me escreveu.

E retomaram a conversa. Estavam as três fascinadas com a incrível coincidência. Estava lá, diante de Anna, a mesma mulher que havia ajudado o querido Anderson anos atrás. Elas voltaram a atenção à azáfama que se formava. Estavam tão absortas na fascinante coincidência que nem perceberam ter chegado à cidade.

CAPÍTULO VINTE E SETE

Embora com algumas vielas sujas e malcheirosas, o Rio de Janeiro era uma cidade encantadora. Muitas árvores, casarões em estilo português, prédios de três e quatro andares, pessoas elegantes andando nas ruas. A Corte de Dom Pedro II era acolhedora, animada.

O Brasil aproximava-se do ano de 1870. O café tornara-se o maior produto de exportação. E o Rio de Janeiro crescia a olhos vistos. A política estava lá, junto à corte. A cultura e a moda que vinham de Paris chegavam primeiro à capital.

Anna e Emily estavam apaixonadas pelo Rio. Caminharam pela rua do Ouvidor, fizeram algumas compras pessoais e depois foram à loja que vendia os tecidos para a confecção das roupas dos escravos. Já haviam terminado de fazer as compras quando foram abordadas timidamente por Pedro:

— Dona Anna e dona Emily... eu queria fazer um pedido...

Anna sorriu e perguntou:

— Pode fazer, Pedro. O que é? Quer comprar algo?

— Não, sinhá Anna, de jeito algum. Não quero nada, não, estou agradecido. Eu queria aproveitar e dar carona a um amigo da gente. Como é vizinho nosso, eu pensei...

— Pedro, que bobagem! Chame o seu amigo. Nós não vamos fazer objeção alguma. Ou vamos? — perguntou Anna virando-se para Emily e Maria.

Ao que de pronto responderam:

— De forma alguma.

— Está bom, sinhá Anna. Obrigado. Vou chamar meu amigo — disse Pedro, e saiu apressado.

As mulheres entraram com alguns pacotes e riam bem-humoradas do jeito matreiro de Pedro. O riso foi interrompido por uma voz doce, cadenciada, porém máscula:

— Obrigado, madames, por me darem esta carona.

Anna e Emily surpreenderam-se. Pensaram ser um escravo amigo de Pedro. Mas não era. Diante delas, estava um homem alto, muito bem-vestido, cabelos naturalmente lisos e castanhos, olhos de um profundo azul e pele bronzeada. Simpático bigode adornava seus lábios superiores, vermelhos e carnudos. Era muito bonito. Ambas se cutucaram, segurando-se para sufocar um gritinho de empolgação. Mas eram mulheres casadas. E, mesmo elas sendo um pouco diferentes das mulheres da época, não era de bom-tom demonstrarem admiração por um homem que mal conheciam.

Maria soltava seus risinhos no canto da carruagem. Anna e Emily responderam juntas:

— Prazer.

— Desculpem-me, senhoras, não quero criar transtornos. Vou seguindo viagem sentado ao lado de Pedro. Sei que são casadas e não é apropriado andarem na companhia de desconhecidos. Com licença.

Sentou-se ao lado de Pedro, na parte externa da carruagem. Após sorrisinhos e cochichos, as mulheres voltaram a conversar animadamente:

— Que vizinho, hein, Anna? — exclamou Emily. — Imagine Mark ou Sam vendo esse tipão? E sabendo que mora ao lado da gente? Vão ficar com ciúme.

Maria, mais calma, disse-lhe:

— Qual nada, dona Emily. O vizinho fica a uma hora da sua fazenda. Não é tão perto assim.

Anna perguntou a Maria:

— Você conhece o moço? Ele é daqui mesmo?

— É, sim, dona Anna. Mas não sei direito o que ocorre lá na fazenda dele. Parece que ele é empregado.

— Empregado? Por que é empregado se tem escravo na fazenda? Ele não tem jeito de capataz.

— Ora, dona Anna, não sei. A história desse moço é esquisita. Ele e mais outro moço, também bonitão, como as sinhás falam, são muito ricos e moram com uma madame, nossa vizinha. Ela é do estrangeiro e é muito doente. Piorou depois que o marido morreu. Acho que é caso de obsessão...

— E você nunca ajudou. Por quê, Maria? — perguntou Emily.

— O patrão lá da outra fazenda também era muito mau. Ele era amigo do senhor Alberto. Não deixava a gente ir lá pra ajudar. Quem sabe, agora que tenho novos patrões, vocês permitam que eu visite a madame.

— É claro! — ajuntou Anna. — A qualquer momento, Maria. Vocês podem e devem dar auxílio. Se for possível, nós também gostaríamos de ajudar, porque estamos estudando

A VIDA SEMPRE VENCE   243

algo que tem certa semelhança com os rituais de vocês. Pelo menos tanto os nossos estudos quanto a religião de vocês falam em espíritos. Talvez estejamos permeando terrenos semelhantes.

— Obrigada, sinhá Anna. Vocês são patrões maravilhosos.

Continuaram o caminho de volta à fazenda. Foram conversando outros assuntos. Passadas algumas horas, Pedro parou a carruagem. O rapaz desceu, aproximou-se da porta e despediu-se das mulheres:

— Caras senhoras, muitíssimo obrigado. Que Deus lhes pague! Se não fosse por sua ajuda, não sei quando eu voltaria para a fazenda.

Emily ficou intrigada:

— Mas você me parece que tem dinheiro...

— Ah, sim, eu tenho. É que eu tinha algumas dívidas com um conhecido. Ele foi embora do país e quis acertar as contas de qualquer jeito. Não tive outra saída, senão ele seria capaz de me matar. Pegou até meu cavalo como parte de pagamento. Estava já indo à casa bancária quando avistei Pedro...

Emily não se conteve:

— Que sujeito mais estúpido, não é verdade? Ele não podia esperar?

— Não — disse o moço. — Não podia porque estava partindo num vapor rumo à Europa. Ele era meu vizinho.

Anna perguntou-lhe:

— Alberto, não é?

— A senhora o conhece? — perguntou o moço.

— Conhecer, mais ou menos. Nós compramos a fazenda dele.

— Não diga! Vocês compraram a fazenda de Alberto? Então somos vizinhos. É um prazer saber que temos duas vizinhas tão bonitas ao nosso lado. Seus pais também moram lá com vocês?

Emily e Anna sorriram graciosas. Emily respondeu ao moço:

— Nós não somos irmãs. Somos comadres, amigas, por certo. Nossos pais já morreram. Somos americanas. E, por sinal, muito bem casadas.

— Nossa! Americanas... Tenho profunda admiração pelos americanos.

— Que bom — respondeu Emily. — Acredito então que nunca teremos problemas.

Todos caíram no riso.

Anna fez a apresentação:

— Eu sou Anna, esta aqui é Emily e esta outra é Maria.

— Prazer. Meu nome é Augusto. Seus maridos são americanos também?

— Oh, sim — disse Anna. — Eu sou casada com Sam, Emily é casada com Mark e temos mais um outro amigo, que é solteiro. Nós compramos a fazenda em sociedade. Somos cinco sócios, americanos de verdade e aventureiros.

Estavam todos descontraídos. Maria também gostou muito do rapaz. Após mais algumas palavras, despediram-se e marcaram um café para qualquer outro dia.

Chegaram animadas à fazenda. Mark e Sam estavam preocupados, pois estava quase anoitecendo.

— Por que demoraram tanto? Estavam se divertindo na corte? — perguntou Sam, em tom de gracejo.

— Na corte não nos divertimos. O melhor foi acomodar o príncipe em nossa carruagem — disse Anna, em sonoro riso.

— Que príncipe? — perguntou Mark, franzindo o cenho.

— Nosso vizinho, querido — respondeu Emily.

Antes que Mark falasse qualquer coisa, Emily deu-lhe um selinho nos lábios. Logo em seguida disse:

— E não precisa ficar com ciúme. Você é o homem da minha vida, o amor da minha vida. Não há homem no mundo que me faça sentir tudo que sinto por você.

Anna, Maria e Sam bateram palmas. Sam respondeu, também brincando:

— Assim não vale. Uma declaração de amor dessas, Emily. Você está acostumando mal o garoto. Mas, pensando bem, tudo que você falou eu também penso em relação à minha Anna — e, virando-se para ela: — Não existe mulher no mundo que possa entrar no meu coração. Ele foi todinho loteado para você, meu amor — e beijou apaixonadamente a esposa.

Novas palmas, novas brincadeiras, mais risadas. O alvoroço causado na sala chamou a atenção de Adolph, que estava com Jacira e Rosa na cozinha.

— Ei, o que está havendo aqui? Que tanto falatório é esse, minha gente?

Mark respondeu ao amigo:

— É o amor, Adolph. É o amor. Quando você ama alguém, não importa se a pessoa amada vai ser cortejada, não importa se ela sai de casa. O que importa é o que você sente por essa pessoa. Amar do jeito que ela é. Isso é amor. E, além de tudo, é também respeito.

Adolph limitou-se a responder:

— Você tem razão, Mark. Amar é uma dádiva. Parabéns aos casais. — Num gesto de profunda irritação, retirou-se da sala, indo para a varanda. Percebendo que Mark vinha ao seu encontro na varanda, Adolph desceu rapidamente as escadas e foi caminhar um pouco. Pegou uma lamparina e foi fazendo seu caminho.

Os amigos compreenderam o que se passava com ele. Mark mordeu os lábios, desejando que seu amigo encontrasse um grande amor; assim, todos viveriam felizes para sempre. Seria isso possível?

CAPÍTULO VINTE E OITO

Sentada numa encosta, na porta de sua gruta, Brenda estava impaciente. Aramis estava atrasado. Já fazia duas horas que ela esperava por ele. Pensou enraivecida: *Onde será que ele está? Por que Aramis demora tanto?*

Brenda estava radicalmente mudada. Nesses últimos anos, aprendera uma série de truques com Aramis. Fizera curso de manipulação mental, curso de criação de amebas destrutivas, curso de materialização e outras práticas maléficas. O Vale das Sombras, onde Brenda morava com Aramis, era assim, uma região do Umbral formada por espíritos vingativos e manipuladores. O desejo comum dos habitantes desse vale era a vingança. O ódio e a vingança eram porta de entrada para que um espírito por lá se afinizasse.

Brenda também estava com partes do perispírito recuperadas. Não tinha mais dores na garganta. Usava roupas e maquiagem extravagantes. Sua beleza estava escondida por entre camadas e mais camadas de tintas pelo rosto.

Aramis gostava disso. Quanto mais ela se produzia, mais ele a desejava. Donald, seu pai, já havia tentado uma aproximação, mas ela não queria mudar. Com a ajuda de Aramis, ela já havia recordado algumas vidas. Como ele era um excelente manipulador, mostrou a Brenda somente as partes em que ela havia sido maltratada por Sam, Anna, Mark, Emily e Adolph.

Todos eles eram espíritos que atravessaram muitas encarnações juntos, ora no ódio, ora na vingança. De alguns séculos para cá, Sam, Anna, Mark, Emily e Adolph procuraram melhorar. Em suas últimas encarnações foram trilhando o caminho da luz. Nesta última encarnação haviam se comprometido com o estudo da vida espiritual. Planejavam difundir seus conhecimentos no Brasil, começando pelo Rio de Janeiro.

Antes de reencarnar, sabiam dos fortes resquícios de ódio que Brenda trazia do passado. Mas, através do aprendizado e do esclarecimento dos espíritos, superariam as adversidades de outras vidas.

A responsabilidade de Brenda, em sua última passagem na Terra, era receber e ajudar dois espíritos com os quais se comprometera muito no passado. Em vidas anteriores, Brenda havia sido morta por eles. Dinheiro, poder e ganância fizeram com que esses espíritos praticassem o assassinato.

Agnes e Júlia, a par dessas vidas passadas, comprometeram-se a ajudar Brenda até onde o livre-arbítrio lhes permitisse. Dessa forma, já tinham conseguido afastá-la de Aramis por mais de trezentos anos.

Uma vez encarnada, Brenda, abençoada pelo véu do esquecimento, acolheria esses dois espíritos como filhos, ajudando-a, assim, a galgar seu degrau rumo à luz. Infelizmente, o grau de raiva acumulado em seu subconsciente fez com que Aramis a descobrisse e recomeçasse a atraí-la novamente para o caminho das trevas.Tanto o ódio dele quanto o de Brenda comprometeram o programa de reencarnação de Brenda e dos filhos.

Aramis e Brenda viveram paixões fortíssimas na Terra, formando uma simbiose de apego que criou forte colagem energética entre ambos. Mesmo com os crimes praticados, o plano superior intercedeu no sentido de dar uma chance ao casal.

Assim, ficariam alguns séculos reencarnando separadamente, a fim de que pudessem descobrir o real e verdadeiro sentimento do amor. Quando conseguissem chegar a esse patamar, a vida os uniria, definitivamente juntos, na luz, mas ambos escolheram a união do lado das trevas. E, desta vez, plano algum intercederia a favor deles.

Mais algumas horas e Aramis chegou. Brenda estava soltando fogo pelas ventas.

— Como ousa me fazer esperar tanto tempo? Quem você pensa que é? Nunca mais faça isso, ouviu?

Aramis dava suas gargalhadas. Adorava vê-la chegar aos extremos.

— Não fale assim, porque senão eu me apaixono, meu bem.

Ele falou isso e agarrou-a violentamente. Deu-lhe um beijo demorado na boca e levou-a para o interior da gruta. Depois de amarem-se loucamente, Brenda, mais calma, perguntou:

— Insisto em saber: onde esteve esse tempo todo? Estava com alguma vagabunda aqui do vale?

— Brenda, você é a única mulher da minha vida. A chama da minha paixão acende quando a vejo. Você é, e sempre será, a única. Demorei porque tenho novidades.

Aramis falava sinistramente. Isso deixava Brenda excitada. Sabia que, quando ele falava naquele tom, iam praticar alguma maldade.

— Você encontrou os bastardos? É isso? Você encontrou Sam e sua corja?

— Encontrei. Sexta-feira vamos lá, acabar com o desgraçado. Vamos trazê-lo para cá, ele e aquele manco inútil.

Exultante, Brenda continuou:

— Não diga! Então conseguimos passar a perna naquelas duas víboras da luz? Conseguimos despistá-las? Vencemos!

— Sim.

— Nós vencemos, Aramis. Como amo você!

— Eu também a amo, Brenda. Muito.

Abraçaram-se e voltaram a se amar. Esqueceram-se temporariamente do plano de vingança contra Sam e Mark e entraram numa frenética relação de paixão e desejo.

Adolph continuava caminhando pelo campo de café. Estava andando sem direção. Sentia-se angustiado, o peito oprimido. Por que não tinha o direito de ter seu amor a seu lado? Por que a vida não o estava ajudando? Por quê? E assim foi caminhando, fazendo uma série de perguntas a Deus, à vida, até aos espíritos. Estava desesperado. Ajoelhou-se no chão. Com a voz enroquecida pela dor que ia em sua alma, suplicou em voz alta:

— Deus, eu sou uma pessoa honesta, estou procurando viver da melhor maneira possível. Tive a oportunidade de encontrar aqui esta gente sofrida e ajudá-los. Procuro fazer o melhor possível, porque sei que somos responsáveis por tudo aquilo que vivemos. Mas por que ficar sem meu amor? Por que me tirou Helène? Por quê?

Adolph deixou-se cair ao chão e soluçava sem parar. Era muita dor no peito. O coração parecia querer explodir, tamanha a dor. O que a vida queria lhe mostrar com isso? Por que passar pela privação do amor? Ficou mais uns minutos esvaindo sua dor através de lágrimas e mais lágrimas.

Foi surpreendido por um leve toque em suas costas. O susto foi tamanho, que Adolph deu um salto do chão, ficando logo em pé, na defensiva. Com a pouca luz da lamparina, não conseguia ver direito quem era.

— Quem é você? Venha para mais perto da luz. Não consigo enxergar.

Aos poucos a figura foi se aproximando. Cabelos brancos e ralos, barba por fazer. Um velho, negro, de estatura baixa, segurando-se numa bengala improvisada por uma vara de marmelo, lentamente veio caminhando ao encontro de Adolph. Soltando baforadas com o seu cigarro de palha, disse:

— *Fio, num percisa ficá assim, não. Num se assusta. Eu sô o Pai Juca.*

Adolph se recompôs, foi-se acalmando. Aos poucos enxugou suas lágrimas e respondeu:

— Desculpe-me, senhor... ahn... Pai Juca. Eu sou...

Foi interrompido pela voz mansa e firme do velho negro:

— *Ocê é o Adolph, né não, meu fio?*

— Isso mesmo. Eu sou Adolph.

O velho continuava com a fala mansa:

— *Num adianta chorá, meu fio. A vida tá sempre do nosso lado. E ela treina a gente, pra sabê se aprendemo a lição...*

— De que o senhor está falando?

— Do seu coração apertado. Agora está dando valor ao amor, não é, meu filho?

A voz do velho transformou-se e Pai Juca falou claramente, sem sotaque.

Adolph, confuso e emocionado, sem perceber direito, limitou-se a dizer:

— Eu sempre dei valor ao amor. Sempre. Eu amei muito uma mulher no passado, e Deus a tirou de mim. Como não ficar com o coração apertado?

Pai Juca continuava:

— Deus tirou porque você já a conquistou e a deixou em outras vidas, trocando-a pelas orgias, pela vida desregrada. Será que agora está maduro o suficiente para não se deixar levar pelas garras da paixão e da luxúria, e dedicar-se definitivamente ao amor puro e incondicional, ao amor verdadeiro, real?

Adolph começou a chorar novamente. As palavras de Pai Juca tocavam-lhe fundo. O preto velho, por sua vez, continuava com a fala mansa, embora modificada:

— As circunstâncias pelas quais você reencontrou o seu amor já eram um teste. Você foi conhecê-la justamente num prostíbulo...

Adolph cobriu-se de rubor.

— Aquilo não era prostíbulo.

— Tudo bem, Adolph. Dê o nome que quiser, mas o local estava repleto de baixas energias, mesmo sendo agradável aos olhos da carne. Você passou no primeiro teste. E logo em seguida veio o último, para ver se você havia tomado jeito, se você havia deixado alguns problemas do passado de lado. E você conseguiu. Você mudou. E a vida vai lhe presentear, devido ao seu esforço no bem.

Pai Juca, logo que iniciou a conversa, foi envolvido pelo espírito de Agnes. Estava na hora de Adolph reestruturar a sua vida afetiva. E Agnes, através de Pai Juca, ia orientá-lo para o acerto definitivo de seu coração. Continuou:

— Adolph, eu o acompanho há muito tempo. Você é uma pessoa sensível, equilibrada, lúcida. É um homem maravilhoso. Acredito que vá conseguir realizar o seu intento. Com o coração calmo e estudando cada vez mais as questões do espírito, logo terá anos de glórias e alegrias.

Adolph estava impressionado. Só agora se dava conta de que o velho estava tomado por alguma força, pois seu português tornara-se impecável de uma hora para outra. E todas aquelas palavras bombardeavam sua mente e tocavam sua alma. Sentia que essa era sua verdade. Ele não tinha mais forças emocionais para continuar a conversa.

Sem falar, foi até Pai Juca e deu-lhe um forte abraço. Tomou-lhe as mãos e as beijou.

— *Vai com Deus, meu fio. Cê vai achá a moça, logo, logo...*

Cada um foi para uma direção no meio do cafezal. Pai Juca voltou para sua choupana e Adolph, mais tranquilo, voltou para a casa-grande.

Emily estava na varanda. Ao ver o amigo regressar à casa, carinhosamente indagou-lhe:

— Adolph, meu querido. Estávamos preocupados com você. Que bom que chegou. Vá se lavar e vou lhe servir um excelente caldo que Anna e Jacira fizeram.

— Obrigado, Emily. Confesso que vocês são mesmo a minha família. Amo todos vocês.

Sem comentar sobre o encontro com Pai Juca, Adolph foi até seu quarto. Lavou-se, mas os pensamentos fervilhavam em sua mente. As palavras de Pai Juca ecoavam em sua cabeça, sem cessar. Terminou de se lavar e avisou aos amigos que não ia jantar. Estava muito cansado. Queria ficar um pouco sozinho. Deitou-se na cama e, imerso nos pensamentos da conversa com Pai Juca, adormeceu.

Na sala de jantar, os casais amigos estavam preocupados. Mark afirmou, categórico:

— Pois bem. Eu sempre achei que Adolph gostasse de Emily. Quando ele me disse que não a amava como mulher, fiquei muito feliz. E passei a gostar muito dele, de sua sinceridade. Será que a vida não vai presenteá-lo com um grande amor?

Emily interrompeu-o:

— Se somos responsáveis por nossos atos, Adolph deve ter algum padrão de pensamento que o deixe nesse estado. Acredito que, tão logo ele se liberte de tais condicionamentos, a vida vai lhe trazer uma linda esposa.

Todos concordaram. Gostavam muito de Adolph. Continuaram a conversar agradavelmente durante o resto do jantar. Depois, reuniram-se na sala de estar e ficaram estudando alguns livros sobre mentalismo e espiritualidade oriental que Adolph havia encomendado da Europa.

Essa regra de estudo, eles não quebravam. Ao contrário, antes, estudavam uma vez por semana; agora, já estavam estudando três vezes por semana. Sentiam que deveriam estar preparados, com muito equilíbrio, para algo de muita responsabilidade. E os estudos não os cansavam, de forma alguma. Cada vez mais, os rapazes e as moças estudavam com afinco e amor.

Logo Pedro, Jacira, Rosa e Maria estavam fazendo parte do grupo de estudos. De vez em quando requisitavam a presença de Pai Juca para discutir algumas passagens que não entendiam de *O Livro dos Espíritos*. Pai Juca, com sua sabedoria incomum, destrinchava-lhes os textos mais complexos.

Em pouco tempo, Pai Juca ensinava-lhes muito mais do que qualquer livro jamais lhes pudesse oferecer.

CAPÍTULO VINTE E NOVE

Chegou o dia da festa. Os patrões deram folga aos escravos para que pudessem ajeitar a senzala, preparar o resto das iguarias e se aprontar para o evento, que se desenrolaria logo mais à noite.

Na casa-grande, o corre-corre também era intenso. Maria, Rosa e Jacira preparavam os últimos quitutes. Sam, Mark e Adolph colocaram as bandeirinhas pelo campo ao redor da senzala. Emily e Anna ficaram se arrumando durante a manhã toda. Além de fazer bonito aos maridos, queriam também impressionar os vizinhos.

Emily e Anna ficaram tão encantadas com Augusto, que resolveram convidá-lo para a festa dos escravos. Estenderam o convite para quem mais estivesse morando lá com ele, inclusive a madame adoecida, caso tivesse condições físicas de vir.

Ao fim daquela tarde, após uma rápida chuva de verão, iniciou-se a festa. Os escravos, sem exceção, estavam numa alegria só. Os poucos que não quiseram mais continuar na fazenda foram embora assim que os americanos a compraram. As pessoas que lá permaneceram estavam felizes, dentro de suas possibilidades.

Armaram uma enorme fogueira no pátio central. Os escravos mostraram aos patrões um pouco de suas raízes. Atabaques, cantos, danças. Queriam mostrar aos novos proprietários um pouco de sua religiosidade. E também, através daquele culto, demonstrar o agradecimento por uma vida melhor. A fartura era visível aos olhos. Muita carne, muita aguardente.

Sam e Mark não estavam acostumados a beber. A pinga alterou-lhes a consciência. No meio da festa, já estavam dançando alegremente com algumas escravas e tocando atabaques. Adolph não era dado à bebida. Estava bem sóbrio. Tanto ele quanto Emily e Anna estavam encantados com a riqueza cultural daquela gente. Como podiam ser considerados seres inferiores se possuíam uma cultura e uma religiosidade tão ricas? Onde estava o erro?

Anna estava indignada com a diferença de tratamento feita em razão da cor da pele:

— É inacreditável. São tachados de seres inferiores. E olhe o que estão nos mostrando.

— Concordo — falou Emily. — É por isso que vamos mudar muita coisa por aqui. Essas pessoas precisam de roupas decentes, de casa decente, de higiene, de dignidade para viver.

— Eu também concordo — completou Adolph. — Eu e os rapazes estamos pensando em construir uma casa para cada família. Assim criaríamos uma vila, com casas, um pequeno armazém, uma escola...

Anna reforçou:

— Isso mesmo. E também poderíamos montar um galpão para colocar em prática o que estudamos. O que me diz?

— Ótima ideia, Anna. Como não tinha pensado nisso antes? Temos tanto espaço... Podemos montar um grande galpão para atender pessoas com problemas emocionais e espirituais. Que grande ideia!

Animadamente continuaram a conversa.

Sam, alterado pelo contato com a pinga, começou a dançar com uma negrinha, inocentemente. Ele realmente queria se divertir, no bom sentido. Não havia maldade em sua atitude. Mas não foi isso que Anna entendeu. Ao ver o marido dançando alegremente com uma escrava, mais moça que ela e muito bonita, sentiu o sangue cobrir-lhe o rosto.

Emily e Adolph tentaram acalmá-la, em vão. Toda a insegurança de Anna reapareceu. Ela havia reformulado muita coisa, havia revisto padrões de comportamento, mas sua insegurança em relação a Sam deixava-a muito vulnerável. Era-lhe difícil manter-se segura e firme. Suas mãos imediatamente ficaram frias, os lábios começaram a tremer. Uma raiva surda brotou dentro de seu peito. Anna sentiu um forte torpor e surpreendeu Adolph e Emily com um grito grave e seco:

— Calem a boca! Não aguento mais vocês dois falando!

Emily e Adolph a princípio não entenderam a bronca. Acreditaram que ela estivesse encenando. No entanto, ao notarem o rosto transfigurado de Anna, arregalaram os olhos, assustados. Não sabiam o que fazer.

Anna estava transfigurada. Jogou seu copo de aguardente no rosto de Adolph e saiu colérica, estugando o passo, na direção de Sam. Aproximou-se de maneira brusca e bradou:

— Maldito! Maldito! Você não presta! Eu odeio você, Sam. Odeio! Esta noite vamos acertar as contas!

Uma gargalhada rouca e sinistra saía da boca de Anna. Avançou em seguida para seu lado:

— Sua negra imunda! Como se atreve a dançar com o meu marido? Não vê qual é o seu lugar? Você é uma porca suja. *I hate you. Bitch!*

O ódio era tão grande que Anna começou a falar em inglês. Chamou a negrinha de cadela, vagabunda e outras palavras de baixo calão. A pobrezinha nada entendeu. Seu corpo todo tremia de medo. Ela tentou se afastar, mas não houve tempo. Levou um tapa no rosto. Depois outro. E mais outro.

Anna bateu tanto que logo a roupa branca da escrava estava manchada de sangue. Sam estava aturdido. Aquilo não podia ser real. Beliscou-se no intuito de verificar se era realidade ou sonho. Anna não podia estar fazendo aquilo. Não a sua doce e amável Anna. Aquilo era insano, desumano.

Subitamente Pai Juca levantou a mão direita. O som dos atabaques cessou. Os negros, assustados com a triste cena, estavam dispostos a correr e voltar para a senzala. Para eles, a festa havia acabado. Com os olhos arregalados, Emily e Adolph olhavam para Mark, assustados com a reação da amiga.

Pai Juca fez um sinal. Os negros, amedrontados, não responderam. Ele falou algo numa língua africana. Prontamente todos formaram um enorme círculo ao redor de Anna e Sam. Pai Juca chamou Emily, Mark e Adolph para irem até o centro da roda. Pediu que os americanos fizessem um pequeno círculo ao redor de Anna. Ela continuava a vociferar e falar impropérios. Misturava os idiomas, sacudia violentamente as mãos e ninguém entendia nada. Parecia outra pessoa.

Os escravos começaram a orar em sua língua de origem. Após alguns instantes, Pai Juca foi ao chão. Os negros continuaram em suas orações. Iniciaram o trabalho de desobsessão. Maria aproximou-se de Anna e começou a falar com voz doce, porém firme:

— Minha filha, você não tem o direito de fazer isso.

Anna, com a voz pastosa, rouca, bradava:

— Outra negra imunda... Cale a boca! O que quer?

— Não, minha filha, eu é que pergunto: o que quer?

Silêncio total. Anna nada falava. Maria prosseguiu:

— Você não pode simplesmente chegar e se aproximar das pessoas, usando o corpo delas para ser um veículo seu.

Os americanos concentravam-se ao máximo na oração. Perceberam que Anna estava tomada por um espírito. Anna interrompeu Maria:

— Eu faço o que quiser, entendeu? Estou do lado dela há dias, mas não conseguia aproximar-me mais. Agora há pouco a tonta facilitou. A insegurança dela permitiu a minha aproximação. Ela é a responsável, não eu. Se ela estivesse firme, não tivesse ciúme, eu não conseguiria misturar-me em suas energias. Teria de me apresentar de outra forma.

E gargalhava sem parar. Maria, por sua vez, continuava tranquila e firme:

— Ela facilitou, mas agora nós estamos complicando. Olhe o tamanho da turma aqui. Olhe os nossos guias espirituais ao seu redor. Se você voltar a perturbar essas pessoas, vai amargar pelo resto da eternidade.

O corpo de Anna sacudia-se violentamente, de um lado para o outro. Sua fisionomia foi se alterando. Começou a sentir medo.

— Aramis! Aramis! Cadê você? Quem são estas pessoas aqui? O que querem?

Maria explicou:

— Não querem nada, a não ser paz. Aramis já foi pego. Agora a vida lhe deu um basta. Ele pensou que podia tripudiar sobre a vida, mas esqueceu que ela é soberana e vence sempre. O caso dele agora só será resolvido com tratamento de choque. E, se você voltar a perturbar meus amigos, estas entidades ao seu redor vão lhe dar o troco devido.

— Como se atreve? Isso é chantagem. Você é igual àquela víbora da luz. Esta vagabunda aqui roubou o meu marido.

Maria continuava firme:

— Ninguém é de ninguém. Ela não roubou o seu marido. Eles já compartilham desse amor há muito tempo. Não misture amor com orgulho ferido. Você está deixando a dor do ciúme ferir o seu coração.

— Não é verdade! Não é verdade! Ele é meu e assim será até o dia em que eu não mais o quiser. Sempre foi assim com Sam, e agora não vou mudar.

— Você até que poderia infernizar a vida deles, como vem tentando. Mas os graves delitos que cometeu, minha filha, tiram-lhe o direito de pleitear qualquer coisa. Você matou e se matou, cometeu dois crimes, cujas consequências lhe negam o direito de interferir na vida dos outros desta maneira.

Anna suava frio. As gotas escorriam pela sua fronte. Ela esticou os braços e tentou agarrar Maria, mas Pai Juca não deixou. Nervosa e chorosa, Anna gritava:

— Isso é mentira! Eu não fiz nada! Foi Aramis. Ele me obrigou. Foi ele.

— Ninguém obriga ninguém a fazer o que não quer. Se Aramis a influenciou, é porque você permitiu. O mesmo ocorre com Anna. Ela não é uma vítima da obsessão. Como ela dá mais valor ao mundo do que a si mesma, trouxe você para perto. Mesmo que Anna aja sob a sua influência, isso não impede que nós a responsabilizemos por ter agredido aquela moça ali. Agora chegou a hora de você encarar os seus atos.

Maria ergueu uma das mãos para o alto e com a outra tocou levemente a testa de Anna. Os gritos que se sucederam em seguida foram horríveis. O espírito que dominara Anna via as imagens que se formavam à sua frente, como uma tela de cinema, mostrando os crimes que havia praticado. Não aguentando o teor das barbaridades, o espírito desgrudou-se violentamente de Anna.

Maria e Pai Juca tentaram segurá-la, mas em vão. Anna foi direto ao chão, e por lá permaneceu, desmaiada, devido à perda de energia vital. Três negras velhas saíram do círculo e começaram a dar passes em Anna.

Emily, Mark, Sam e Adolph olhavam a tudo estarrecidos. Estavam perplexos. Anna fora possuída. Mas por quem? O que estava acontecendo?

Pai Juca fez mais um sinal com a mão direita. Os escravos fizeram soar seus tambores. Minutos depois de tocarem ritmada melodia, pararam. Pai Juca fez outro sinal com os dedos. Os escravos abriram mais ainda o círculo. Sam, Anna, Mark, Emily e Adolph foram colocados um ao lado do outro.

Pai Juca encostou a mão na testa de Maria. Seu corpo deu leve estremecida. Ela foi caminhando lentamente em direção aos americanos. Parecia, efetivamente, uma outra mulher.

CAPÍTULO TRINTA

Maria transformou-se como que por encanto. Sua voz estava alterada, com modulação cadenciada e firme. De olhos semicerrados, ela sorriu e começou a falar:

— Queridos amigos, estou lhes falando pela última vez. Minha parte com o grupo se encerra hoje.

Os jovens ainda não estavam entendendo nada, mas Anna, já recuperada, percebeu quem estava falando através de Maria. Reconheceu o espírito ao lado dela.

— Agnes! — exclamou feliz. — Você está aqui? Por que não aparece e fala? Por que precisa usar o corpo de Maria?

— Porque só você e Adolph têm a capacidade de ver e ouvir os espíritos, Anna. O que tenho a dizer também importa a Sam, Emily e Mark.

Agnes fez uma pausa. O ambiente já estava equilibrado novamente. Com a ajuda dos guias dos escravos, Agnes conseguira limpar o ambiente das energias pesadas de Brenda e Aramis. Continuou:

— Vocês todos estão ligados há muitas vidas. São espíritos que lutaram, choraram, magoaram, foram magoados e amaram. Hoje estão mais próximos da luz, visto que estão praticando tão somente o bem. Só quem pratica o bem tem mérito para subir. E o bem de que falo é o bem a si próprio, é o bem da alma, o bem-estar. É sentir que vocês são tão perfeitos quanto Deus, portanto não há imperfeições.

Ela pigarreou e prosseguiu:

— Antes de nascerem, vocês assistiram juntos a algumas cenas marcantes de suas últimas vidas. O arrependimento pelo que fizeram foi tão grande que decidiram desta vez não lutar mais por dinheiro ou por poder. Muito pelo contrário. Aceitaram usar o dinheiro e o poder em benefício da melhoria de suas vidas e da vida de outras pessoas. Tomaram por missão espalhar pelo Brasil os conceitos espiritualistas.

Maria suspirou:

— Estão conseguindo, mas precisam ainda de muito trabalho interior. Vocês não podem baixar o padrão de pensamento. Vejam como é fácil alguém, encarnado ou desencarnado, interferir em suas vidas. Mas tudo é responsabilidade de cada um: cabeça boa, energia boa; cabeça ruim, energia pesada.

O grupo chorava sem parar. Estavam sensíveis demais. Seus mentores, conforme Agnes ia falando, faziam-nos recordar algumas cenas do passado. Começavam a entender muita coisa. Anna, em lágrimas, perguntou:

— Mas, Agnes, diga-me: quem estava do meu lado? Quem era?

— Brenda entrou no seu campo, Anna.

Sam deu um salto do chão. Estava pálido. O nome de Brenda trouxe-lhe calafrios.

— Você disse Brenda? — perguntou Sam, assustadíssimo.

— Sim, Brenda — respondeu Agnes. — Ela já está atrás de você e de Anna há muito tempo. Também estava desgostosa com Mark. Vocês estão presos a laços de ódio e vingança por vidas e mais vidas.

Mark, que ouvira seu nome, também assustado, indagou:

— Mas como eu vou fazer? Eu não quero mais ficar ligado a ela. Eu não quero mais o ódio.

Agnes, através de Maria, continuou tranquila:

— Mude a sua postura. Mude o seu jeito de ser, fique no bem, confie na vida. Nada pode afetar-lhe. Mas o tempo que tenho agora é para esclarecer alguns pontos de suas vidas.

"Como eu estava dizendo, venho acompanhando todos por muito tempo. Estou ligada a vocês por laços de muito amor. Traçamos um plano em que tudo deveria correr com o aval dos níveis superiores. Brenda morreria jovem, assim como as crianças, naquele rigoroso inverno. O trunfo de Brenda seria a geração dos dois espíritos que tanto ela quanto você, Sam, muito odiavam. Assim que as crianças partissem, Brenda sofreria de uma doença específica e voltaria triunfante para o plano astral. Para isso, pedimos a ajuda de nosso instrutor aqui deste lado, Apolônio, para que afastasse Aramis, um cúmplice de atos maldosos em muitas vidas de Brenda.

"Em última encarnação, no início do século dezoito, vocês cinco reencarnaram como filhos de Brenda. Aqui, nesta mesma fazenda, ela vivia também com dois irmãos. Quando enviuvou, Brenda deveria repartir a herança com vocês. Levada pela ganância dos irmãos, ela envenenou os filhos, ainda adolescentes. Mas o destino lhe seria mais cruel. Os dois irmãos, inimigos já de outras vidas, envenenaram-na e ficaram com toda a fortuna. Vocês se recuperaram bem quando chegaram ao plano astral. Perdoaram Brenda.

"Entretanto, um enorme ressentimento brotou entre ela e os irmãos. Após morrer, ela os perseguiu, obsediando-os por longos anos. Como eles eram muito violentos com os escravos, acabaram sendo mortos por eles. Ao deixarem o corpo físico, começaram a correr da irmã. E, para acabar com a obsessão no astral, Brenda, depois de muito relutar, acabou aceitando ser esposa de Sam e gerar os dois irmãos assassinos como filhos.

"O medo inconsciente deles de serem atacados por Brenda era muito forte, a ponto de terem provocado nela dois abortos. Ao nascerem, o ódio de Brenda foi voltando aos poucos. Infelizmente, Aramis foi atraído por esse ódio e facilitou o atentado às crianças."

Sam e os amigos estavam perplexos. As lágrimas banhavam suas faces. Agora Mark entendia perfeitamente o fato de não haver um único suspeito na época do crime. Era horrível, mas era verdade: a própria mãe havia matado os filhos!

Mark abraçou calorosamente o amigo. Enfim, haviam descoberto o assassino dos bebês. Ao mesmo tempo que tapavam um buraco na consciência, abriam um bem maior na alma, por descobrirem o autor da tragédia.

Agnes parou por um tempo. Sam, soluçando, abraçado junto a Anna, gritava:

— Por quê? Por que isso comigo, Senhor? Que prova mais dura! Casar-me com uma assassina? Como pude fazer isso?

O corpo de Maria estremeceu levemente. Agnes voltou a falar:

— Sam, tudo foi previamente acertado. As mortes ocorreriam, de qualquer maneira. A lição consistia em manter o equilíbrio, não importando a tarefa a que fossem submetidos. E vocês todos triunfaram. Estão aqui, hoje, cuidando da mesma fazenda que lhes pertenceu em outros tempos. Estão retomando o que lhes era de direito.

Mark aproximou-se de Maria:

— Há duas coisas que eu gostaria de entender: os meus sonhos com esta casa e o porquê de Brenda ter dado cabo da própria vida.

Mark esqueceu-se de que ninguém tinha ciência do suicídio de Brenda. Somente ele e o doutor Lawrence sabiam da verdade. Sam imediatamente parou de chorar. Ele não acreditou no que acabara de escutar:

— O que você está falando?

— Bom, é... que...

— Brenda se matou? Isso é verdade, Mark? Não foi parada cardíaca?

— Desculpe-me, Sam...

Mark calou-se. Não conseguia falar. Caiu num pranto sentido e dorido.

Agnes solicitou a ajuda dos guias dos escravos, que começaram a cantarolar e a dar passes nos personagens envolvidos pelas tramas do passado. Era bom saberem de toda a verdade, mas era-lhes muito duro aceitá-la toda de uma vez.

Agnes prosseguiu:

— Isso foi outro ato desagradável, Sam. Na outra vida, ela atormentou os dois irmãos até a morte. Agora, na última vida, foi o contrário. Eles resolveram atormentar Brenda até o momento em que ela ficasse louca. Aramis, para impedir que ela se afastasse dele caso morresse louca, sugeriu mentalmente o suicídio. Foram meses obsediando Brenda, sugerindo-lhe a morte. E assim foi feito. Tão logo ela desencarnou, Aramis prendeu os dois espíritos que a atormentavam. Hoje esses

espíritos capturados estão tão concentrados em formas-
-pensamento negativas e destrutivas que seus perispíritos
foram afetados de forma intensa e estão deformados.

Mark interrompeu-a. Eram muitas informações, muitas
revelações. Mas ainda precisava de uma resposta para entender o sonho. Abraçado a Sam, que copiosamente chorava
e estava com a cabeça deitada em seu peito, perguntou:

— E o porquê dos sonhos que eu tinha com a casa?

Agnes pacientemente continuou suas explicações:

— Você sonhava com a casa porque era louco por ela.
Você era o filho mais velho e ajudou o seu pai a construí-la.
A casa era-lhe muito especial.

Agnes deu leve suspiro. E então prosseguiu, desvendando
todos os mistérios que rodeavam a vida daqueles espíritos.
Olhando para Mark, disse:

— Aramis e Brenda vieram aqui hoje para se vingar de
você, de Sam e de Anna. Eles queriam a separação de Sam e
Anna. Gerado o desequilíbrio na festa, iam influenciar alguns
escravos bêbados para atacarem Emily. Você tentaria defendê-la e morreria numa sangrenta e violenta luta. Eu disse
que isso ia ocorrer, mas não vai mais.

Adolph, um pouco mais calmo pelo impacto de tantas informações, perguntou a Agnes:

— Isso não é interferir no livre-arbítrio das pessoas? Como
podemos interferir no processo de desencarne de Mark? Já
não estava escrito?

— Sim, estava escrito. Tudo aqui no astral já está escrito: a
maneira como os espíritos vão reencarnar, como vão viver,
como vão desencarnar. Acontece que esse é um livro que
cada um de nós possui, sendo escrito a lápis. Usando uma
borracha, podemos apagar e reescrever nossas vidas. A borracha equivale à atitude interior de cada um. Dependendo da
sua postura diante dos fatos, dos pensamentos, enfim, das
situações na sua vida, você pode alterar esse livro a todo e

qualquer instante. Lembrem-se de que todos vocês, nesta vida, sofreram tragédias. Perderam seus familiares. Foi uma maneira de a vida mostrar-lhes o preço que pagamos pelo apego. Vocês, sem exceção, tinham condições de melhorar, todavia, o sofrimento foi necessário para despertar-lhes a consciência. Apego é falta de confiança na vida. Para afastá-los desse vício, a vida foi tirando de cada um de vocês tudo que mais amavam, mostrando-lhes a doação, permitindo que cada um aqui pudesse crescer completamente livre, de acordo com a sua necessidade interior. Acredito que por enquanto seja esse o recado.

— Não! — bradou Sam. — Você não pode ir embora assim. Como vamos fazer para que Brenda não interfira mais em nossa vida?

— Atitude — respondeu Agnes. — É a única ferramenta que vocês têm para afastar um espírito que venha a lhes causar problemas. Garanto que todos estão melhorando muito o padrão no pensamento positivo. Aliás, foi essa atitude que permitiu nossa interferência esta noite. Aramis e Brenda já foram levados.

— Para onde? — perguntou Anna, curiosa.

— Para um local de refazimento. Eles não têm o direito de atrapalhar a vida dos outros, embora os outros é que permitam tal interferência. Chegou a hora de Brenda e Aramis ficarem isolados do mundo. Mais adiante, num futuro não muito distante, estarão todos reunidos, só que por meio de laços de amor. Perdoarão naturalmente Brenda e Aramis, devido ao grau de lucidez que vêm alcançando.

— Disso eu duvido — disse Emily. — Por mais que mudemos nossa postura, não acredito que tenhamos a capacidade de perdoar-lhes. Embora tenhamos atraído toda a situação, hoje, para mim, fica difícil tomar essa decisão.

— Pois é — continuou Agnes. — Você disse certo, Emily: hoje. Mas e quanto ao amanhã? Será que amanhã vocês não

vão estar se amando? Vamos aguardar. Eu quero desejar-
-lhes muito sucesso. Logo, muitos amigos vão reencarnar
aqui na fazenda. Seus filhos continuarão a obra que estão
iniciando. Fiquem com a luz, prestem sempre atenção às
suas atitudes. Não liguem para o mundo externo, mas sim
para o mundo interior de cada um de vocês. Continuem seus
estudos, conhecendo e se aprofundando nas leis universais,
no encontro com Deus e na magnitude da vida.

Agnes afastou-se de Maria. Logo esta abriu os olhos, seu
corpo deu uma leve estremecida e assim voltou a seu estado
natural. Ela olhou para Pai Juca e ele lhe deu uma piscada
cúmplice. Ela entendeu a mensagem.

Os escravos voltaram a tocar seus tambores, a cantar e a
dançar. Os jovens americanos se abraçaram emocionados e,
com lágrimas nos olhos, permaneceram em silêncio, refletindo sobre tudo o que escutaram. Intimamente agradeceram a Deus por terem tido o privilégio e o mérito de saberem
a verdade sobre o passado.

CAPÍTULO TRINTA E UM

    O sol já ia alto e o dia estava quente. A festa terminara em plena madrugada. Aquele dia seria de descanso tanto para os escravos quanto para os patrões. A fazenda Santa Carolina estava envolta no mais profundo silêncio. Os que acordaram mais cedo esticavam-se em redes, embriagados ainda pela mistura de aguardente e vinho.
    Adolph e Emily já haviam acordado. Maria serviu-lhes um bule de café fumegante, acompanhado de guloseimas. Sentados à grande mesa da sala, discursavam, ainda emocionados, sobre a mensagem recebida de Agnes na noite anterior.
    — Emily, eu estive pensando muito nestas poucas horas de descanso a que tivemos direito e cheguei a uma conclusão.

— E qual é, Adolph? — inquiriu Emily, com a boca cheia de rosquinhas recheadas de goiabada.

— Antes de começar, queria dizer que a senhora já perdeu os bons hábitos. Está falando de boca cheia.

— Adolph, somos tão íntimos que não vejo a mínima necessidade de ficarmos presos a etiqueta. Se dependesse de mim, Maria, Rosa, Pedro e Jacira fariam as refeições conosco. Essas regras sociais só servem para nos separar.

— Concordo com você. Percebo que a educação é fator preponderante para vivermos bem. Mas a pirâmide social é calcada em valores ligados à vaidade humana. Só têm valor ou mais educação aqueles que estão no topo. E sabemos que às vezes os mais humildes são os mais sábios, ou seja, dinheiro e poder não têm a mínima ligação com conduta, compostura.

Ele tomou um bom gole de café. Enquanto passava a faca com manteiga sobre um pedaço de bolo de fubá, continuou:

— Ontem foi um dia importante na vida de cada um de nós.

— Nunca mais seremos os mesmos — Emily emendou.

— Aprendi muito com a história de Aramis e Brenda. Fiquei preocupado a princípio, mas descobri que sempre estamos amparados, seja por uma força maior, seja por um espírito amigo. Deus está sempre do nosso lado.

— Isso é verdade. Deus está sempre do nosso lado. Se eu não tivesse perdido minha família, jamais teria saído de Little Flower. Teria ficado lá, amargurando cada minuto desta preciosa vida com lamentações, xingando Deus por ter me deixado órfã de pai e mãe. E veja: Ele me deu uma outra linda família, que são vocês, e um lugar maravilhoso para eu reconstruir a minha vida, ao lado do meu grande e verdadeiro amor.

Adolph assentiu:

— Embora Deus tudo faça, sabemos que Ele só faz através de nós, Emily. Se você não escolhesse mudar, confrontar os seus medos, as suas dores, realmente estaria vivendo lá em Little Flower. Mas não se esqueça de que você vem mudando, todos nós estamos mudando a cada segundo, sempre. E, graças aos nossos estudos, temos evoluído muito. Nada como arrancar o véu da ignorância por meio do estudo, não é mesmo?

— Ah, sim. O estudo é primordial. Sem dedicação, sem a disciplina que impusemos para nossos estudos, não teríamos feito grandes mudanças em nossa vida.

— Pois é, Emily. O conhecimento fortalece a alma humana. Qualquer tipo de conhecimento.

— Por também pensarmos assim, eu e Mark estávamos cogitando criar aqui na fazenda uma escola para os escravos. O que você pensa a respeito?

— Fantástico! — respondeu ele, entusiasmado.

— Como já estamos criando uma vila para os escravos, com casas individuais para cada família e um pequeno comércio para terem o que comprar, acredito que a escola vai ser muito importante para o desenvolvimento e progresso dessa gente.

— Eles precisam do nosso apoio. E nós vamos fazer isso.

— Sim — concordou Emily, meneando a cabeça. — E tem mais: sabe quem vai dar aulas para as crianças?

— Você e Anna, suponho.

— Não. Você.

Adolph balançou a cabeça negativamente.

— Imagine! Eu?!

— Claro. Você é o único "brasileiro" da nossa turma; embora tenha grande parte de seu tempo tomado com as obras das casas e com a administração do dinheiro, sinto que será um bom professor. De mais a mais, estamos ainda penando com o português.

— É verdade. Tenho muitas coisas para fazer e vocês têm um português sofrível — disse ele rindo, bem-humorado. — Contudo, quem sabe não possamos trazer uma professora ou professor lá da cidade? Só não sei se vamos conseguir, porque é difícil encontrar professores que aceitem dar aulas a negros.

— Estava me esquecendo desse ponto — tornou Emily, acabrunhada. — Será que o bonitão da fazenda aqui ao lado não conhece alguém? Ele me pareceu tão simpático.

— Maria já me disse. Você e Anna ficaram encantadas com o cavalheiro. Estou sabendo.

E assim continuaram a prosa, num ambiente descontraído e alegre. Próximo à hora do almoço, uma charrete chegou rapidamente até a casa-grande. Um negro corpulento, de altura considerável e olhos assustados, correu para a soleira da porta da cozinha.

— Dona Maria, dona Maria! — gritou o rapaz, voz desesperada.

Maria prontamente largou seus afazeres e foi ao encontro do visitante. Limpando as mãos em seu avental, perguntou:

— Bento, quanto tempo! O que faz aqui com essa cara tão assustada?

— Sabe o que é, dona Maria? Lá na fazenda a sinhá está muito mal. Não sei o que vamos fazer. Os rapazes estão tentando tudo, mas ela está a cada dia mais fraca. A senhora não podia ir lá ajudar a gente?

Adolph e Emily ainda se encontravam em demorada e alegre conversa. Haviam terminado o café e estavam sentados na varanda. Viram quando a charrete chegou. Dirigiram-se até Maria, para saber o que estava acontecendo.

— Sinhá Emily, este é Bento, um amigo da fazenda aqui vizinha. A sinhá dele está muito mal, sendo que eu preciso ir lá benzer ela.

A VIDA SEMPRE VENCE   273

Adolph e Emily se olharam. Ele perguntou:

— Qual é o problema dela, Maria?

— É espiritual, sinhô. Desde que o marido morreu, ela está assim. Eu acho que o espírito dele está na casa e não quer se desgrudar dela. Era muito apegado, muito possessivo.

— Então vamos juntos — disse Emily. — Depois do que vivenciamos ontem à noite, acredito estarmos em condições de ajudar você em suas rezas. Vamos?

— Mas e o resto do pessoal? Tenho que terminar o almoço, sinhá. Estão todos se levantando.

— Ora — interveio Adolph —, deixe o resto do almoço com Rosa e Jacira. Não vamos comer muita coisa hoje. Estamos com um pouco de ressaca. E, pela cara desse sujeito, a patroa dele deve estar muito mal. Vamos todos.

Bento levou Maria em sua charrete. Pedro preparou a carruagem e conduziu Adolph e Emily até a propriedade vizinha. Em pouco mais de meia hora, chegaram à fazenda. Enquanto se dirigiam até a casa-grande, Emily fazia perguntas a Maria:

— O bonitão lá da cidade, então, não é marido dela?

— Não, senhora. Ele é um grande amigo, só isso. Pelo que sei, ele e mais outro rapaz moram aí com ela.

Bento conduziu Maria até os aposentos da patroa enferma. Adolph e Emily permaneceram na varanda da casa. Alguns minutos depois, Bento, com os olhos assustados e as mãos trêmulas, retornou à varanda:

— Dona Maria está pedindo que vocês venham até o quarto. É urgente.

Levantaram-se rapidamente e procuraram manter a calma. Só poderiam ajudar a mulher caso estivessem com a mente em equilíbrio. Entraram pela sala de estar. Num sofá bem grande, estava deitado um rapaz com as mãos sobre o rosto. Percebia-se que ele estava muito angustiado com a situação. Adolph e Emily procuraram manter silêncio para não o perturbar.

Chegando perto do corredor que dava acesso aos quartos, foram surpreendidos por um grito, misto de emoção e espanto, vindo do rapaz no sofá:

— Adolph? É você mesmo?

Adolph estava entre Bento e Emily. Ao girar o corpo na direção do rapaz, surpreendeu-se. A emoção foi muito forte. Bento teve de segurá-lo para que não fosse ao chão. Emily não estava entendendo nada:

— O que houve?

Adolph não encontrava palavras para expressar seu estupor. Seus lábios passaram a tremer e lágrimas escorriam de seus olhos, lavando seu rosto. O mesmo ocorria com o rapaz à sua frente.

— Adolph, Deus mandou você. Não acredito que o esteja vendo. É verdade, meu amigo?

Adolph abriu e fechou a boca, sem conseguir articular som. Seu peito parecia querer explodir, tamanha a felicidade.

CAPÍTULO TRINTA E DOIS

Adolph recuperou-se do estupor, correu pela sala e abraçou fortemente seu amigo sumido.

— Augusto! Meu Deus do céu! Como pode uma coisa dessas? Eu senti tanto a falta de vocês que às vezes o meu coração chorava de saudade.

Continuaram abraçados por algum tempo. Emily e Bento olhavam-se com um ar interrogativo. Não estavam entendendo nada de nada.

— Mas o que você faz aqui?

— Eu é que pergunto, Adolph. O que você faz aqui? Pensei que estivesse nos Estados Unidos.

— E eu pensei que vocês tivessem fugido de mim. E Carlos, onde está?

— Ele está lá no quarto. Adolph, temos tanta coisa para conversar...

— Não tenho dúvidas. São dez anos sem saber onde estavam. Eu não sabia sequer se estavam vivos. E agora encontro você aqui como meu vizinho.

— Ah, então você faz parte da sociedade de americanos que compraram a fazenda de Alberto?

— Sim. Esta aqui é Emily. Acho que vocês já se conhecem.

— Mais uma vez, prazer, minha senhora.

— O prazer é todo meu — respondeu Emily, encantada com a beleza estonteante de Augusto.

Adolph estava ainda tomado por forte emoção. Precisava aquietar-se para poder ajudar a mulher enferma primeiro, depois retornaria a conversar com os seus grandes amigos brasileiros.

— Adolph, só mesmo o dedo de Deus. Eu e Carlos já tentamos fazer mentalização, orações, tudo que se possa imaginar, mas nada funcionou. Não estamos conseguindo o efeito desejado. Você, e só você, é que poderá salvá-la.

Um brilho emotivo perpassou os olhos de Adolph. Teve um pressentimento, mas o considerou inapropriado, inverossímil, louco demais. Apesar disso, não conseguia deixar de pensar. Suando frio, perguntou ao amigo, com a voz já embargada:

— Augusto... não me diga que...

— Sim, Adolph. Helène está muito mal.

Adolph quase teve uma síncope ao escutar o nome da amada. Augusto mordiscou os lábios e prosseguiu:

— Sinto ser obsessão. Só a força do seu amor poderá nos ajudar a tirá-la das amarras energéticas de seu marido.

Adolph teve ímpetos de gritar. A ideia de estar próximo a Helène fazia-o tremer da cabeça aos pés. Estava muito emocionado. O calor tomou conta de seu corpo.

Emily abraçou-o enternecida. Com voz que procurou tornar amável, disse:

— Querido, veja como a vida é fantástica. Você, sempre triste por não poder ter o seu amor, e agora fica com esta cara? Devemos primeiro agradecer a Deus por permitir o reencontro.

— Não sei se devo. Estou com o meu coração querendo sair pela boca. É muita emoção. Primeiro eu reencontro meu melhor amigo, quase um irmão, e agora vou rever o meu grande amor. Estou tremendo tal qual taquara agitada pelo vento.

— Por certo, Adolph, você tem o direito de se sentir assim — redarguiu Augusto. — Mas ela precisa muito de nossa ajuda e agora ainda mais da sua. Não para de falar em você. Desde que o barão morreu, ela só pensa em tentar uma maneira de reencontrar você. Helène nunca desistiu de tentar reencontrá-lo. E solteiro, se possível.

Adolph não se conteve e sorriu emocionado:

— Estava esperando por ela, Augusto. Até hoje. Faz dez anos que não me relaciono com ninguém. Sempre tive a confiança, lá no fundo, de que um dia reencontraria minha Helène.

— Então não vamos perder tempo — disse Emily. — Maria está lá dentro. Vamos, Adolph, dê-me aqui a sua mão e vamos para o quarto.

Seguiram para o dormitório de Helène. Adolph foi estugando o passo, suando frio. Apertava com força a mão de Emily.

— Calma, amigo — recomendou ela. — Vamos pensar em Agnes, em Júlia. Vamos nos sintonizar com os nossos amigos espirituais. Vamos pedir ajuda a eles. Tenho certeza de que não estamos aqui por acaso.

Adolph concordou com a cabeça. Precisava de muito equilíbrio e mentalmente pediu ajuda aos espíritos amigos.

Emily deu algumas batidas leves na porta. Ouviram Maria lá dentro dizer:

— Entrem, por favor.

Abriram a porta. O quarto estava parcialmente escuro. Um pequeno candelabro próximo à cama iluminava parcialmente o rosto de Helène. Adolph não conteve o pranto. Teve ímpetos de jogar-se sobre a amada. Deitada na cama, com os cabelos em desalinho, a pele branca como cera, emitindo fracos gemidos de vez em quando, estava Helène. Não lembrava a linda mulher de anos atrás.

As marcas do sofrimento estavam estampadas em seu rosto. Adolph nem percebeu a presença de Carlos. Estava muito emocionado. Correu até a beirada da cama e ajoelhou-se. Pegou as mãos da amada, agora brancas, magras e enrugadas, e beijou-as repetidas vezes. Sem nada dizer, intimamente proferiu comovida prece.

Maria viu o espírito do barão no canto do quarto. Estava afônico, com dores por todo o corpo, principalmente no peito, pois morrera de ataque cardíaco. Augusto e Carlos posicionaram-se um em cada lado da cama. Levantaram as mãos para o alto e logo depois as colocaram próximas à testa de Helène. Adolph continuou ajoelhado junto à cama, segurando as mãos dela. Cenas passadas e sentimentos misturavam-se em sua mente. Procurava controlá-los e concentrar-se na oração.

Emily posicionou-se aos pés da cama. Concentrou-se e proferiu sentida prece. Maria podia enxergar além, e foi notando como o quarto foi-se iluminando à medida que Emily ia proferindo aquelas lindas e comoventes palavras dirigidas a Deus.

Luzes coloridas saíam das mãos dos rapazes, entrando através da testa de Helène, revigorando todo seu corpo. Maria sentiu que Agnes se aproximava. Fechou os olhos, deu leve suspiro. Envolvida pelas energias de Agnes, dirigiu-se até o barão.

— Não chegue perto — alertou ele. — Só estou esperando-a morrer para partirmos juntos. Mais uns dias e tudo estará acabado. Não perturbarei mais ninguém.

— Você não pode se colocar no lugar de Deus — falou pausadamente Maria, já com o espírito de Agnes lhe influenciando as palavras. — Somente Ele é que pode decidir o que é melhor para cada um. Você já fez a sua parte na Terra. Agora é hora de partir.

— Não vou fazer isso. Posso deixar as terras, as propriedades para os amigos dela, não me importo. Mas ela tem de vir comigo. Eu a amo demais. Será minha para todo o sempre.

— Será que não está confundindo amor com apego? Será que você realmente a ama?

— Eu a amo de todo o meu ser.

— Saiba que quem ama liberta, deseja a felicidade do ser amado. Não tem medo de ficar separado do ser querido e, por conseguinte, tem a vida a seu favor. Quem ama nunca perde.

— Estou perdido. Perdi meu amor. Helène é a minha mulher. Não posso viver sem ela.

— Não pode viver sem ela? Será? Você não vivia antes de encontrá-la? Não era feliz com o que tinha? Ou será que tentou conquistá-la por capricho, para mostrar ao mundo que você podia fazer o que quisesse, inclusive comprar o amor? Será que a sua vaidade não era maior do que qualquer outro sentimento seu?

O barão estava inquieto. Não se levantara porque a dor no peito era muito forte. Com a voz fraca e afônica rebateu:

— Não é verdade. Sempre tive tudo que quis na vida.

— Sim, você teve tudo que quis, mas nunca suportou ouvir um "não" dos outros. E Helène disse-lhe um "não". Disse estar apaixonada por outro. Você enlouqueceu e quase a matou. Disse-lhe que, caso ela não se casasse com você,

Adolph e seus amigos morreriam, e ela não teria mais ninguém no mundo. Será que isso é amor, barão? Será que o seu orgulho não consegue enxergar que tudo foi ilusão? Que o jogo acabou?

— Se ela me tivesse dito "sim", talvez eu a abandonasse. Mas sempre gostei de desafios.

— Sim, e por conta desse capricho infantil deixou seu grande amor escapar, não é mesmo?

— Do que você está falando?

— Do seu grande amor. Da linda garota que o amou na juventude. Lembra-se dela?

— Não sei do que está falando — respondeu o barão, meio desorientado.

— Seus pais não permitiram que se casassem porque ela não era de família rica, era uma pobre camponesa.

Agora ele se lembrava. Ele se sentiu invadido. De onde ela tirara aquela história?

— Não sei do que está falando...

Ele sabia. Mesmo doente, tentou dissimular. Um tremor gélido percorreu seu espírito. Cenas do passado vinham-lhe à mente. A jovem camponesa... sua dor por não poder desposá-la... sua ira contra os pais... o desastre...

— Pois é, barão — continuou Agnes —, numa tentativa de fuga sua e dela, ocorreu a tragédia. Seus pais, temerosos de que vocês se unissem, perseguiram-nos. Sei que foi muito difícil perder o amor de Fátima.

O barão desatou a chorar. Como aquela mulher sabia de seu segredo? Por que lhe trazia mais dor naquele momento?

— Você não tem o direito de remexer no meu passado.

— E você não tem o direito de influenciar a vida dos outros. Helène não tem culpa do que aconteceu com você. Deixe-a viver a vida que Deus lhe deu. Não permita que seu orgulho ferido prevaleça. Helène não vai substituir o amor de Fátima no seu coração.

O barão pensou bastante e, depois de muito refletir, entregou os pontos. Afinal, estava cansado de ficar naquele quarto. Sentia-se fraco, as dores no peito eram terríveis. Sentidas lágrimas escorriam pelo seu rosto sofrido. Ele sabia, no fundo, que havia se unido a Helène por orgulho, por vaidade. E, agora que a ferida fora novamente aberta, sentia o seu amor por Fátima.

— Mas não se preocupe, barão. Você vai conseguir superar tudo isso.

— É fácil falar, você não está na minha pele. Aliás, pele eu nem tenho mais. Você não está no meu lugar, é fácil avaliar. Não dói em você, certo?

— Claro que não. O barão plantou, agora está colhendo. É simples. A responsabilidade é toda sua. Porém, se estiver disposto a mudar, a querer se desenvolver, evoluir, aprender o verdadeiro sentido do amor, eu posso lhe ajudar.

— Como vai me ajudar?

Agnes fez um sinal. Um enorme arco iluminado abriu-se na frente do barão. Aos poucos, uma linda moça foi surgindo: morena, olhos grandes e verdes, cabelos cacheados balançando suavemente entre os ombros. Trajando um lindo vestido verde-pérola que realçava seu corpo bem-feito, a jovem se aproximou do barão.

— Meu amor, quanto tempo!

O barão beliscou seu perispírito. Seria alucinação?

— É você, Fátima?

Ela assentiu.

— Estou aqui. Vim buscá-lo. Agora estamos prontos para continuar juntos o nosso caminho, sem impedimentos. Venha comigo, Heinz.

— Fátima! Minha Fátima, perdoe-me.

— Por que devo perdoar-lhe, meu amor?

— Não traí você. Casei-me com Helène somente para esquecer-me da tragédia. Eu estava maluco, estava a ponto de me matar. Sou um canalha!

— Não é, meu amor. Você fez o que achou melhor. Poderia ser outra mulher. A vida usou Helène não por acaso. Cada um precisa de certas experiências na vida. E Deus vai unindo as pessoas, entrelaçando seus destinos, de acordo com a lição a ser aprendida. Você fez o melhor possível, mesmo tomado pela vaidade e pelo orgulho, mas não tem mais tempo para lástimas. Agora é hora de começarmos uma nova vida juntos. Tenho certeza de que, a partir deste momento, saberemos dar valor ao nosso amor.

Ela estendeu as lindas e delicadas mãos para o barão. Vagarosamente ele foi se levantando. Fátima pegou-o pelos braços e deu-lhe um demorado beijo nos lábios.

— Meu amor, vamos embora.

O barão abriu largo sorriso. Apoiou-se no braço de Fátima. Foram caminhando por um corredor comprido e estreito, iluminado por raios das mais variadas cores. O barão despediu-se de Agnes com um aceno. Partiu com Fátima para um local de refazimento.

Agnes fez linda e comovida prece de agradecimento e se foi. Maria estremeceu levemente e abriu os olhos. Emily continuava orando e os rapazes continuavam energizando o corpo magro e quase sem vida de Helène. Adolph estava mais calmo.

— E agora, Maria, o que faremos?

— Nada, patrão. Por ora, nada. O barão já foi embora. Graças às orações e vibrações de todos, os espíritos conseguiram tirá-lo daqui. Foi emocionante.

— Minha Helène, ela vai resistir?

— Claro que vai. Ela estava sendo obsediada, tendo sua energia vital sugada pelo barão. Agora que ele se foi, espero que ela fique bem.

— Como assim, espero? Ela pode piorar?

— Depende dela, sinhô. Se ela acredita que não é boa o bastante, que é imperfeita, vai atrair uma legião de gente que pensa como ela, tanto do nosso quanto do outro mundo. Agora, se ela firmar o pensamento no bem, no melhor, ninguém chega perto, a não ser espírito de luz.

— Maria, você tem razão. Confiar no bem, entregar-se tão somente ao bem, eis a lição.

— Sim, patrão. Não adianta ler os livros e achar que dessa forma estará protegido. Precisamos sentir em nosso coração o bem real. E olhar com os olhos do bem também. Esta é a verdadeira comunhão com Deus, com o universo, com a vida.

Todos se sentiram tocados com as sábias e profundas palavras daquela negra de coração imenso. Sabiam que ela não estava incorporada. Falava com a alma.

Helène começou a remexer-se na cama. Os rapazes terminaram a energização. Lentamente ela abriu os olhos. Acreditou estar morta.

— Adolph, meu amor, você veio me buscar. Agora ficaremos juntos no céu.

E voltou a adormecer. Adolph recomeçou a chorar. Beijou repetidas vezes o rosto de Helène. Com voz que a emoção enrouquecia, disse:

— Não, meu amor, eu nunca mais vou deixá-la partir. Ficaremos juntos para sempre, eu prometo. Eu a amo demais.

— Está bem, sinhô. Ela sabe e todos nós sabemos. Mas agora vão até lá fora que eu vou arrumar a sinhá Helène.

— Eu fico com você, Maria — tornou Emily.

Os rapazes saíram do quarto. Adolph estava embriagado pela emoção. Era muita coisa num dia só. Além de encontrar seus dois melhores amigos, reencontrava seu grande e verdadeiro amor. Abraçou demoradamente Carlos. Ambos choraram muito.

— Amigos, quanta saudade! Como senti a falta de vocês, meus companheiros de verdade. Agora podem me dizer o que aconteceu, antes que eu morra de vez sem saber?

Riram bem-humorados. O ambiente estava leve, descontraído. Carlos abraçou-o novamente.

— Vamos para a sala. Temos muito que conversar.

CAPÍTULO TRINTA E TRÊS

Augusto e Carlos estavam radiantes por ter encontrado Adolph novamente. Haviam saído do quarto e estavam na sala, sentados num amplo sofá. Carlos, mais ponderado, começou a falar:

— Tudo aconteceu naqueles dias em que você foi com seu pai para a Itália. Helène já vinha sendo assediada pelo barão havia um bom tempo. Aliás, mesmo antes de você aparecer na vida dela. Helène estava cansada da vida que levava em Paris, lá no bordel. Quando conheceu o barão, percebeu a real possibilidade de mudar de vida, mesmo sem amor. Para Helène não existia amor. Até encontrar você.

Adolph permanecia em silêncio, com os olhos marejados. Carlos serviu-se de um conhaque e prosseguiu:

— Helène tentou livrar-se do barão. Quis voltar atrás e acabar com aquele envolvimento. Disse que estava amando outro. O barão sabia tratar-se de você. Jurou que, se Helène o largasse, ele mandaria matar você. Ela ficou muito assustada, pois sabia que o barão tinha amigos influentes na Europa. Astuto e ardiloso, ele imaginava ser impossível você os encontrar aqui no Brasil. Lá em Paris acertou com o pai de Alberto a compra desta fazenda. Eu e Augusto, com medo do que pudesse acontecer a Helène, nos prontificamos a acompanhá-los até o Brasil, pois nem ele nem ela falavam português. Helène percebeu que não havia saída e, comigo e Augusto por perto, as coisas não seriam tão difíceis.

Carlos suspirou. Adolph surpreendia-se com cada palavra.

— Achávamos que, assim que chegássemos ao Brasil, poderíamos tramar uma fuga. Fomos inocentes. O barão, com a sua influência, havia comprado muita gente aqui. Eu e Augusto fomos morar na capital, mas as coisas por lá não estavam nada boas.

— Compreendo — disse Adolph —, não deve ser fácil para dois homens viverem juntos no Rio de Janeiro. Por que não continuaram em Paris? Não estava tudo mais fácil por lá?

— Sim, estava. Ocorre que Helène é como uma irmã para nós. Você também. Se não estivéssemos por perto, nunca saberíamos o paradeiro dela.

— Isso é verdade. No entanto, os dois abriram mão da liberdade por nós?

— E daí? Isso não é o fim, Adolph.

— Como não, Carlos? Vocês se amam! Eu sempre fui a favor de seu relacionamento com Augusto.

— Sabemos disso. E não nos sentimos culpados pelo amor que sentimos um pelo outro.

— O amor de vocês é lindo.

Carlos sorriu.

— Eu amo Augusto. Nada nem ninguém será capaz de diminuir ou afastar esse sentimento puro e verdadeiro. Também é um grande treino. Não é fácil.

Augusto interveio:

— Muitos pensam que escolhemos este tipo de vida, o que digo ser mentira. O espírito já carrega suas preferências afetivas. O mundo não nos influencia.

Adolph, passando delicadamente a mão pela cabeça dos amigos, disse:

— Vocês são homens de verdade. Abdicaram de uma vida boa na Europa, vieram enfrentar os preconceitos aqui no Brasil, só para estar perto de Helène. Isso não tem preço. Serei grato a vocês por toda a minha vida.

— Agradecemos — tornou Carlos. — A pressão na cidade estava grande. Durante o dia passávamos bem, mantendo-nos em postura digna diante da sociedade. Mas, na calada da noite, muitas pessoas desta sociedade corriam ao nosso encontro, tomando-nos por devassos. Helène não estava suportando ficar sozinha na fazenda e, sabendo da situação aviltante em que vivíamos na corte, fez o convite para passarmos uma temporada com ela.

Augusto emendou:

— O barão tratava-nos muito bem. Não se importava com o nosso relacionamento. Era até engraçado, porque ele preferia nos ter por perto, sabendo que nenhum de nós tentaria algo com sua esposa.

Caíram em sonora risada. Adolph novamente levantou-se e os abraçou.

— Vocês são meus irmãos. Adoro vocês. E tudo que estiver ao meu alcance eu farei para que ninguém os amole. Eu e meus amigos somos contra todo e qualquer tipo de preconceito. Vamos sempre respeitar o amor de vocês.

Maria e Emily apareceram na sala.

— Sinhozinho Adolph, a sinhá Helène quer ver o senhor. Por favor.

Adolph levantou-se. Seu coração estava agitado, e a boca ressequida. Não conseguia segurar a emoção. Com as pernas bambas, foi para o quarto.

Emily ficou sentada na sala, conversando com Augusto e Carlos, enquanto Maria foi para a cozinha preparar um café.

Adolph entrou no quarto. Helène estava bem melhor. O rosto mais corado, os cabelos penteados. Sentiu que os toques femininos de Emily e Maria surtiram um bom resultado.

Com a voz cansada, ela sussurrou ao amado:

— Chegue mais perto, querido.

Ele se abaixou e amorosamente tomou-lhe as mãos:

— Meu amor, nunca mais a deixarei. Por nada neste mundo. Você é a mulher que eu amo. Sempre a amarei.

— Eu também, Adolph, eu também. Desculpe-me.

— Desculpá-la de quê? Você não teve culpa de nada.

— Não é isso. Eu falhei comigo, como ser humano. Tive medo de dizer "não" ao barão, de enfrentá-lo. Ele não era um homem mau. Nunca me maltratou. Só queria o meu amor, à força. Eu não soube me posicionar. Eu me sentia inferiorizada, sem valor. Sucumbi e aqui estou. Desde que o barão morreu, há um ano, eu venho sentindo a presença dele. Augusto e Carlos me ajudaram muito; caso contrário, eu enlouqueceria. A vida me mostrou que eu estava certa. Você está aqui.

— Esta é a maior prova de que ninguém pode tirar de nós aquilo que nos pertence — tornou Adolph, emocionado.

— A vida sempre vence, e estamos aqui, juntos.

— Helène, meu amor. Ao meu lado, você vai ter os melhores dias de sua vida. Farei de você a mulher mais feliz do mundo. Se quiser, podemos voltar a Paris e recomeçar nossa vida.

— De jeito algum. Eu quero viver aqui no Brasil. Eu amo esta terra, esta gente. Afeiçoei-me muito aos escravos, consegui grandes melhorias para eles no trabalho, na alimentação e moradia. Quero recomeçar minha vida aqui, ajudando estas pessoas. O barão deixou-me muito dinheiro, Adolph. Sou uma viúva muito rica. Olhe que bom partido!

Sorriram e abraçaram-se. Adolph beijou-lhe os lábios com amor, repetidas vezes. Esqueceu-se do estado prostrado da amada e deitou-se ao seu lado, delicadamente pousando suas mãos nas dela. Por dez longos e sofridos anos ele esperou por aquele momento.

CAPÍTULO TRINTA E QUATRO

Júlia encontrou Agnes sentada em um banco, situado em lindíssimo bosque.

— Agnes, você anda muito pensativa ultimamente. Agora que tudo se resolveu lá na Terra, por que não vamos tratar de nossas coisas por aqui? Temos tanto por fazer.

— É isso que venho pensando, Júlia. Vou ter uma reunião com Apolônio logo mais. Estou pensando em uma coisa. Quer ouvir?

Júlia meneou afirmativamente a cabeça. Agnes começou a contar-lhe o que tinha em mente. Júlia ficou estupefata com o relato.

— Tem certeza?

— Sim. E então, concorda em participar disso comigo, Júlia? Você é a pessoa mais próxima, poderia me ajudar nessa tarefa.

— Pensando bem, concordo com você. A que horas você vai ter com Apolônio?

— Agora mesmo. Já está na hora.

Foram até a sala de Apolônio, na cobertura de um imenso prédio, cujos andares se perdiam por entre nuvens. Da cobertura pendiam trepadeiras, que se agarravam à estrutura do edifício, em direção ao chão, dando-lhe uma aparência encantadora.

— Meninas, que bom revê-las! Quase tive de intervir no caso dos americanos, mas vocês foram firmes.

— Obrigada — responderam as duas.

— Devido ao fato de terem sido bem-sucedidas nesta missão, o plano maior decidiu que vocês podem partir da colônia. Estão aptas a irem para outras esferas.

Ambas se olharam de soslaio. Agnes tomou a palavra.

— É sobre isso mesmo que queremos conversar, Apolônio. Queremos voltar para a Terra.

— Como?

— Isso mesmo. Queremos voltar.

— Vocês não têm mais a necessidade de voltar. Estão livres da reencarnação. Por que isso agora?

— Porque nos envolvemos demais com nossos amigos na Terra. E gostaríamos de fazer parte do centro espírita que eles vão fundar em breve. Queremos estar lá, em carne e osso, participando dessa obra.

— Agnes, querida, você não precisa disso. Nem você, Júlia. Podem ir ter com eles a hora que quiserem. Vocês estão aqui há tantos séculos. Vão se submeter a viver na Terra? Pensem bem, há outros planos melhores esperando por vocês.

— Já pensamos — tornou Agnes, firme. — Será somente por alguns anos. Depois que terminarmos esta tarefa, iremos para outros planos. Neste momento, a minha alma e a alma de Júlia clamam pelo retorno. E, afinal de contas, o que são cinquenta anos na Terra? É muito pouco. Por isso, queremos sua permissão para partirmos o mais rápido possível. Juntas.

Apolônio, há séculos naquela função, nunca havia presenciado algo parecido. Não sabia o que dizer. Era-lhe incomum um pedido como o delas. Só mesmo duas almas maduras e firmes em seus propósitos poderiam solicitar um pedido desses.

— Está bem. Se desejam ajudá-los dessa forma, assim será feito. Pelo visto, já devem ter marcado entrevista com os pais encarnados.

Ambas sorriram. Júlia limitou-se a dizer:

— Vamos tirar os pais do corpo hoje à noite e conversaremos com eles. Tenho certeza de que vão concordar e aprovar.

— Vocês são terríveis! Fizeram tudo premeditadamente. Não tenho como não concordar. Como presente de encarnação, vou solicitar uma dupla de mentores vindos de esferas superiores, que vão ajudá-las em todos os momentos.

Ambas agradeceram emocionadas. Abraçaram Apolônio e se despediram. Saíram do prédio animadas. De mãos dadas, Agnes e Júlia foram caminhando entre bosques floridos, na colônia Encantada, aguardando o momento de se prepararem para o retorno à Terra.

Helène juntou-se ao grupo dos americanos. Sua chegada foi comemorada com alegria e festa. Simpatizaram-se na hora. O reencontro estava selado. Adolph e Helène, Sam e Anna, Mark e Emily. Os três casais agora estavam juntos para continuar a missão a que se haviam proposto antes de nascerem.

A fazenda dos americanos e a de Helène, de Augusto e de Carlos foram transformadas em uma única propriedade. A fazenda Santa Carolina tornou-se uma das maiores propriedades privadas do Rio de Janeiro. Com o passar dos anos, foram dando dignas condições de vida aos escravos.

Ao fim da escravidão, muitos fazendeiros perderam suas colheitas, pois os escravos libertados foram para a cidade. Os escravos dos americanos ficaram. A abolição para eles não significou nada. Já se sentiam livres vivendo em Santa Carolina. Isso ajudou Adolph, Mark e Sam a aumentar suas fortunas. Era a única fazenda com larga produção de café da região. Não perderam suas colheitas. Em pouco tempo, já estavam com uma refinaria de açúcar, aumentando as instalações da fazenda e gerando prosperidade na região.

Em paralelo a todo esse crescimento, formaram um grande centro de aprendizado e desenvolvimento espiritual. Todos se dedicavam aos estudos e acolhiam, com prazer, as novas ideias sobre psicologia, metafísica e espiritualidade que chegavam com o advento do século vinte. Muitos ex-escravos aderiram aos estudos, ajudando nos trabalhos espirituais.

Assim, na virada do século, com os filhos adultos, os três casais haviam cumprido a missão à qual se propuseram antes de reencarnar. Já maduros e sem tanta disposição para viagens, Sam e Anna tinham de tomar uma decisão em relação à casa que possuíam nos Estados Unidos.

Norma morrera havia alguns anos, e os netos do doutor Lawrence, também já falecido, tomavam conta da propriedade. O dinheiro da aposentadoria de Mark estava ainda sendo regularmente depositado numa agência bancária de São Francisco. Precisavam dar um jeito nas coisas. Estavam decididos a cortar os últimos laços que os prendiam ao continente americano.

Numa noite quente de verão, sentados na pequena varanda do centro espírita, após o término dos trabalhos, começaram a trocar ideias sobre seus negócios nos Estados Unidos.

Sam pigarreou e pausadamente começou a falar:

— Meus amigos, devemos resolver nossas pendências na América. Eu e Anna não pretendemos mais voltar.

Mesmo com a idade avançada, todos mantinham um vigor e uma vitalidade incríveis. Não se deixaram abater pelo passar dos anos. Estavam muito conservados. A pele de todos ainda possuía muito viço.

Mark emendou a conversa:

— Minha família sempre envia cartas dizendo que eu preciso fazer alguma coisa com o dinheiro que tenho no banco. Estava pensando em mandar um de nossos filhos para São Francisco.

— Acontece — continuou Sam — que eu não tenho como fazer uma procuração aqui para que meu filho possa vender a nossa casa. Procuração brasileira não serve.

Helène, a mais animada de todos, sugeriu:

— Por que não vamos todos para os Estados Unidos? Eu não conheço a América. Sei que estou com idade avançada, porém ainda sinto disposição para viajar. Estamos trabalhando tanto no centro, dedicando-nos de segunda a domingo. Por que não deixamos nossos filhos tomarem conta de tudo e partimos em viagem de lua de mel?

— Lua de mel? — perguntou Emily, com espanto na voz.

Todos caíram na risada. Só mesmo a jovialidade e disposição de Helène para resultarem em uma proposta dessas.

— Lua de mel, sim, senhora. Emily, nós temos esse direito.

Começaram a discutir alegremente. A ideia era-lhes muito atraente. Deixariam os negócios e o centro espírita nas mãos dos filhos e ficariam um tempo no exterior. Pela idade que tinham, sentiam ser aquela, talvez, a última chance de viajar até os Estados Unidos.

Tal qual crianças em dia de festa, despediram-se dos filhos no porto do Rio de Janeiro.

— Papai, vocês estão com a idade um pouco avançada para fazerem uma viagem tão longa. Não acha que podíamos resolver isso de outra forma?

— Donald, meu filho — respondeu Mark —, não se preocupe. Queremos farrear. Vamos nos divertir muito. Há mais de trinta anos, desde que chegamos aqui, eu, sua mãe e seus tios não viajamos. Fique tranquilo, pois garanto que ficaremos muito bem. São poucos meses. Logo estaremos de volta. Não se preocupe.

O vapor partiu do Rio de Janeiro rumo a Buenos Aires. De lá o navio contornaria o oceano Pacífico, singrando na direção dos Estados Unidos. Era uma viagem muito longa, mas estavam ansiosos e, por que não dizer, saudosos do país em que tinham nascido.

Semanas se passaram e, numa tarde ensolarada, o vapor aproximou-se da baía, na costa oeste americana. Todos os passageiros correram até o convés. O sol estava se escondendo por entre as nuvens, mas a temperatura era agradável e uma leve neblina, característica da cidade, tocava suavemente os semblantes felizes.

Minutos depois, o navio aportou na baía de São Francisco. Estavam em terra firme. Era uma linda cidade, completamente diferente do Rio de Janeiro. O estilo arquitetônico das casas, o ritmo frenético, o bonde de tração que avançava pela Fourth Street, tudo era diferente.

São Francisco, naquele início do século vinte, era a nona maior cidade americana, com uma população de quase meio milhão de habitantes. Desde 1848, quando a população saltara de mil para vinte e cinco mil habitantes em apenas um ano, por conta da corrida do ouro, a cidade se transformara no centro comercial e cultural do oeste americano. Também tornara-se o centro financeiro, pois havia mais de quarenta bancos instalados na cidade.

São Francisco era considerada a "porta do Pacífico", pela qual transitava a crescente potência econômica e militar americana em direção à Ásia e ao oceano Pacífico. A entrada do Havaí na união e a guerra contra a Espanha em 1898 só fizeram crescer o prestígio da cidade, e São Francisco passou a ter um papel importante no desenvolvimento crescente dos Estados Unidos.

A vida cultural era dinâmica graças aos cinco jornais, os restaurantes franceses, os teatros e a ópera situada sobre Mission Street. O Orpheum Theatre abrigava tranquilamente três mil e quinhentas pessoas. Do ponto de vista arquitetônico, a cidade era a mais bonita do oeste americano. Magnatas da estrada de ferro e das minas de ouro construíram magníficas residências sobre Nob Hill, bairro onde os casais de americanos ficariam hospedados e local que, até os dias de hoje, abriga apartamentos e residências de famílias abastadas da cidade.

A área sofreu rápida urbanização, ocorrência marcante na cidade ao fim do século dezenove. Devido à sua posição central, Nob Hill tornou-se um enclave exclusivo de ricos e famosos da costa oeste, que construíram grandes mansões.

Helène estava impressionada. São Francisco tinha alguma coisa, um toque de Paris, sua terra natal. A paisagem era-lhe muito familiar. Todos estavam admirados e contemplavam cada edifício, cada rua, cada detalhe da cidade. Seus olhos brilhantes não deixavam escapar nada. Estavam atentos a tudo.

Os Estados Unidos haviam mudado muito. O país entrara no novo século como uma ameaça ao poderio inglês, crescendo a olhos vistos. Sam, Mark e Adolph sentiram orgulho daquela terra.

— Vejam — comentou Adolph. — E nós achamos um dia que este país afundaria. Meu Deus, como cresceu!

— Você tem razão — afirmou Sam. — O país cresceu muito. É uma potência. Mas não vivo mais sem café, sem feijão, sem aguardente, sem a alegria dos nossos amigos negros...

Tomaram um carro de aluguel e foram conversando animadamente no caminho do porto até o casarão que haviam alugado para a temporada. Instalaram-se em um palacete suntuoso, finamente decorado e mobiliado.

Resolveram jantar num restaurante próximo ao hotel. Queriam respirar um pouco do ar americano. Estavam muito saudosos. Adolph mostrava para Helène os pontos turísticos, a vida noturna alegre e agitada da cidade.

Fizeram delicioso jantar num sofisticado bistrô próximo à baía. Conversaram sobre os negócios que deveriam ser feitos. Queriam terminar tudo o mais rápido possível. Embora saudosos da América, sentiam-se muito brasileiros. Durante o jantar, Sam comentou:

— Bem, amigos, depois de amanhã partiremos de São Francisco. Pegaremos o trem que nos levará até Ohio. Chegando lá, vendemos a casa e depois daremos uma esticada até Nova York. Ficaremos uma semana lá e depois voltaremos para o Rio de Janeiro.

— Oh, Sam — suspirou Helène —, sempre desejei conhecer Nova York... mas estou tão encantada e fascinada com esta cidade, que nem sei mais se quero ir. São Francisco é tão chique, tão atraente...

— Se quiser, meu amor — tornou Adolph —, você pode realizar todos os seus sonhos. Ficamos em São Francisco enquanto nossos compadres tratam de resolver seus negócios.

— Nada disso! — protestaram Anna e Emily, em coro. — Viemos juntos e vamos fazer tudo juntos.

— Depois dessa reprimenda, quem sou eu para ficar em São Francisco? Partiremos quando quiserem! — concluiu Helène.

Todos riram a valer. Adolph beijou delicadamente os lábios da esposa, e Sam e Mark repetiram o gesto com suas esposas.

Ao término do jantar, estavam cansados, mas felizes. Resolveram voltar ao casarão. Precisavam descansar. O dia seguinte seria repleto de passeios, idas ao banco e compras. Despediram-se calorosamente e cada casal foi para o seu quarto.

Anna, ao deitar-se, beijou Sam com paixão, repetidas vezes. Bem-humorado, ele a tomou nos braços:

— Humm... Estou me lembrando daquela noite na varanda, muitos anos atrás, enquanto você apanhava aqueles cacos de vidro, recorda-se?

— E como não, meu querido? Foi uma das noites mais lindas que tive ao seu lado.

Maliciosamente, Sam sussurrou no ouvido de Anna:

— Que tal continuarmos? Acredito que Adolph não nos atrapalhará desta vez... — Riram bem-humorados e entregaram-se ao amor que extravasava de suas almas. Dormiram abraçados.

Precisamente às cinco e catorze daquela manhã de 18 de abril de 1906, um forte e assustador tremor de terra foi sentido por toda a cidade. O terremoto durou somente vinte e oito segundos. As construções vitorianas e os prédios de tijolos ficaram devastados. O pior da destruição foram os incêndios que se seguiram ao terremoto, provenientes de lampiões de querosene destruídos, explosões de tubos de gás e da queda de fios de eletricidade.

Os bombeiros puderam fazer muito pouco, uma vez que o sistema de encanamento da cidade também fora arruinado pelo terremoto, afetando o suprimento de água da cidade. Em uma medida de desespero, começaram a demolir prédios e edifícios, numa tentativa de conter o incêndio. Este duraria cerca de três dias e, quando tudo havia terminado, mais de três mil pessoas haviam morrido, trinta mil estruturas, entre casas e edifícios, estavam em ruínas, e cerca de duzentas mil pessoas ficaram desabrigadas.

O bairro de Nob Hill foi completamente destruído pelo terremoto, inclusive o casarão em que os nossos personagens estavam hospedados. Todos eles morreram na hora.

Os espíritos amigos, já sabendo da tragédia com antecedência, estavam a postos para o resgate dos companheiros. O doutor Lawrence resgatou Sam; doutor Anderson resgatou Mark; Junior, o filho de Anderson, resgatou Adolph; Bob resgatou sua irmã, Emily; Flora resgatou sua filha querida, Anna; e Pai Juca, desencarnado havia alguns anos, resgatou Helène.

Carregando em seus braços os espíritos em sono profundo, alçaram voo em direção à colônia Encantada.

CAPÍTULO TRINTA E CINCO

Vinte e um de abril, 1960. O Brasil ganhava sua mais moderna cidade, Brasília. O Rio de Janeiro deixava de ser, naquele dia, a capital do país. Nascia o estado da Guanabara.

Milhares de pessoas nas ruas comemoravam a criação do novo estado. Buzinas, carros alegóricos, discursos calorosos. Os toques dos sinos da igreja da Candelária fundiam-se à algazarra generalizada.

Naquela noite de festa, as três filhas da carismática Flora[1] Lewis Magalhães, figura de destaque da sociedade brasileira, casavam-se com os três filhos da também querida

---

[1] Para melhor compreensão do próximo capítulo e do Epílogo, tomamos a liberdade de manter os mesmos nomes nos personagens, a fim de facilitar seu reconhecimento.

Maria Stevens de Albuquerque. Uniam-se ali duas das mais tradicionais, ricas e influentes famílias do Brasil.

Por obra do destino, como aqueles de contos de fada, Anna, Emily e Helène, filhas de Flora, haviam se apaixonado por Sam, Mark e Adolph, respectivamente, filhos de Maria. Teria sido o maior acontecimento da cidade, não fosse o nascimento do novo estado.

Flora quis assim. Para não ser incomodada pela legião de fotógrafos e repórteres que aguardavam o tão esperado casamento, resolveu realizá-lo naquela data, não tornando o evento um acontecimento isolado e chamativo. Ela era, sim, uma dama da sociedade, conhecida e muito querida, mas era bastante reservada.

Após a linda e tocante cerimônia religiosa, os convidados foram para a festa, realizada no *golden room* do hotel Copacabana Palace. Ao entrar no saguão, Flora foi surpreendida por uma repórter:

— Dona Flora, por favor.

— Sim?

— Desculpe-me. Eu sei que hoje é uma data muito importante para a senhora...

— Por certo — disse educadamente Flora.

— Gostaria muito de entrevistá-la.

— Eu até lhe concederia uma entrevista, mas para quê? Para dizer qual o perfume que uso? Que tipo de comida eu sirvo aos meus convidados? Eu não sou ligada às futilidades sociais, minha filha.

— Eu sei disso, dona Flora. Não quero uma entrevista fútil, porque não sou uma pessoa superficial. Quero entrevistá-la porque eu a considero uma grande mulher. A senhora dirige um conglomerado de indústrias, além do mais possui um centro de estudos e desenvolvimento espiritual que pertence à sua família há mais de meio século e é muito respeitado no Brasil. Quero entrevistá-la pela mulher que é, pela sua garra, coragem e determinação. Só por isso.

Flora sentiu-se atraída pela moça. Havia tal brilho em seu olhar, firmeza em sua postura e sinceridade em suas palavras, que ela se encantou.

— Qual o seu nome, menina?

— Meu nome é Rosa. Sou repórter da revista *O Cruzeiro*.

— Boa revista. Caso eu lhe conceda uma entrevista, você promete escrever tudo que eu falar, sem suprimir nada?

— Sim, senhora. O que me disser, eu escreverei, sem tirar nem pôr.

— Mesmo falando sobre o centro espírita?

— Sim, não há problema, mesmo porque há gente que acredita serem esses lugares frequentados tão somente por pessoas ignorantes, supersticiosas e pobres. E a senhora, sendo uma dama da sociedade brasileira, vai fazer muitos pensarem um pouco mais antes de fazer tal julgamento. O que me diz?

— Nunca enxerguei por esse ângulo. Você é muito esperta, menina. Vamos fazer o seguinte: semana que vem, eu estarei descansada de tudo isto aqui. — Flora parou por um instante. Abriu sua pequena bolsa e retirou um cartão. Delicadamente pousou-o na mão de Rosa. — Tome o meu cartão. Esperarei por você na próxima terça-feira, às duas da tarde, em minha casa. Estamos combinadas?

— Estamos, sim! Obrigada. A última entrevista que concedeu foi na época do seu casamento.

— Eu me recordo dessa entrevista. Foi há muitos anos, você nem era nascida. Como sabe desse detalhe?

— Ora, dona Flora, eu sou fanática por conhecimento. Gosto de música clássica, adoro Mozart. E quando eu nasci ele tinha morrido havia um bom tempo!

Flora deu uma sonora risada. Adorou o jeito desinibido da garota.

Rosa prosseguiu:

— As revistas querem a todo custo uma entrevista sua. E eu consegui. Prometo que tudo que me disser vai sair na matéria. Até semana que vem. Desculpe-me por abordá-la nesta hora. Felicidades às suas filhas e genros.

Rosa saiu radiante do saguão do hotel. Seria seu maior trabalho como jornalista. Com a entrevista de Flora, conseguiria o tão esperado reconhecimento em sua profissão. Ela era uma linda morena. Filha única de professores, era uma pessoa bem-educada e de caráter. Seus pais, Pedro e Jacira, haviam feito de tudo para que ela conseguisse se formar e conduzir sua vida, sem depender de ninguém.

Na semana seguinte, no horário marcado, lá estava Rosa, na porta da mansão de Flora, no bairro do Cosme Velho. Tocou a campainha e logo em seguida foi recepcionada por uma gentil empregada, que a conduziu até o escritório.

— A madame já vai atender. Aguarde um instante, por favor.

Rosa ficou deslumbrada com o bom gosto da decoração. Embora fosse uma moça de boa classe social e morasse num bom apartamento de três quartos no bairro do Flamengo, com vista para a baía, nunca tivera contato com tanto luxo e bom gosto. Deslumbrada, passou a verificar de perto as telas a óleo nas paredes do escritório. Leve emoção a acometeu e o corpo estremeceu. Algumas figuras a impressionaram, fazendo-a sentir uma mistura de emoção e saudade. Rosa sentiu um arrepio nos braços.

Devo estar louca, pensou. *Conheço a história desta família desde menina. Para mim é tudo tão familiar...*

— Boa tarde.

Rosa virou-se. Elegantemente vestida, Flora estava em pé apreciando a postura da moça.

— Boa tarde, dona Flora. Desculpe-me, mas estava aqui observando os quadros e fiquei um pouco impressionada. Quem são?

Flora, sempre bem-disposta, alegrou-se com a curiosidade da jovem repórter. Com ternura em sua voz e apontando delicadamente o indicador, começou:

— Esses da direita são meus avós. Eles vieram dos Estados Unidos em meados do século passado. Casaram-se na América e estabeleceram-se na fazenda Santa Carolina.

— Na fazenda que originou aquela cidade?

— Isso mesmo. Meus avós, Sam e Anna, compraram uma fazenda no Rio e juntaram-se em sociedade com meus tios--avós. Esses da esquerda são meus tios-avós: Mark, Emily, Adolph e Helène.

— Foram eles que morreram naquele terremoto?

— Exatamente. Foi muito doloroso para toda a família. Por sorte, meus pais já eram adultos quando tudo aconteceu. Foram calorosamente amparados por duas pessoas que para nossa família são os nossos anjos da guarda e tutores. São esses dois quadros à sua direita, meus tios Augusto e Carlos. Foi com o apoio e carinho deles que os filhos órfãos conseguiram seguir suas vidas.

— E essas duas moças lindas, quem são?

Flora suspirou feliz.

— Essas são minhas tias preferidas: Agnes e Júlia. Elas eram filhas de meu tio Adolph e de minha tia Helène. Eram gêmeas. Aliás, a expansão do nosso centro espírita se deve à força e determinação dessas duas mulheres. Elas introduziram uma série de novas técnicas de passe, de tratamento de desobsessão e de aconselhamento que funcionam até hoje. Foram as pioneiras na introdução de cursos sobre poder do pensamento e identificação de energias.

— E estão vivas?

— Não, infelizmente morreram há alguns anos. Mas eu as sinto por perto de vez em quando.

— Suas filhas trabalham no centro espírita?

— Por certo. Desde pequenas participam dos trabalhos. Anna, Emily e Helène lembram muito as suas bisavós. E, graças a Deus, encontraram seus amores em família.

— Como assim?

— Sou filha única de Roger, filho de Sam e Anna, meus avós. Maria, a mãe de meus genros, é filha de Donald.

— Ele era filho do senhor Mark e de dona Emily, certo?

— Sim.

— E quanto aos netos do senhor Adolph e de dona Helène?

— Suas filhas, Agnes e Júlia, não se casaram. Dedicaram suas vidas aos estudos da psicologia, da metafísica e da mediunidade. Dessa forma, eu e Maria somos as únicas descendentes diretas. Cabe agora aos nossos filhos aumentarem a família.

Descontraída com a amabilidade de Flora, Rosa arriscou:

— E eles se amam?

— Garanto a você que sim. Muitas pessoas acham que o casamento foi arranjado, tamanha a coincidência. Mas não. Foi amor à primeira vista. Sam, Mark e Adolph apaixonaram-se pelas minhas filhas tão logo começaram a engatinhar. Foram feitos um para o outro. E o mais impressionante...

Flora parou por um instante, pensativa.

— O que é, dona Flora?

— Não é alucinação, mas venha aqui comigo.

Ela conduziu Rosa até a mesa do escritório. Lá estava uma fotografia com os genros abraçados às suas filhas.

— Olhe bem para os rapazes — disse Flora.

Rosa franziu o cenho, procurando concentrar-se nas fisionomias dos rapazes e das moças.

— Agora, olhe para os retratos dos meus tios-avós.

Rosa olhou para a fotografia e para as telas na parede. Fez isso três vezes seguidas. As fisionomias eram praticamente idênticas. Era como se os rapazes fossem clones dos tios-avós.

Rosa cobriu a boca com a mão tamanho o estupor. Depois disse, emocionada:

— Dona Flora, eles se parecem demais!

— Sim, eu também acho. Às vezes chego a pensar que são os próprios. Do mesmo modo que vejo certa semelhança entre minha avó e tias com minhas filhas.

— Vai saber... Talvez a vida esteja unindo todos de novo — arriscou Rosa.

— Acredito que sim. Tenho muito carinho por eles. E adoro minhas filhas.

— Nesse particular, correm boatos por aí de que Anna é a sua filha predileta.

— Isso não me constrange. Adoro minhas filhas. Amo-as muito. Damo-nos muito bem. Mas sempre me dei melhor com Anna. Temos uma afinidade incrível. Não temos problemas quanto a isso aqui em casa. Nós nos amamos e nos respeitamos muito. Minhas filhas compreendem. É um estado natural, uma química que há entre mim e a minha filha Anna. Só isso.

A entrevista prosseguiu tranquilamente. Rosa foi tomando nota das declarações de Flora sobre o crescimento das indústrias, o controle que ela tinha com o marido sobre as empresas da família. Rosa estava encantada com a história toda.

— Agora eu gostaria de saber mais sobre os trabalhos no centro espírita, mesmo porque eu já estudei lá.

— É mesmo? O que você estudou? — perguntou Flora, interessada.

— Fiz o curso de "Desapego", e meus pais dão aulas lá.

— É o curso mais disputado. É difícil conseguir vaga, pois as pessoas adoram. Foi idealizado por minha tia Agnes. Graças a esse curso, ganhamos credibilidade. Mas me diga: qual o nome dos seus pais?

— Pedro e Jacira. O centro é tão grande que talvez a senhora não os conheça.

— Como não? — tornou Flora admirada. — Pedro e Jacira formam um lindo casal. Eles nos têm ajudado muito. Estão há muitos anos conosco. Os cursos ministrados por eles são ótimos. Seu pai é excelente professor e orador. Gosto muito de sua mãe. E agora estou gostando mais ainda de você.

— Obrigada, dona Flora.

— Em outra oportunidade, poderei lhe mostrar todas as dependências lá do nosso centro.

— Não seria muito incômodo?

— Imagine, incômodo... Quero que você veja que o nosso trabalho é digno, é honesto. Queremos promover o bem das pessoas. Eu mantenho o lugar para mostrar que a vida espiritual não é um bicho de sete cabeças nem algo tão misterioso como muitos pensam. Estamos sempre ligados a institutos de pesquisas espalhados pelo mundo. Toda vez que surge algo novo sobre pensamento positivo, mentalismo ou novas técnicas de aconselhamento metafísico, somos os primeiros a estudá-los e adotá-los em nosso espaço.

— Meus pais me falaram. A senhora e seu marido, embora desfrutando de vida boa, não param de estudar um minuto sequer. Isso é admirável, e os jornais nunca escreveram nada a respeito.

— Porque não dá ibope, não vende. Não estamos preocupados com isso. Estudamos, ajudamos, fazemos o melhor para nós e para as pessoas que vão lá. Essa é a nossa parte.

— E quanto ao centro de reabilitação para crianças deficientes? É um outro projeto?

— Sim, esse é um outro projeto. Criamos uma equipe formada por médicos, professores e cientistas. Estamos unindo ciência, metafísica e espiritualidade para compreender melhor a causa das doenças. Daí surgiu esse novo espaço. Ele acolhe crianças que nasceram com graves problemas físicos. Minhas filhas, que se formaram em medicina, conduzem todo o trabalho de lá. É muito complexo, exige dedicação, estudo, paciência e, acima de tudo, amor.

— De onde vêm essas crianças?

— A maioria vem da periferia, dos morros. Mães que não têm condições de cuidar. Muitas trabalham fora, não têm tempo e tampouco dinheiro para custear o tratamento. Por isso, as crianças passam o dia conosco e, à noite, são levadas para casa pelos pais. Mas tenho lá três crianças que foram abandonadas pelos pais logo que nasceram. Isso ocorreu no mesmo hospital.

— Então a senhora cuida delas dia e noite?

— Sim, é por isso que estamos legalizando os papéis e criando uma fundação. Nossa família é muito conceituada nos Estados Unidos. Eu tenho parentes distantes por lá, que também estão ligados a questões espirituais. Queremos propagar o conhecimento das leis universais, das verdades da vida.

— E quanto a essas crianças abandonadas?

— Ah, elas são especiais! Minhas filhas e genros as adoram. Temos muito amor por elas desde que chegaram.

— Adoraria conhecê-las.

Flora sentiu um arrepio pelo corpo e notou uma presença espiritual. Era como se fosse seu pensamento, mas ela escutou nitidamente: *Chegou a hora do reencontro. Você deve levar Rosa lá agora mesmo.*

Ela mordiscou os lábios e sorriu. Virou-se para Rosa e, dissimulando, perguntou:

— Quer conhecê-las de fato?

Rosa assentiu.

— Sim, senhora.

Flora disse, por fim:

— Se você quer conhecer, vamos até lá. Agora.

— Agora? — indagou Rosa, surpresa.

— Você está com tempo?

— Sim, mas...

— Então está decidido. Vamos.

Flora tocou uma sineta e chamou o motorista.

EPÍLOGO

O motorista as apanhou na escadaria que dava acesso à entrada principal do casarão.
— Sua casa é muito bonita, dona Flora.
— Muito obrigada. Meus pais a construíram, muitos anos atrás. Quiseram dar um tom vitoriano ao palacete, em homenagem aos nossos ancestrais.
Flora ouviu novamente aquela voz amiga: *Esse reencontro muito vai ajudá-los a caminhar em direção ao perdão.* Ela assentiu e em seguida entraram no carro e se acomodaram no banco de trás. As duas foram conversando amenidades, falando sobre o futuro da Guanabara, sobre os planos de Carlos Lacerda para o novo estado.

Os assuntos eram diversos e Flora percebeu que Rosa, embora bem moça, tinha um vasto conhecimento de cultura geral. Discursaram até sobre a febre "Celly Campello", uma jovem cantora, precursora do rock nacional, cujas músicas *Estúpido Cupido* e a recente *Banho de Lua* inundavam as rádios e festinhas dos brotos, uma maneira simpática e moderna, para a época, de se referir aos adolescentes.

Conforme entabulavam conversação, estabeleciam uma forte ligação. Flora sentia muita afeição por Rosa. O sentimento de Rosa em relação a Flora era recíproco.

Parece que a conheço, pensou a moça, sorridente e emocionada.

Em pouco mais de meia hora estavam em frente a belíssimo edifício, na zona norte da cidade, muito bem cuidado, com amplos e generosos jardins. Nem parecia um centro de reabilitação, pois era rodeado de frondosas árvores e lindas flores.

Desceram do veículo e Flora foi cumprimentada por dois médicos que lá se encontravam. Rosa cumprimentou-os e ficou fascinada pela beleza de ambos. Meio sem jeito, perguntou:

— Nossa! Quem são?

Flora, percebendo a intenção nas palavras de Rosa, rindo, respondeu:

— Esses médicos muito têm nos ajudado. Eles são muito queridos por nós, como parentes, tamanha a afinidade que temos. São os doutores Augusto e Carlos — e, com voz que procurou tornar amável, aconselhou: — Mas não se iluda com eles.

Rosa, sem entender, tornou:

— Por quê?

Sorrindo, Flora lhe disse:

— Por nada, minha filha. Com o tempo você saberá. Mas venha comigo até o andar de cima, onde estão as crianças.

Atravessaram um imenso e amplo corredor, delicadamente decorado com motivos infantis, e subiram as escadas. Um cheiro delicado de perfume cítrico pairava sobre o recinto.

— Aqui estamos. Venha.

Era um salão cheio de brinquedos; pinturas e desenhos pendurados nas paredes. No meio do salão, uma mesa com lápis, canetas, massinhas, giz e tesouras para as crianças. Numa pequena cama, próximo à mesa, estavam duas crianças.

Uma criança tinha a pele coberta por infecções. A aparência da outra horrorizou a moça. Rosa precisou controlar-se para não desfalecer, tamanho o susto. Levou a mão ao rosto e em seguida à boca para abafar o grito de espanto. Abriu e fechou os olhos como a constatar a cena à sua frente. Não era uma criança, mas duas, porém unidas em um único corpo.

— Não se assuste, Rosa. Elas não vão lhe fazer mal.

— Jamais pensei que fosse ver ao vivo, assim, na minha frente. São gêmeos xifópagos ou siameses, certo?

— Você é muito inteligente. São xifópagos, sim. Ambos nasceram grudados, geneticamente alterados.

Rosa sabia o que queria dizer aquela palavra tão estranha. Já tinha lido uma matéria numa revista sobre irmãos xifópagos, que apresentam uma duplicação do corpo na região do tórax e da cabeça, acima do apêndice xifoide, dando origem a deformação física.

— São os nossos encantos. Amamos muito os três.

Rosa não conseguia mover um músculo. Das três crianças, uma em especial chamava-lhe muito a atenção. Não sabia o porquê, mas ela sentiu certa afeição pelos gêmeos e uma aversão, repugnância mesmo, pelo garotinho com infecções na pele.

Flora percebeu a mudança no semblante da moça. A voz continuou: *Chegou a hora do reencontro. Vamos ver como ambos se comportam.*

Rosa sentiu um ódio surdo brotar de seu peito. Quando os seus olhos cruzaram com os do menino, ela empalideceu. Sua vista turvou-se e ela se apoiou numa cadeira ali perto, com o coração batendo descompassado.

Flora estava entretida, beijando amorosamente os gêmeos, fingindo não notar o sentimento que tomava conta da repórter. Recomposta do susto inicial, porém com o ódio ainda no peito, Rosa, lábios trêmulos, perguntou, apontando-o:

— Quem é esse?

— Ah, esse aqui é Alberto. O pobrezinho foi abandonado pelos pais tão logo se descobriu que tinha problemas mentais e grave doença de pele. Veja, essas erupções purulentas e infeccionadas lhe causam muito sofrimento.

— E ele não fala?

— Não. Ele não pode falar devido à sua deficiência intelectual. Só emite grunhidos. Mas estamos tão acostumados com os sons que ele emite!

— É mesmo?

— Sim — ajuntou Flora. — Alberto, quando não gosta de alguém, agita-se e emite um som rouco que beira a histeria. Quando ele gosta da pessoa, emite um som parecido com esse que você está escutando agora.

O menino emitia um som agudo. Rosa estava impressionada e muito emocionada. Aquele sentimento de ódio diminuiu drasticamente.

A princípio, ela teve a intenção de sair de lá, mas se controlou e mudou de ideia. Rapidamente fez sentida prece. Seu coração sossegou. Em seguida, pousou levemente a mão no rosto de Alberto, sem se incomodar com as feridas.

Os olhos do garoto fixaram-se nos dela. Começou a grunhir e uma lágrima escapou pelo canto de seu olho. Rosa sentiu os olhos marejarem.

— Não se assuste, Rosa. Esta é a maneira que Alberto encontrou para expressar que gostou de você. Ele gostaria de abraçá-la.

Rosa abaixou-se. Encarando Alberto nos olhos, sem perceber, disse-lhe num impulso:

— Eu o perdoo. Esqueça o passado. Cada um fez o melhor que pôde. Estarei aqui ao seu lado no que for preciso.

Alberto não conseguia expressar fisicamente o que sentia. Seu espírito havia reconhecido Rosa, a mesma Rosa que, na vida anterior, ele surrara e quase matara.

As lágrimas banhavam o rosto do menino. Delicadamente, com dificuldade, ele tomou as mãos de Rosa e levou-as aos lábios. Flora olhou para ambos com os olhos úmidos. Sentiu um conhecido cheiro de fragrância. Era a maneira de aquela presença se identificar. Flora sentiu o peito leve e sorriu feliz. Suas tias estavam lá.

Sem que Rosa notasse, disse, agradecida: *Obrigada, minhas tias. Agora eu entendo e sinto que esse reencontro entre Rosa e Alberto vai ser algo muito positivo para a evolução espiritual de ambos. Sei que tudo está certo.*

Rosa, passada a emoção, levantou-se e limpou as lágrimas com as costas das mãos. Procurou recompor-se. Passou para os gêmeos xifópagos.

— E esses aqui, dona Flora? Quem são?

Flora sorriu.

— A garotinha da esquerda chama-se Brenda.

— Por que sua garganta é tão deformada?

— Brenda tem sérios problemas de respiração, o que a impede de falar.

Pararam na frente do outro rostinho. Flora adiantou-se:

— Esse garotinho lindo chama-se Aramis.

O menino se debatia, mas não emitia som algum.

— Aramis é surdo-mudo.

O menino voltou a se debater e em seguida tranquilizou--se ao virar o rostinho e ver Brenda.

— Mas, dona Flora, é incrível. Os dois não falam, mas ficam assim, de mãos dadas, se olhando?

Flora meneou a cabeça para os lados e sorriu. Beijou o rosto do menino e depois disse:

— Aramis não deixa de olhar um instante para Brenda, e percebemos que essa é a maneira de ele expressar o amor que sente por ela. Nossa equipe médica está estudando com afinco esses dois.

— O caso é muito interessante para a medicina e, creio, muito mais para aqueles que se dedicam aos estudos espirituais — emendou Rosa.

Flora suspirou e disse:

— Se formos analisar o caso à luz da espiritualidade, Brenda e Aramis são dois espíritos ligados por uma afinidade extrema e anormal, são almas que compartilham as mesmas ideias e sentimentos. Ocorre que essa afinidade obsessiva gerou uma simbiose negativa entre os dois, nutrindo a mesma energia produzida.

— Provavelmente — arriscou Rosa — eles têm reencarnado muitos séculos vivendo numa grande sintonia vibratória, fundindo seus corpos perispirituais.

— Foram várias vidas compartilhando idênticas formas--pensamento, provocando o reencarne nessas condições dolorosas, muito tristes. E — salientou Flora — isso não ocorreu por punição divina, mas simplesmente por conta das leis cósmicas que regem a vida na Terra. Esperamos, através de passes, medicamentos e tratamento adequado, além de outras terapias, melhorar o corpo, a mente e o espírito de cada um.

— Mesmo entendendo o significado da lei de ação e reação... Que horror viver assim!

— Não diga isso, Rosa. Achar um horror é desacreditar que Deus está a nosso favor. A vida nunca se engana. Ela sempre faz o certo. Não sei por que esses espíritos nasceram dessa maneira, mas garanto que alguma razão nobre deve haver. O homem engana, mata, tripudia os outros e se esquece da imortalidade da alma. Esquece que estamos vivendo de acordo com as leis da vida. Podemos fazer mal ao próximo, mas nunca à vida.

— É, dona Flora, olhando por esse prisma parece-me que não podemos fugir da vida.

— Não, Rosa, não podemos. Por mais que tentemos enganá-la, a vida sempre vence.

Perto das crianças, dois espíritos lhes transmitiam conforto espiritual.

Agnes e Júlia lá estavam. Sabiam o porquê de Brenda, Aramis e Alberto estarem vivendo daquele jeito. Aos olhos humanos, tratava-se de uma desgraça. Aos olhos de Deus, tratava-se de uma bênção.

O AMOR É PARA OS FORTES

MARCELO CEZAR
ROMANCE PELO ESPÍRITO MARCO AURÉLIO

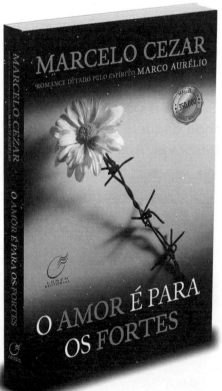

Romance | 16x23 cm | 352 páginas

Muitos de nós, perdidos nas ilusões afetivas e sedentos de intimidade, buscamos a relação amorosa perfeita. Este romance nos ensina a não ter a ideia da relação perfeita, mas da relação possível. É na relação possível que a alma vive as experiências mais sublimes, decifra os mistérios do coração e entende que o amor é destinado tão somente aos fortes de espírito.

LÚMEN EDITORIAL

Entre em contato com nossos consultores e confira as condições
Catanduva-SP 17 3531.4444 | boanova@boanova.net | www.boanova.net

TREZE ALMAS

MARCELO CEZAR
ROMANCE DITADO PELO ESPÍRITO MARCO AURÉLIO

Romance | 16x23 cm | 480 páginas

O incêndio do Edifício Joelma, ocorrido em São Paulo em 1974, ainda causa comoção. Um dos enigmas que rondam esta tragédia até os dias de hoje é que treze pessoas, das centenas que morreram, foram encontradas carbonizadas em um dos elevadores do prédio e jamais foram identificadas. Esses corpos foram enterrados no Cemitério São Pedro, na Vila Alpina, e desde então os treze túmulos viraram local de peregrinação e pedidos de toda sorte: curar uma doença, melhorar a vida afetiva, arrumar um emprego, adquirir a casa própria, reencontrar o carro roubado... Foram tantos os pedidos e tantos os atendidos que o local se transformou em um símbolo de esperança, conforto e fé. Anos depois, ao lado desses túmulos, construiu-se uma capela para oração, meditação, reflexão e agradecimento. Este romance conta a história de uma das treze almas. Por que ela foi enterrada e seu corpo não foi reclamado até hoje? Ela ainda está lá? Os outros doze também estão ali? Os pedidos são realmente atendidos? Como funciona esse trabalho entre o mundo astral e o mundo material? Mergulhe neste fascinante relato de vida, conheça as respostas, entenda como os milagres acontecem e desvende o mistério das treze almas.

LÚMEN EDITORIAL

Entre em contato com nossos consultores e confira as condições
Catanduva-SP 17 3531.4444 | boanova@boanova.net | www.boanova.net

Levamos o livro espírita cada vez mais longe!

Av. Porto Ferreira, 1031 | Parque Iracema
CEP 15809-020 | Catanduva-SP

www.**lumeneditorial**.com.br
www.**boanova**.net

atendimento@lumeneditorial.com.br
boanova@boanova.net

17 3531.4444

17 99777.7413

Siga-nos em nossas redes sociais.

@boanovaed boanovaeditora

CURTA, COMENTE, COMPARTILHE E SALVE.
utilize #boanovaeditora

Acesse nossa loja   Fale pelo whatsapp